O CÉU ESTÁ CAINDO

OBRAS DO AUTOR PUBLICADAS PELA EDITORA RECORD

As areias do tempo
Um capricho dos deuses
O céu está caindo
Escrito nas estrelas
Um estranho no espelho
A herdeira
A ira dos anjos
Juízo final
Lembranças da meia-noite
Manhã, tarde & noite
Nada dura para sempre
A outra face
O outro lado da meia-noite
O plano perfeito
Quem tem medo de escuro?
O reverso da medalha
Se houver amanhã

Infantojuvenis
Conte-me seus sonhos
Corrida pela herança
O ditador
Os doze mandamentos
O estrangulador
O fantasma da meia-noite
A perseguição

MEMÓRIAS
O outro lado de mim

Com Tilly Bagshawe
Um amanhã de vingança (sequência de Em busca de um novo amanhã)
Anjo da escuridão
Depois da escuridão
Em busca de um novo amanhã (sequência de Se houver amanhã)
Sombras de um verão
A senhora do jogo (sequência de O reverso da medalha)
A viúva silenciosa

Sidney Sheldon

O CÉU ESTÁ CAINDO

22ª EDIÇÃO

tradução de **ALDA PORTO**

EDITORA RECORD
RIO DE JANEIRO • SÃO PAULO
2024

CIP-BRASIL. CATALOGAÇÃO NA FONTE
SINDICATO NACIONAL DOS EDITORES DE LIVROS, RJ

Sheldon, Sidney, 1917-2007
S548c O céu está caindo / Sidney Sheldon; tradução de
22ª ed. Alda Porto. – 22ª ed. – Rio de Janeiro: Record, 2024.

Tradução de: The sky is falling
ISBN 978-85-01-40180-9

1. Romance norte-americano. I. Porto, Alda. II. Título.

CDD – 813
00-1258 CDU – 820(73)-3

Título original norte-americano
THE SKY IS FALLING

Texto revisado segundo o novo Acordo Ortográfico da Língua Portuguesa.

Direitos exclusivos de publicação em língua portuguesa para o Brasil adquiridos pela
EDITORA RECORD LTDA.
Rua Argentina, 171 – Rio de Janeiro, RJ – 20921-380 – Tel.: 2585-2000,
que se reserva a propriedade literária desta tradução.

Impresso no Brasil

ISBN 978-85-01-40180-9

Atendimento e venda direta ao leitor:
sac@record.com.br.

Para Alexandra,
o anjo sobre meu ombro

"O céu está caindo! O céu está caindo!"

Chicken Little

"Mostre-me um herói, que lhe escrevo uma tragédia."

F. Scott Fitzgerald

Prólogo

ATA CONFIDENCIAL DA REUNIÃO: PARA SER DESTRUÍDA LOGO APÓS O RECEBIMENTO

LOCAÇÃO: CONFIDENCIAL

DATA: CONFIDENCIAL

HAVIA 12 HOMENS no gabinete subterrâneo fortemente vigiado, representando 12 países. Sentavam-se em poltronas confortáveis, dispostas em seis fileiras e separadas quase 1 metro umas das outras. Estavam muito atentos quando o orador lhes dirigiu a palavra.

— Tenho a grata satisfação de informar a vocês que a ameaça com que todos andamos profundamente preocupados está prestes a ser eliminada. Não preciso entrar em detalhes, porque o mundo todo tomará conhecimento disso dentro das próximas 24 horas. Estejam certos de que nada nos deterá. Os portões continuarão abertos. Começaremos agora o leilão do silêncio. Alguém dá um primeiro lance? Sim. Um bilhão de dólares. Alguém dá dois? Dois bilhões. Alguém dá três?

Capítulo 1

ELA APERTAVA O PASSO pela Pennsylvania Avenue, a um quarteirão da Casa Branca, tiritando sob o vento frio de dezembro, quando ouviu o apavorante e ensurdecedor grito das sirenes de ataque aéreo, e logo depois o barulho de um bombardeiro, pronto para despejar sua carga mortal. Parou, imóvel, engolida por um intenso nevoeiro de terror.

De repente, viu-se de volta a Sarajevo e ouvia o estridente assobio de bombas caindo. Cerrou com força os olhos, mas era impossível tapar a visão do que acontecia à sua volta. O céu estava em chamas, e ela ensurdecida pelo barulho do tiroteio de armas automáticas, aviões rugindo e letais granadas de morteiros. Os prédios próximos desmoronavam e cuspiam saraivadas de cimento, tijolos e poeira. Pessoas apavoradas corriam para todos os lados, tentando vencer a morte.

De longe, muito longe, uma voz masculina perguntava:

— Está tudo bem com você?

Devagar, cautelosa, ela abriu os olhos. Tinha voltado à Pennsylvania Avenue, à fria luz do sol de inverno, prestando atenção aos ruídos que se extinguiam do jato e da sirene de ambulância que lhe haviam desencadeado as lembranças.

— Senhorita... *está tudo bem* com *você?*

Ela se esforçou para voltar ao presente.

— Sim. Está... estou bem, obrigada.

Ele fitava-a.

— Espere um instante! Você é Dana Evans. Sou um grande fã seu. Vejo você toda noite na WTN, e vi todas as suas transmissões da Iugoslávia — disse, a voz cheia de entusiasmo. — Deve ter sido mesmo emocionante cobrir aquela guerra, hein?

— É, foi.

Dana Evans sentia a garganta seca. *Emocionante ver pessoas indo pelos ares estraçalhadas, ver os corpos de bebês atirados dentro de poços, pedaços de seres humanos flutuando corrente abaixo por um rio* de *sangue.*

De repente, sentiu náuseas.

— Com licença. — Virou-se e afastou-se apressada.

DANA EVANS TINHA voltado da Iugoslávia havia três meses. As lembranças continuavam muito frescas. Parecia irreal andar sem medo pelas ruas em plena luz do dia, ouvir pássaros gorjeando e pessoas rindo. Não havia risadas em Sarajevo, só o barulho de morteiros explodindo, seguido de gritos angustiados.

John Donne tinha razão, pensou Dana. *Nenhum homem é uma ilha. O que acontece a um, acontece a todos nós, pois somos todos feitos* de *barro e poeira* de *estrelas. Partilhamos os mesmos momentos do tempo. O segundo ponteiro universal começa seu imperdoável e inexorável avanço para o minuto seguinte:*

Em Santiago, menina de 10 anos vem sendo estuprada pelo avô...

Na cidade de Nova York, dois jovens apaixonados beijam-se à luz de velas...

Em Flandres, jovem de 17 anos dá à luz um bebê deficiente físico...

Em Chicago, um bombeiro arrisca a vida para salvar um gato de um prédio em chamas...

Em São Paulo, centenas de torcedores são mortos pisoteados numa partida de futebol quando a arquibancada desaba...

Em Pisa, mãe chora de alegria ao ver seu bebê dar os primeiros passos...

Tudo isso e infinitamente mais no espaço de sessenta segundos, pensava Dana. *E depois o tempo tiquetaqueia até acabar nos mergulhando na mesma eternidade desconhecida.*

DANA EVANS, AOS 27 ANOS, era linda, o físico esbelto, cabelos negros, olhos cinzentos grandes e inteligentes, o rosto em forma de coração e uma risada simpática, contagiante. Tinha sido criada na rotina do exército, filha de um coronel que viajava de uma base para outra como instrutor de armamento, e esse tipo de vida tinha lhe dado um gostinho pela aventura. Era vulnerável e ao mesmo tempo destemida, e a combinação se fazia irresistível. Durante o ano que cobriu a guerra na Iugoslávia, pessoas de todas as partes do mundo haviam ficado fascinadas pela jovem linda, passional, que transmitia notícias em meio à guerra, arriscando a vida para informar o que ocorria à sua volta. Agora, aonde quer que fosse, percebia sinais e sussurros de reconhecimento. Dana Evans sentia-se constrangida por sua celebridade.

Apertando o passo pela avenida, ao passar pela Casa Branca, Dana conferiu as horas no relógio de pulso e pensou: *Vou chegar atrasada para a reunião.*

A SEDE DA WASHINGTON Tribune Enterprises ocupava todo o quarteirão da rua 6, com quatro prédios separados: a gráfica dos jornais, as salas da redação separadas por divisórias, uma torre executiva e um complexo de transmissão de TV. Os estúdios da televisão WTE ocupavam o 6º andar do Prédio 4. O lugar vivia carregado de energia, as baias zumbindo com pessoas trabalhando em computadores. Cinco agências lançavam o tempo todo notícias atualizadas do mundo inteiro. A imensidão da operação jamais cessava, para assombro e emoção de Dana.

Foi ali que ela conheceu Jeff Connors. Famoso jogador de beisebol antes de ferir o braço num acidente de esqui, ele agora era repórter esportivo da WTN e também escrevia uma coluna diária para a agência de notícias do *Washington Tribune*. Na faixa dos 30 anos, alto e magro, tinha uma aparência de garoto e um encanto natural, descontraído, que atraía as pessoas. Jeff e Dana haviam se apaixonado e falado de casamento.

Nos três meses desde que ela retornara de Sarajevo, os acontecimentos em Washington mudaram rapidamente. Leslie Stewart, ex-proprietário da Washington Tribune Enterprises, vendeu a empresa e desapareceu, e o conglomerado foi comprado por um magnata da mídia internacional, Elliot Cromwell.

A REUNIÃO DE PRODUÇÃO da manhã com Matt Baker e Elliot Cromwell ia começar. Quando chegou, Dana foi recebida por Abbe Lasmann, a assistente ruiva e sensual de Matt.

— O pessoal está esperando você — disse Abbe.

— Obrigada, Abbe. — Dana entrou no escritório. — Matt, Elliot...

— Está atrasada — grunhiu Matt Baker.

Era um homem baixo, de seus 50 e poucos anos, grisalho, com um jeito carrancudo, impaciente, alimentado por uma mente brilhante e agitada. Usava ternos amarrotados que davam a impressão de que dormia vestido neles, e Dana desconfiava que dormia mesmo. Dirigia a operação televisiva da Washington Tribune Enterprises.

Elliot Cromwell tinha 60 e poucos anos, uma atitude amistosa, aberta, e um sorriso imediato. Era bilionário, mas havia dezenas de versões diferentes de como adquirira sua imensa fortuna, algumas delas nada lisonjeiras. No ramo da mídia, onde o objeto era disseminar informação, Elliot Cromwell era um enigma.

Ele olhou para Dana e disse:

— Matt me disse que estamos mais uma vez batendo a concorrência. Seus índices continuam subindo.

— Fico feliz em saber, Elliot.

— Dana, assisto a meia dúzia de noticiários toda noite, mas o seu é diferente de todos os outros. Não sei ao certo por que, mas gosto dele.

Dana podia ter-lhe dito o motivo. Os outros repórteres falavam *para* — e não *com* — audiências de milhões, anunciando as notícias. Ela decidira fazer isso de maneira pessoal. Em sua mente, falaria numa noite com uma viúva solitária, na seguinte com um recluso sem esperanças deitado na cama, e na outra com um vendedor afastado do lar e da família em algum lugar muito distante. As notícias que transmitia pareciam pessoais e íntimas, e os telespectadores as adoravam e davam retorno.

— Soube que vai ter um convidado empolgante para entrevistar esta noite — disse Matt Baker.

Dana confirmou com a cabeça.

— Gary Winthrop.

Gary Winthrop, o príncipe encantado dos Estados Unidos. Membro de uma das famílias mais ilustres do país, era jovem, bonito e carismático.

— Ele não parece uma personalidade pública — disse Cromwell. — Como conseguiu convencê-lo a dar a entrevista?

— A gente tem um hobby em comum — disse-lhe Dana.

Cromwell arqueou as sobrancelhas.

— É mesmo?

— É — sorriu Dana. — Gosto de ver quadros de Monet e Van Gogh, e ele gosta de comprá-los. Falando sério, já o entrevistei antes e ficamos amigos. Vamos exibir a coletiva de imprensa dele que cobriremos esta tarde. Minha entrevista vai ser num outro bloco.

— Maravilha — sorriu Cromwell, radiante.

Passaram a hora seguinte conversando sobre o novo programa que a rede planejava, *Linha do crime,* uma hora de investigação que Dana ia produzir e apresentar. O objetivo era duplo: corrigir injustiças cometidas e estimular o interesse pela solução de crimes esquecidos.

— Há muitos outros reality shows no ar — advertiu Matt —, por isso temos de ser melhores que eles. Quero que comecemos com um arrebatador. Que capture a atenção da audiência e...

A campainha do interfone tocou. Matt Baker apertou uma tecla.

— Eu disse a vocês, nada de telefonemas. Por que...?

A voz de Abbe surgiu do interfone.

— É para a Srta. Evans. Um telefonema da escola de Kemal. Parece urgente.

Matt Baker olhou para Dana.

— Linha 1.

Ela pegou o telefone, o coração acelerado.

— Alô... Kemal está bem? — Escutou por um momento. — Entendo... Entendo... Sim, vou já para aí.

— Qual o problema? — perguntou Matt.

— Eles gostariam que eu fosse à escola pegar Kemal.

Elliot Cromwell franziu o cenho.

— É o garoto que trouxe de Sarajevo?

— É.

— Uma matéria e tanto, aquela.

— É — disse Dana, relutante.

— Não o encontrou num terreno baldio?

— Isso mesmo — disse Dana.

— Tinha alguma doença, ou coisa assim?

— Não — disse ela com firmeza, não gostando sequer de falar daquela época. — Kemal perdeu um braço. Foi arrancado por uma bomba.

— E você o adotou?

— Ainda não oficialmente, Elliot. Mas vou adotar. Por enquanto, ele é meu filho postiço.

— Bem, vá então buscá-lo. A gente discute o *Linha do crime* depois.

QUANDO DANA CHEGOU à Escola Theodore Roosevelt, foi direto para a sala da assistente do diretor, Vera Kostoff, uma mulher de aparência atormentada, prematuramente grisalha, de seus 50 e poucos anos. Encontrou-a sentada à escrivaninha, e Kemal do outro lado da mesa. Com 12 anos, ele era pequeno para a idade. Magro, amarelado, tinha os cabelos louros desgrenhados e um queixo obstinado. Via-se a manga vazia onde deveria estar o braço direito. Seu corpo franzino parecia engolido pelo espaço em volta.

Quando Dana entrou, a atmosfera na sala era lúgubre.

— Como vai, Sra. Kostoff? — disse Dana, sorrindo. — Kemal.

Ele fitava os sapatos.

— Pelo que entendi, há algum problema — continuou Dana.

— Sim, sem a menor dúvida, Srta. Evans. — Vera estendeu a Dana uma folha de papel.

Dana fitou-a, intrigada. Liam-se *Vodja, pizda, zbosti, fukati, nezakonski otrok, umreti, tepec.* Ela ergueu os olhos.

— Eu... Eu não entendo. São palavras sérvias, não?

A Sra. Kostoff disse, enfática:

— Na verdade, são. É uma infelicidade de Kemal o fato de eu por acaso ser sérvia. São palavras que ele tem usado na escola. — O rosto enrubesceu. — Nem motoristas de caminhão sérvios falam desse jeito, Srta. Evans, e não vou tolerar isso vindo da boca desse garoto. Kemal me chamou de *pizda.*

Dana perguntou:

— *Pi...?*

— Entendo que Kemal acabou de chegar ao nosso país, e tentei fazer concessões, mas o... o comportamento dele é péssimo, vive se metendo em brigas. E quando o repreendi esta manhã, ele... ele me insultou. Já passou dos limites.

Dana disse, com tato:

— Tenho certeza que entende como deve ser difícil para ele, Sra. Kostoff, e...

— Como lhe disse antes, tenho feito concessões, mas ele está abusando de minha paciência.

— Compreendo. — Dana olhou para Kemal. Ele continuava cabisbaixo, os olhos fixos no chão, a fisionomia carrancuda.

— Espero que este seja realmente o último incidente — disse a Sra. Kostoff.

— Eu também. — Dana levantou-se.

— Tenho o boletim de Kemal para lhe entregar. — A Sra. Kostoff abriu uma gaveta, tirou um cartão e entregou-o a Dana.

— Obrigada — disse ela.

A CAMINHO DE CASA, Kemal ficou calado.

— Que vou fazer com você? — perguntou Dana. — Por que está sempre se metendo em brigas, e por que usa palavras como aquelas?

— Eu não sabia que ela falava sérvio.

Quando chegaram ao apartamento de Dana, ela disse:

— Tenho de voltar para o estúdio, Kemal. Você vai ficar bem aqui sozinho?

— Isso aí.

A primeira vez em que Kemal lhe disse isso, Dana achou que o garoto não entendera a pergunta, mas logo aprendeu que a expressão era parte do idioma misterioso falado pelos jovens. "Isso aí" queria dizer "sim". "*Bogote*" descrevia as pessoas do sexo oposto: *b*onita, *g*ostosa e *t*entadora. Tudo era maneiro, sinistro ou legal. Quando não gostavam de alguma coisa, era um "saco".

Dana pegou o boletim que a Sra. Kostoff lhe dera. Examinou-o e franziu os lábios. História, D. Inglês, D. Ciências, D. Estudos Sociais, E. Matemática, A.

Olhando o boletim, Dana pensava: *Ai, meu Deus, que vou fazer?*

— A gente conversa sobre isso depois, Kemal — disse. — Estou atrasada.

KEMAL ERA UM ENIGMA para Dana. Quando estavam juntos, ele se comportava muito bem. Era amoroso, solícito e carinhoso. Nos fins de semana, ela e Jeff transformavam Washington num playground para ele. Iam ao Zoológico Nacional, com sua espetacular variedade de animais selvagens, estrelada por dois gigantescos e exóticos pandas. Visitavam o Museu Nacional Aeroespacial, onde Kemal viu o primeiro avião dos irmãos Wright pendendo do teto, depois percorriam a Estação Espacial e tocavam em pedras lunares. Levaram-no para conhecer o Kennedy Center e a Arena Stage. Apresentaram Kemal à pizza do Tom Tom, aos *tacos* do Mextec e ao frango frito à moda do Sul do Georgia Brown's. Ele adorou cada momento. Adorava ficar com Dana e Jeff.

Mas... quando Dana tinha de sair para o trabalho, ele se transformava. Ficava hostil e belicoso. Era impossível Dana conservar uma governanta, e as babás contavam histórias terríveis sobre uma noite passada com Kemal.

Jeff e Dana tentavam argumentar com ele, mas isso não exercia influência alguma. *Talvez Kemal precise de ajuda profissional,* pensou Dana, sem a mínima ideia dos terríveis medos que o atormentavam.

O NOTICIÁRIO DA NOITE da rede WTN entrou no ar. Sentados ao lado de Dana, seus bonitos e atraentes coapresentadores, Richard Melton e Jeff Connors.

Dana Evans dizia:

— ... e no noticiário internacional, França e Inglaterra continuam batendo de frente sobre a doença da vaca louca. Com vocês, René Linaud, falando de Rheims.

Na cabine de controle, a diretora, Anastasia Mann, ordenou:

— Passem para o telecomando...

Uma paisagem no campo francês surgiu nas telas de televisão.

A porta do estúdio abriu-se, um grupo de homens entrou e aproximou-se da mesa dos âncoras.

Todos ergueram os olhos. Tom Hawkins, o jovem e ambicioso produtor do noticiário da noite, disse:

— Dana, você conhece Gary Winthrop.

— Claro.

Pessoalmente, Gary Winthrop era ainda mais bonito que nas fotos. Tinha 40 e poucos anos; olhos azul-claros, um sorriso cativante e um enorme encanto.

Mais uma vez nos encontramos, Dana. Obrigado por me convidar.

— Eu que lhe agradeço por ter vindo.

Ela olhou em volta. Meia dúzia de secretárias haviam de repente arranjado motivos urgentes para ficarem no estúdio. *Gary Winthrop deve estar acostumado a isso,* pensou Dana, achando divertido.

— Seu bloco vai ser dentro de alguns minutos. Por que não se senta aqui do meu lado? Este é Richard Melton. — Os dois se cumprimentaram com um aperto de mãos. — Conhece Jeff Connors, não?

— Pode apostar que sim. Devia estar lá arremessando, Jeff, em vez de comentando o jogo.

— Quem dera eu pudesse —— disse Jeff, pesaroso.

Enquanto o telecomando da França chegava ao fim e eles passavam para um comercial, Gary Winthrop sentou-se e assistiu ao fim do intervalo.

Da cabine de controle, Anastasia Mann avisou:

— Fiquem a postos. Vamos gravar. — Silenciosa, contou com o indicador apontado. — Três... dois... um...

No monitor, a fachada do Museu de Arte de Georgetown. Um comentarista, com o microfone na mão, enfrentava o vento frio.

— Estamos diante do Museu de Arte de Georgetown, no interior do qual se encontra o Sr. Gary Winthrop, numa cerimônia que comemora sua doação de 50 milhões de dólares ao museu. Agora, vamos até lá dentro...

A cena na tela mudou para o interior do museu de arte. Várias autoridades municipais, dignitários e equipes de televisão reunidos em volta de Gary Winthrop. O diretor, Morgan Ormond, entregava-lhe uma grande placa.

— Sr. Winthrop, em nome do museu, dos muitos visitantes que o frequentam e dos curadores, queremos agradecer-lhe por essa generosíssima contribuição.

As luzes das câmeras se acenderam.

Gary Winthrop disse:

— Espero que isso dê aos jovens artistas americanos uma oportunidade melhor não apenas de se expressarem, mas de terem seu talento reconhecido em todo o mundo.

O grupo aplaudiu.

O repórter dizia:

— Aqui, Bill Toland, no Museu de Arte de Georgetown. De volta ao estúdio. Dana...

A luz vermelha da câmera acendeu-se.

— Obrigada, Bill. Temos muita sorte por ter o Sr. Gary Winthrop conosco para discutir o propósito de sua grande doação.

A câmera recuou, abriu um ângulo maior, revelando Gary Winthrop no estúdio.

Dana perguntou:

— Essa doação de 50 milhões de dólares, Sr. Winthrop, será usada para comprar quadros para o museu?

— Não. É para uma nova ala que será dedicada a jovens artistas plásticos americanos, que talvez de outro modo não teriam uma oportunidade de mostrar o que sabem fazer. Parte do fundo será usada em bolsas de estudo para crianças talentosas em cidades do interior. Numerosos jovens crescem sem saber nada de arte. Podem ouvir falar dos grandes impressionistas franceses, mas quero que conheçam sua própria herança. Pintores americanos como Sargent, Homer e Remington. Esse dinheiro será usado para incentivar jovens artistas plásticos a realizarem seu potencial artístico e fazer com que todos os jovens adquiram um interesse pela arte.

— Há um rumor de que o senhor planeja candidatar-se ao Senado, Sr. Winthrop. Isso é verdade? — perguntou Dana.

Gary Winthrop sorriu.

— Estou testando as águas.

— Elas são muito convidativas. Nas pesquisas, vimos que o senhor saiu na frente.

Gary Winthrop fez que sim com a cabeça.

— Minha família tem um longo histórico de serviço governamental. Se eu puder ser útil a este país, farei tudo o que for convocado a fazer.

— Obrigada por sua presença aqui conosco, Sr. Winthrop.

— *Eu* é que agradeço a *vocês*.

No intervalo comercial, Gary Winthrop despediu-se e saiu do estúdio.

Jeff Connors, sentado ao lado de Dana, comentou:

— Precisamos de mais gente como ele no Congresso.

— Amém.

— Talvez pudéssemos cloná-lo. Por falar nisso, como vai Kemal?

Dana contraiu-se.

— Jeff, por favor, não mencione Kemal e clonagem numa mesma frase. Não sei mais como lidar com isso.

— O problema na escola esta manhã foi resolvido?

— Sim, mas isso foi hoje. Amanhã é...

— De volta ao ar. Três... dois... um... — avisou Anastasia Mann.

A luz vermelha piscou. Dana olhou para o teleprompter.

— Agora é hora dos esportes, com Jeff Connors.

Jeff fixou o olhar na câmera.

— O Mago Medin fez falta esta noite nos Wizards de Washington. Reggie Jordan tentou sua magia e Mitch Raymond e Ishdi White ajudaram a mexer a poção no caldeirão, mas ela ficou amarga, e eles acabaram tendo de engoli-la junto com seu orgulho...

Às 2 horas, na casa de campo de Gary Winthrop, na seção noroeste da elite de Washington, dois homens retiravam quadros das paredes da sala de visitas. Um deles usava a máscara do Zorro, o outro a do Capitão Meia-noite. Trabalhavam num ritmo sem pressa, arrancando as pinturas das molduras e colocando-as em grandes sacos de aniagem grossa.

— A que horas a patrulha vai passar de novo? — perguntou o Zorro.

O Capitão Meia-noite respondeu:

— Às 4 horas.

— Simpático da parte deles cumprir um horário que nos dá tempo, não?

— É isso aí.

O Capitão Meia-noite retirou um quadro da parede e jogou-o com força no chão de mármore, fazendo um grande barulho. Os dois pararam o que faziam e prestaram atenção. Silêncio.

O Zorro disse:

— Tente de novo. Mais alto.

O Capitão Meia-noite pegou outro quadro e atirou-o no chão.

— Agora vamos ver o que acontece.

Em seu quarto no andar de cima, Gary Winthrop foi acordado pelo barulho. Sentou-se na cama. Ouvira um ruído, ou sonhara? Prestou atenção por um momento mais longo. Silêncio. Sem saber ao certo, levantou-se, foi até o corredor e apertou o interruptor da luz. O corredor continuou escuro.

— Ei! Tem alguém aí embaixo?

Não houve resposta. No andar de baixo, ele atravessou o longo corredor até chegar à porta da sala de visitas. Parou e fitou incrédulo os dois mascarados.

— Que diabo estão fazendo?

O Zorro voltou-se para ele e disse:

— Oi, Gary. Desculpe por termos acordado você. Volte para a cama e vá dormir. — Uma Beretta com um silenciador apareceu em sua mão.

Ele apertou o gatilho duas vezes e viu o peito de Gary Winthrop explodir numa chuvarada vermelha. O Zorro e o Capitão Meia-noite viram-no cair no chão. Satisfeitos, viraram-se e continuaram a retirar as pinturas.

Capítulo 2

DANA EVANS FOI ACORDADA pela incessante campainha do telefone. Esforçou-se para sentar-se na cama e olhou para o relógio na mesinha de cabeceira, os olhos injetados. Eram 5 horas. Ela atendeu.

— Alô?

— Dana...

— Matt?

— Veja se dá um jeito de chegar o mais rápido possível ao estúdio.

— Que foi que houve?

— Passo tudo para você quando chegar aqui.

— Já estou indo.

Quinze minutos depois, vestida às pressas, Dana batia na porta do apartamento dos Wharton, os vizinhos do lado.

Doroty Wharton abriu a porta vestindo um robe. Olhou assustada para Dana.

— Dana, qual é o problema?

— Detesto fazer isso com você, Doroty, mas fui chamada ao estúdio numa emergência. Se incomodaria de levar Kemal à escola?

— Ora, claro que não. Será um prazer.

— Muitíssimo obrigada. Ele tem de estar lá às 7h45 e vai precisar de café da manhã.

— Não se preocupe. Cuido de tudo. Pode ir correndo.

— Obrigada — disse Dana, agradecida.

ABBE LASMANN JÁ ESTAVA no escritório, parecendo sonolenta.

— Ele está a sua espera.

Dana entrou na sala de Matt.

— Tenho algumas notícias terríveis — disse ele. — Gary Winthrop foi assassinado no início da madrugada.

Dana afundou numa poltrona, aturdida.

— *Como?* Quem...?

— Aparentemente, a casa estava sendo roubada. Quando enfrentou os ladrões, eles o assassinaram.

— Oh, não! Ele era tão maravilhoso! — Dana lembrou-se da amizade e do calor humano do atraente filantropo e sentiu-se muito mal.

Matt balançava a cabeça, incrédulo.

— Com essa... meu Deus... é a quinta tragédia.

— O que quer dizer... a quinta tragédia?

Matt olhou para ela surpreso, e então, de repente, compreendeu.

— Claro... você estava em Sarajevo. Imagino que lá, com a guerra comendo feio, o que aconteceu com os Winthrop no ano passado não devia ser notícia de primeira página. Ouviu falar de Taylor Winthrop, o pai de Gary?

— Sim. Era senador. Ele e a mulher não morreram num incêndio no ano passado?

— Isso mesmo. Dois meses depois, o filho mais velho deles morreu num acidente de carro. E um mês e meio depois foi a filha Julie, num acidente de esqui. — Matt fez uma pausa. — E agora, nesta madrugada, Gary, o último da família.

Dana calou-se, aturdida.

— Dana, os Winthrop são uma lenda. Se este país tivesse uma família real, eles é que usariam a coroa. Inventaram o carisma. Ficaram famosos em âmbito mundial por sua filantropia e serviços prestados ao governo. Gary planejava seguir os passos do pai e concorrer ao Senado, e era encarado como o vencedor certo. Agora, ele se foi. Em menos de um ano, uma das mais ilustres famílias do mundo foi totalmente dizimada.

— Eu... eu não sei o que dizer.

— É melhor pensar em alguma coisa — disse Matt, ríspido. — Você entra no ar em vinte, minutos.

A NOTÍCIA DA MORTE de Gary Winthrop transmitiu ondas de choque pelo mundo todo. Comentários de líderes governamentais lampejaram nas telas de televisão em todo o planeta.

— É como uma tragédia grega...

— Inacreditável...

— Uma irônica reviravolta do destino...

— O mundo sofreu uma grande perda...

— Os mais brilhantes e os melhores, e agora se foram todos...

Parecia que todo mundo não falava de outro assunto senão do assassinato de Gary Winthrop. Uma onda de tristeza inundou o país. A morte de Gary Winthrop trouxera de volta a lembrança das outras mortes trágicas na família.

— É tão irreal — disse Dana a Jeff. — Toda a família devia ser tão maravilhosa.

— E eram. Gary era um verdadeiro fã de esportes, e um grande patrocinador. — Jeff balançou a cabeça. — É difícil acreditar que dois ladrõezinhos liquidaram uma pessoa tão maravilhosa.

AO VOLANTE, A CAMINHO do estúdio na manhã seguinte, Jeff disse:

— Ah, a propósito, Rachel está aqui na cidade.

A propósito? Mas como ele é natural. Natural demais, pensou Dana.

Jeff tinha sido casado com Rachel Stevens, uma modelo. Dana vira o retrato dela em anúncios de televisão e capas de revistas.

Era difícil acreditar que uma mulher pudesse ser tão linda. *Mas na certa não tem um neurônio funcionando na cabeça,* decidiu Dana. *Em compensação, com aquele rosto e corpo, não precisa de cérebro.*

Dana conversara sobre Rachel com Jeff.

— Que aconteceu com o casamento?

— No início foi fantástico — disse-lhe Jeff. — Rachel me dava um grande apoio, era muito compreensiva. Embora odiasse beisebol, ia aos jogos me ver jogar. Além disso, tínhamos muita coisa em comum.

Aposto que tinham.

— Ela é mesmo uma mulher maravilhosa, completamente autêntica. Adorava cozinhar. Quando estava numa filmagem, cozinhava para as outras modelos.

Grande jogada para livrar-se da competição. Na certa, elas caíam como moscas.

— Como?

— Eu não disse nada.

— Em todo caso, ficamos casados cinco anos.

— E aí?

— Rachel fazia o maior sucesso. Era sempre requisitada, e seu trabalho a levou ao mundo inteiro. Itália... Inglaterra... Jamaica... Tailândia... Japão... Diga qualquer lugar que queira. Enquanto isso, eu jogava em todos os cantos do país. Não nos encontrávamos, nem ficávamos juntos com muita frequência. Aos poucos, a magia foi desaparecendo.

A pergunta seguinte parecia lógica, pois Jeff adorava crianças.

— Por que vocês não tiveram filhos?

Ele deu um sorriso forçado.

— Não é bom para a forma física de uma modelo. Aí, um dia, Roderick Marshall, um dos maiores diretores de Hollywood, mandou chamá-la. Rachel foi para Hollywood. — Jeff hesitou. — Ela me ligou uma semana depois para dizer que queria o divórcio. Achava que tínhamos ficado muito afastados um do outro. Tive de concordar. Dei o divórcio. Logo depois, quebrei o braço.

— E se tornou um comentarista esportivo. E Rachel? Não estourou no cinema?

Jeff fez que não com a cabeça.

— Não, ela não se dedicava. Mas está se saindo bem.

— Vocês continuam amigos?

— Sim. Para falar a verdade, quando ela me telefonou contei sobre nós. Ela quer conhecê-la.

Dana franziu a testa.

— Jeff, não acho que...

— Ela é muito simpática mesmo, querida. Vamos almoçar todos juntos amanhã. Você vai gostar de Rachel.

— Com certeza eu vou — concordou Dana.

Como uma bola de neve no inferno, pensou Dana. *Mas afinal não tenho hábito de falar com muitas cabeças ocas.*

A CABEÇA OCA ACABOU se mostrando ainda muito mais bonita do que Dana temia. Rachel Stevens era alta e esguia, com longos e luminosos cabelos louros, a cútis bronzeada, perfeita, e traços faciais impressionantes. Dana detestou-a à primeira vista.

— Dana Evans, esta é Rachel Stevens.

Não devia ser: Rachel Stevens; esta é Dana Evans?, pensou Dana.

A supermodelo dizia:

— ... via suas transmissões de Sarajevo sempre que eu podia. Eram incríveis. Dava pra todos nós sentirmos seu coração partido e partilhar de sua dor.

Como a gente responde a um elogio sincero?

— Obrigada — disse Dana, sem muita emoção.

— Onde gostariam de almoçar? — perguntou Jeff.

Rachel sugeriu:

— Tem um restaurante maravilhoso chamado Estreitos da Malásia. Fica a dois quarteirões de Dupont Circle. — Virou-se para Dana e perguntou: — Você gosta de comida tailandesa?

Como se ela realmente se importasse.

— Gosto.

Jeff sorriu.

— Ótimo. Vamos experimentar.

— Fica só a alguns quarteirões daqui. Vamos a pé?

Nesse frio congelante?

— Claro — disse Dana, disposta a enfrentar qualquer parada. *Ela na certa anda nua na neve.*

Os três dirigiram-se para Dupont Circle. Dana sentia-se em segundo plano. Arrependia-se amargamente de ter aceitado o convite.

O restaurante estava lotado, com uma dezena de pessoas no bar, à espera de mesas. O *maître* apressou-se a recebê-los.

— Uma mesa para três — disse Jeff.

— Vocês fizeram reserva?

— Não, mas...

— Lamento, mas... — Reconheceu Jeff. — Sr. Connors, é um prazer vê-lo. — Olhou para Dana. — Srta. Evans, é uma honra. — Fez um muxoxo. — Receio que haja uma pequena demora. — Desviou o olhar para Rachel, e a expressão no rosto iluminou-se. — Srta. Stevens! Li que ia fazer um trabalho na China.

— Fiz, mas já voltei.

— Maravilha. — Voltou-se para Dana e Jeff. — Claro que temos uma mesa pra vocês. — Levou-os a uma no centro do restaurante.

Odeio ela, pensou Dana. *Odeio mesmo.*

Já sentados, Jeff disse:

— Você está fantástica, Rachel. Seja lá o que anda fazendo, tem-lhe feito bem.

E podemos todos adivinhar o *quê.*

— Tenho viajado muito. Acho que vou moderar um pouco o ritmo por algum tempo. — Olhou fundo nos olhos de Jeff. — Lembra aquela noite em que eu e você...

Dana ergueu os olhos do cardápio.

— O que é *udang goreng?*

Rachel olhou para Dana.

— É camarão com leite de coco. Muito bem-feito aqui. — Voltou-se para Jeff. — A noite em que eu e você decidimos que queríamos...

— O que é *laksa?*

Rachel respondeu, paciente:

— Sopa apimentada com talharim. — Voltou-se mais uma vez para Jeff. — Você disse que queria...

— E *poh pia?*

Rachel desviou o olhar para Dana e disse, com calma.

— É refogado de *jicama* frita com legumes.

— É mesmo? — Dana decidiu não perguntar o que queria dizer *jicama*.

Mas no decorrer da refeição ela surpreendeu-se, porque, embora a contragosto, começava a gostar de Rachel Stevens. A ex-mulher de Jeff tinha uma personalidade atraente e encantadora. Ao contrário das maiores beldades de categoria mundial, Rachel parecia inteiramente desligada de sua linda aparência, além de não exibir ego inflado algum. Inteligente e articulada, quando fez o pedido do almoço ao garçom em tailandês, não deixou transparecer nenhuma insinuação de superioridade. Dana se perguntava: *Como Jeff deixou esta mulher escapar?*

— Quanto tempo vai ficar em Washington? — perguntou Dana.

— Tenho de ir embora amanhã.

— Para onde, desta vez? — Jeff quis saber.

Rachel hesitou.

— Havaí. Mas estou me sentindo muito cansada mesmo, Jeff. Cheguei até a pensar em cancelar a viagem.

— Mas não vai — disse Jeff.

Rachel deu um suspiro.

— Não, não vou.

— Quando vai voltar? — perguntou Dana.

Rachel olhou-a por um longo momento e disse, calma:

— Acho que não vou voltar para Washington, Dana. Desejo que você e Jeff sejam muito felizes. — Suas palavras pareceram dizer algo mais.

Fora do restaurante, após o almoço, Dana disse:

— Tenho algumas coisas para fazer. Vão na frente vocês dois.

Rachel pegou nas mãos de Dana.

— Fiquei muito feliz por nos conhecermos.

— Eu também — disse Dana e, para sua surpresa, dissera isso com sinceridade.

Dana olhou Jeff e Rachel seguirem pela rua. *Um casal impressionante,* pensou.

Como era início de dezembro, Washington preparava-se para a temporada das festividades natalinas. As ruas estavam decoradas com luzes e guirlandas de azevinho; em quase toda esquina, viam-se Papais Noéis do Exército da Salvação a repicar seus sinos, pedindo moedas para caridade. As calçadas apinhavam-se de compradores que enfrentavam sem medo o vento glacial.

Chegou a hora, pensou Dana. *Preciso começar a fazer minhas compras.* Fez uma lista mental das pessoas a quem ia dar presentes. Sua mãe, Kemal, Matt, seu patrão e, claro, o maravilhoso Jeff. Entrou num táxi e seguiu para a Hetcht's, uma das maiores lojas de departamento de Washington. O lugar estava abarrotado de pessoas que celebravam o espírito natalino dando rudes encontrões em outros compradores para tirá-los do caminho.

Quando terminou as compras, Dana voltou para o apartamento a fim de deixar os presentes. O prédio ficava na Calvert Street, num tranquilo bairro residencial. Com uma decoração atraente, consistia em um quarto, uma sala de estar, uma cozinha e um escritório adaptado para quarto, onde dormia Kemal.

Dana pôs os presentes num armário, olhou o apartamento em volta e pensou, satisfeita: *Vamos ter* de *arranjar um lugar maior quando Jeff e eu nos casarmos.* Ao dirigir-se à porta para voltar ao estúdio, o telefone tocou.

— Alô.

— Dana, querida.

Era sua mãe.

— Oi, mãe. Eu já estava sain...

— Eu e meus amigos assistimos ao seu programa ontem à noite. Você estava ótima.

— Obrigada.

— Embora a gente tivesse achado que você podia transmitir notícias um pouco mais animadoras.

Dana suspirou.

— Notícias um pouco mais animadoras?

— É. Todos os assuntos de que você fala são tão deprimentes. Não pode arranjar alguma coisa mais alegre para discutir?

— Sem dúvida, mãe, vou ver o que posso fazer.

— Seria muito simpático. Aliás, estou meio sem dinheiro este mês. Será que dá para você me ajudar mais uma vez?

Desde que a mãe de Dana se divorciara do pai e mudara-se para Las Vegas, parecia sempre estar sem dinheiro. A mesada que Dana lhe dava nunca bastava.

— Você joga, mãe?

— Claro que não — disse a Sra. Evans, com indignação. — Las Vegas é uma cidade muito cara. Por falar nisso, você não vai aparecer? Gostaria de conhecer Kimbal. Devia trazê-lo aqui.

— O nome dele é Kemal, mãe. No momento não tenho como sair daqui.

Houve uma ligeira hesitação na outra ponta da linha.

— Não tem? Meus amigos vivem dizendo que você é uma grande felizarda por ter um emprego em que só precisa trabalhar uma ou duas horas por dia.

— É, acho que sou mesmo uma grande felizarda.

Como âncora de dois jornais, Dana chegava ao estúdio da televisão às 9 horas, passava a maior parte do dia em telefonemas para coletivas de imprensa internacionais, pegando as últimas notícias de Londres, Paris, Itália e outras localidades estrangeiras. O resto do dia era dedicado a reuniões de produção, à pauta, à compilação das notícias, decidindo em que ordem seriam editadas e transmitidas as matérias quando ela entrasse no ar. Dana apresentava dois noticiários noturnos.

— É ótimo que tenha um emprego tão fácil, querida.

— Obrigada, mãe.

— Você vem me visitar logo, não vem?

— Vou, sim.

— Estou louca pra conhecer esse menino lindo.

Seria bom também para Kemal conhecê-la, pensou Dana. *Assim, terá uma avó. E quando eu e Jeff nos casarmos, ele mais uma vez terá uma família* de *verdade.*

Quando Dana pisou no corredor, saindo do prédio de seu apartamento, surgiu a Sra. Wharton.

— Quero lhe agradecer por ter tomado conta de Kemal ontem de manhã, Dorothy. Fico realmente muito grata.

— Foi um prazer.

Dorothy Wharton e o marido, Howard, haviam se mudado para o prédio um ano antes. Eram canadenses, um encantador casal de meia-idade. Howard Wharton era engenheiro especializado em restauração de monumentos.

Certa noite, o Sr. Whanton explicara a Dana no jantar:

— Não há cidade melhor no mundo que Washington para o meu tipo de trabalho. Onde mais eu ia encontrar oportunidades assim? — perguntou Howard Wharton. E ele mesmo respondeu: — Em lugar nenhum.

— Howard e eu adoramos Washington — confidenciou a Sra. Wharton. — Nunca vamos sair daqui.

Ao voltar para seu escritório, Dana encontrou a última edição do *Washington Tribune* na mesa. A primeira página continuava cheia de matérias e fotos da família Winthrop. Dana olhou atenta as fotos durante um longo tempo, a mente disparada. *Cinco deles mortos em menos de um ano. Incrível.*

O telefonema foi dado para um aparelho privado na torre executiva da Washington Tribune Enterprises.

— Acabei de receber o telefonema.

— Bom. Eles estavam à espera. Que quer que façam com as pinturas?

— Queime-as.

— Todas? São valiosas...

— Tudo saiu às mil maravilhas. Não podemos deixar pontas soltas. Queime todas agora.

A secretária de Dana, Olivia Watkins, avisou-a pelo interfone.

— Telefonema para você na linha três. Ele já ligou duas vezes.

— Quem é, Olivia?

— O Sr. Henry.

Thomas Henry, diretor da Escola Intermediária Theodore Roosevelt.

Dana levou a mão à testa e comprimiu-a para expulsar a dor de cabeça que ia começar. Pegou o telefone.

— Boa tarde, Sr. Henry.

— Boa tarde, Srta. Evans. Será que poderia dar uma passada aqui para me ver?

— Sem dúvida. Daqui a uma ou duas horas, estar...

— Eu gostaria de sugerir *já,* se for possível.

— Já estou indo.

Capítulo 3

A ESCOLA ERA UMA provação insuportável para Kemal. Ele era menor que os outros garotos da sala e, para sua profunda vergonha, isso incluía as meninas. Apelidaram-no de "nanico", "camarão" e "peixinho". No que se referia aos estudos, o único interesse de Kemal era por matemática e computadores, onde invariavelmente tirava as melhores notas de toda a turma. Uma das atividades secundárias da escola era o clube de xadrez, e Kemal dominava-o. Antes do acidente, gostava de futebol, mas quando foi inscrever-se para o time da escola, o treinador olhou para a manga vazia de Kemal e disse: "Lamento, não podemos aproveitar você." Disse isso com delicadeza, embora para o garoto tivesse sido um golpe arrasador.

O inimigo número um de Kemal era Ricky Underwood. Na hora do almoço, alguns dos alunos comiam no pátio coberto em vez de na lanchonete. Ricky Underwood esperou para ver onde Kemal ia almoçar e juntou-se então a ele.

— Escute, aqui, seu órfão. Quando é que sua madrasta má vai mandar você de volta ao lugar de onde veio?

Kemal ignorou-o.

— Estou falando com você, sua aberração. Não acha mesmo que ela vai ficar com você, acha? Todo mundo sabe por que ela trouxe você pra cá, seu cara de camelo. Porque era uma famosa correspondente de guerra, e salvar um aleijado ia fazê-la parecer uma pessoa boazinha.

— *Fukat!* — gritou Kemal. Levantou-se e saltou para cima de Underwood.

O primeiro golpe de Underwood atingiu a barriga de Kemal e depois, com força, o rosto. Kemal caiu, contorcendo-se de dor.

Underwood disse:

— Toda vez que quiser mais é só me avisar. E é melhor fazer isso rápido porque, pelo que eu soube, você já é história.

Kemal vivia em agonia por causa de suas dúvidas. Não acreditou nas coisas que Ricky Underwood lhe dissera, no entanto... E se fossem verdade? *E se Dana me mandar mesmo* de *volta? Underwood tem razão,* pensou Kemal. *Eu sou uma aberração. Por que uma pessoa tão maravilhosa* como *Dana ia me querer?*

KEMAL ACHOU QUE sua vida chegara ao fim quando os pais e as irmãs foram mortos em Sarajevo. Fora mandado para a Instituição dos Órfãos nos arredores de Paris, o que passou a ser um pesadelo.

Todas as sextas-feiras, os meninos e meninas faziam fila no orfanato, quando chegavam possíveis pais adotivos para avaliá-los e escolher um que levariam para casa. Com a aproximação das sextas-feiras, a excitação e a tensão entre as crianças intensificavam-se a um nível quase insuportável. Tomavam banho, vestiam-se com aprumo e, enquanto os adultos percorriam a fila, cada criança rezava intimamente para ser escolhida.

Invariavelmente, quando os pais em potencial viam Kemal, sussurravam:

— Veja, ele só tem um braço. — E seguiam adiante.

Todas as sextas-feiras era a mesma coisa, mas Kemal continuava esperando, esperançoso, enquanto os adultos examinavam a fila de candidatos. Porém, sempre escolhiam outras crianças.

Parado ali, ignorado, Kemal sentia-se tomado de humilhação. *Sempre será outro,* pensava, afligindo-se. *Ninguém me quer.*

Desejava desesperadamente fazer parte de uma família. Tentava de tudo para fazer com que isso acontecesse. Numa sexta-feira, sorria com muita alegria para os adultos, a fim de fazê-los sentir que era um menino simpático e amistoso. Em outra, fingia-se ocupado com alguma coisa, mostrando-lhes que não ligava a mínima se fosse ou não escolhido, eles é que seriam os felizardos se o tivessem. De outras vezes, olhava intensamente para eles, suplicando-lhes em silêncio que o levassem para casa. Mas, semana após semana, era sempre outra criança a escolhida e levada para lares maravilhosos e famílias felizes.

Como por milagre, Dana mudou tudo isso. Ela o encontrou vivendo nas ruas de Sarajevo. Depois que foi embarcado de avião pela Cruz Vermelha para um orfanato nos arredores de Paris, ele lhe escreveu uma carta. Para seu espanto, Dana telefonou para o orfanato e disse que queria que Kemal fosse morar com ela nos Estados Unidos. Foi o momento mais feliz da vida do garoto. Um sonho impossível que se tornou realidade e que acabou sendo uma alegria ainda muito maior do que até então imaginara.

Sua vida mudou por completo. Ele agora agradecia que ninguém o tivesse escolhido antes. Não se sentia mais sozinho no mundo. Alguém se interessava por ele. Kemal amava Dana de todo o coração e alma, mas no íntimo afligia-o o terrível medo que Ricky Underwood lhe infundira, de que algum dia ela mudasse de ideia e o mandasse de volta para o orfanato, para a vida no inferno de que escapara. Ele tinha um sonho recorrente: via-se mais uma vez no asilo de órfãos, e era sexta-feira. Uma fila de adultos inspecionava as crianças, entre eles Dana. Ela olhava para Kemal e dizia: *Esse garoto medonho só tem um braço,* passava adiante e escolhia o menino a seu lado; Kemal acordava aos prantos.

Ele sabia que Dana detestava que se metesse em brigas na escola e fazia tudo para evitá-las, mas não podia suportar que

Ricky Underwood e seus amigos a insultassem. Assim que perceberam isso, passaram a intensificar os insultos a Dana e, em consequência, também as brigas.

Underwood cumprimentava Kemal assim:

— E aí, já arrumou a mala, camarão? No noticiário desta manhã, disseram que a megera da sua madrasta vai mandar você de volta para a Iugoslávia.

— *Zbosti!* — berrava Kemal.

E a luta começava. Ele voltava para casa de olho roxo e com hematomas, mas, quando Dana lhe perguntava o que acontecera, não lhe dizia a verdade, pois o apavorava o que poderia acontecer se exprimisse em palavras o que Ricky Underwood dissera.

Agora, à espera de Dana no gabinete do diretor, Kemal pensava: *Quando ela souber* o *que fiz desta vez, vai me mandar embora.* Ficou ali sentado, o coração disparado.

QUANDO DANA ENTROU no gabinete de Thomas Henry, viu o diretor andando de um lado para o outro na sala, com a fisionomia sinistra. Kemal estava sentado numa cadeira do outro lado do escritório.

— Bom dia, Srta. Evans. Por favor, sente-se — disse ele. Pegou então uma grande faca de açougueiro na escrivaninha. — Um dos professores tirou isto dele.

Dana girou e olhou para Kemal, furiosa.

— *Por quê?* — perguntou, zangada. — Por que trouxe isso para a escola?

Kemal olhou para ela e disse, carrancudo:

— Porque eu não tinha um revólver.

— Kemal!

Dana virou-se para o diretor.

— Posso conversar com o senhor a sós, Sr. Henry?

— Sim. — Ele olhou para Kemal, o queixo endurecido. — Espere no corredor.

Kemal levantou-se, deu uma última olhada na faca e saiu.

Dana começou:

— Sr. Henry, Kemal tem 12 anos. Viveu a maior parte desses anos adormecendo com o som de bombas explodindo nos ouvidos, as mesmas bombas que mataram a mãe, o pai e a irmã dele. Uma delas lhe arrancou o braço. Quando o encontrei em Sarajevo, ele morava numa caixa de papelão num terreno baldio. Com centenas de outros meninos e meninas sem lar, vivendo ali como animais. — Lembrava-se Dana, tentando manter a voz firme. — As bombas pararam, mas os meninos e meninas continuaram sem lar e sem esperança. A única maneira que têm para se defender dos inimigos é uma faca, uma pedra ou uma arma, se tiverem muita sorte de pôr as mãos numa. — Cerrou os olhos por um instante e respirou fundo. — Essas crianças vivem apavoradas. Kemal vive apavorado, mas é um garoto decente. Só precisa aprender que está seguro aqui. Que nenhum de nós é seu inimigo. Prometo-lhe que isso não se repetirá.

Houve um longo silêncio. Thomas Henry então disse:

— Se algum dia eu precisar de advogado, Srta. Evans, gostaria que me defendesse.

Ela conseguiu dar um sorriso de alívio.

— Prometo.

Thomas Henry exalou um suspiro.

— Está bem. Converse com Kemal. Se ele fizer mais uma vez alguma coisa semelhante, receio que terei de...

— Vou falar com ele. Obrigada, Sr. Henry.

Kemal esperava no corredor.

— Vamos para casa — disse Dana, ríspida.

— Eles vão ficar com a minha faca?

Ela não se deu o trabalho de responder.

No trajeto para casa, Kemal disse:

— Me desculpe por ter-lhe causado esse problema, Dana.

— Oh, por nada, bobagem. Só porque eles decidiram não expulsá-lo da escola? Escute, Kemal...

— Tudo bem. Nada mais de facas.

Quando chegaram ao apartamento, ela disse:

— Tenho de voltar ao estúdio, Kemal, mas esta noite vamos ter uma longa conversa.

AO TERMINAR a transmissão do noticiário da noite, Jeff virou-se para Dana:

— Você parece preocupada, meu bem.

— E estou. É o Kemal. Não sei o que fazer com ele, Jeff. Tive de ir à escola conversar com o diretor esta manhã, e mais duas governantas se demitiram por causa dele.

— Ele é um garoto maravilhoso — disse Jeff. — Só precisa de tempo.

— Talvez. Jeff?

— Sim?

— Espero não ter cometido um erro terrível trazendo Kemal pra cá.

QUANDO DANA RETORNOU ao apartamento, encontrou Kemal à espera.

— Sente-se — ordenou. — Precisamos conversar. Você precisa começar a obedecer às ordens, e essas brigas na escola têm de acabar. Sei que os outros garotos estão tornando as coisas difíceis para você, Kemal, mas precisa chegar a um entendimento com eles. Se continuar se metendo em brigas, o Sr. Henry vai expulsá-lo da escola.

— Não me importa.

— *Tem* de se importar. Quero que você tenha um futuro maravilhoso, e isso não pode acontecer sem uma boa formação escolar. O Sr. Henry está lhe dando uma nova oportunidade, mas...

— Ele que se foda.

— Kemal! — Sem pensar, Dana deu-lhe um tapa no rosto. Arrependeu-se no mesmo instante.

Ele olhou fixo para ela, uma expressão de descrença no rosto, correu para o escritório e bateu a porta.

O telefone tocou. Dana atendeu. Era Jeff.

— Dana...

— Querido, eu... eu não posso falar no momento. Estou muito perturbada.

— Que foi que houve?

— Kemal. Ele é impossível!

— Dana...

— Sim?

— Ponha-se no lugar dele.

— Como?

— Pense nisso. Lamento, estou entrando no ar. Falamos depois. — Desligou.

Ponha-se no lugar dele? Isso não faz o menor sentido, pensou Dana. *Como posso saber o que Kemal sente? Não sou órfã de guerra de 12 anos com um só braço, nem sofri o que ele sofreu.* Dana ficou ali sentada, durante um longo tempo, pensando. *Ponha-se no lugar dele.* Levantou-se, foi para o quarto, fechou a porta e abriu a do armário. Antes da chegada de Kemal, Jeff passava várias noites por semana no apartamento dela e tinha deixado algumas roupas ali. No armário havia calças, camisas, gravatas, um suéter e um paletó.

Ela pegou algumas roupas e pôs na cama. Foi até a gaveta da cômoda e escolheu um calção e um par de meias de Jeff. Depois despiu-se completamente. Pegou o calção de Jeff com a mão esquerda e começou a vesti-lo. Desequilibrou-se e caiu. Foram necessárias mais duas tentativas até conseguir vesti-lo. Em seguida, pegou uma das camisas. Só com a mão esquerda, levou três frustrantes minutos para pô-la e abotoá-la. Precisou sentar-se na cama para enfiar a calça, e foi difícil puxar o zíper. Levou mais dois minutos para vestir o suéter de Jeff.

Quando acabou afinal de vestir-se, sentou-se para recuperar o fôlego. Era aquilo que Kemal tinha de aguentar todas as manhãs. E era só o começo. Ainda precisava tomar banho, escovar os dentes e pentear os cabelos. E isso agora. E antes? Vivendo no horror da guerra, vendo a mãe, o pai, a irmã e os amigos assassinados.

Jeff tem razão, ela pensou. *Estou esperando muito dele e cedo demais. Kemal precisa de tempo para se ajustar. Jamais o abandonarei. Minha mãe abandonou meu pai* e *nunca a perdoarei por isso. Devia existir um oitavo pecado mortal: Não abandonareis aqueles que vos amam.*

Devagar, enquanto tirava as roupas de Jeff e punha as suas, Dana pensou nos títulos das músicas que Kemal ouvia repetidas vezes no aparelho de CD. "Não quero perdê-la", "Preciso de você esta noite", "Contanto que me ame", "Eu só quero ficar com você", "Preciso de amor".

Todas as letras falavam de solidão e carência.

Dana pegou o boletim de Kemal. Era verdade que ele ia mal na maioria das matérias, mas tinha um "A" em matemática. *O "A" que é importante,* pensou Dana. *É onde ele se supera. Aí é que tem um futuro. Vamos trabalhar nos outros conceitos.*

Quando ela abriu a porta do escritório, Kemal estava deitado na cama, os olhos muito cerrados, o rosto pálido coberto de lágrimas. Ela olhou-o por um momento, depois curvou-se e beijou-lhe a face.

— Lamento tanto, Kemal — sussurrou ela. — Me perdoe.

Amanhã será um dia melhor.

NA MANHÃ SEGUINTE, Dana levou Kemal a um famoso cirurgião-ortopedista, o Dr. William Wilcox. Após examiná-lo, o Dr. Wilcox conversou com Dana a sós.

— Srta. Evans, muni-lo de uma prótese custaria 20 mil dólares e...

Mal houve uma pausa.

— Estou disposta a pagar.

— Bem, há um problema em relação a isso — continuou o Dr. Wilcox. — Kemal só tem 12 anos. Seu corpo não vai parar de crescer até os 17 ou 18. O braço poderia crescer mais que a prótese no espaço de poucos meses. Receio que não seja prático.

Dana teve a sensação de que afundava.

— Entendo. Obrigada, doutor!

Já na rua, tranquilizou Kemal.

— Não se preocupe, querido. A gente vai encontrar um meio de resolver isso.

Deixou Kemal na escola e foi para o estúdio. A uns cinco quarteirões, o celular tocou. Ela pegou-o.

— Alô?

— É Matt. Vai haver uma coletiva sobre o assassinato de Winthrop ao meio-dia na sede da polícia. Quero que a cubra. Estou mandando uma equipe de câmera. A polícia está com o rabo preso na ratoeira. A matéria está crescendo a cada minuto e os policiais não têm a mínima pista.

— Estarei lá, Matt.

O CHEFE DE POLÍCIA, Dan Burnett, falava ao telefone em seu escritório quando a secretária lhe avisou:

— O prefeito está na linha dois.

Burnett respondeu, irritado:

— Diga a ele que estou falando com o governador na linha um. — E voltou para o telefone. — Sim, governador. Sei disso... Sim, senhor. Acho que... Tenho certeza de que podemos... Logo que tivermos... Certo. Até logo, senhor. — Bateu o telefone.

— A secretária da assessoria de imprensa da Casa Branca na linha quatro — avisou-lhe a secretária.

Toda a manhã transcorreu assim.

Ao meio-dia, na sala de conferência do Centro Municipal, na Indiana Avenue, 300, centro de Washington, apinhava-se o pessoal da mídia. O chefe de polícia Burnett entrou e dirigiu-se para a frente da sala.

— Vamos fazer silêncio, por favor. — Esperou até que todos se calassem. — Antes de ouvir suas perguntas, tenho uma declaração a fazer. O brutal assassinato de Gary Winthrop é uma grande perda, não apenas para esta comunidade, mas para o mundo, e nossa investigação continuará até prendermos os responsáveis por esse crime hediondo. Podem fazer suas perguntas.

Um repórter levantou-se.

— Chefe Burnett, a polícia tem alguma pista?

— Por volta das 3 horas, uma testemunha viu dois homens carregando uma caminhonete branca na entrada da garagem da casa de Gary Winthrop. Os movimentos deles lhe pareceram suspeitos, e a testemunha anotou o número da placa. Era de um caminhão roubado.

— A polícia sabe o que foi tirado da casa?

— Desapareceu uma dezena de quadros valiosos.

— Além dos quadros, mais alguma coisa foi roubada?

— Não.

— E dinheiro, joias?

— As joias e o dinheiro ficaram intocados. Os ladrões só estavam atrás das pinturas.

— Chefe Burnett, a casa não tinha um sistema de alarme? E se tinha, estava ligado?

— Tinha. Segundo o mordomo, ficava sempre ligado à noite. Os assaltantes descobriram um meio de desativá-lo. Ainda não sabemos ao certo como.

— Como os assaltantes entraram na casa?

O chefe Burnett hesitou.

— É uma pergunta interessante. Não há sinais de arrombamento. Ainda não temos a resposta.

— Poderia ter sido um trabalho de gente da casa?

— Achamos que não. Os empregados de Gary Winthrop trabalhavam para ele há muitos anos.

— Gary Winthrop estava sozinho em casa?

— Pelo que sabemos, sim. Os empregados estavam fora.

Dana perguntou:

— O senhor tem uma relação das pinturas roubadas?

— Temos, sim. São todas famosas. Já mandamos circular uma relação das obras entre os museus, negociantes de arte e colecionadores. No instante em que aparecer uma dessas pinturas, o caso será resolvido.

Dana sentou-se, aturdida. Os assassinos também devem saber disso, portanto não ousariam vender os quadros. Então, qual o sentido de roubá-los? E de cometer um assassinato? E por que não levaram o dinheiro, nem as joias? Alguma coisa não está se encaixando bem nessa história.

Os SERVIÇOS RELIGIOSOS fúnebres para Gary Winthrop realizaram-se na Catedral Nacional, a sexta maior do mundo. As avenidas Wisconsin e Massachusetts foram fechadas ao tráfego. Homens do Serviço Secreto e da polícia de Washington espalhavam-se em peso pelo exterior da igreja. Dentro, à espera do início do serviço, estavam o vice-presidente dos Estados Unidos, uns dez senadores e membros do Congresso, um juiz do Supremo Tribunal, dois oficiais de gabinete e uma hoste de dignitários do mundo inteiro. O barulho dos helicópteros da polícia e da imprensa enchia o céu. Na rua, centenas de espectadores chegavam para oferecer os pêsames ou dar uma olhada nas celebridades presentes. Pessoas prestavam homenagem não apenas a Gary, mas a toda a malfadada dinastia Winthrop.

Dana cobria o funeral com duas equipes de câmera. Dentro, a catedral silenciou.

— Deus se move por caminhos misteriosos — entoou o sacerdote. — Os Winthrops passaram suas vidas construindo esperanças. Doaram bilhões de dólares a escolas, igrejas, e aos destituídos e famintos. Mas, igualmente importante, deram com desprendimento seu tempo e talento. Gary Winthrop continuou a grande tradição da família. O motivo desta família, com todas as suas realizações e generosidade, ter-nos sido arrancada tão cruelmente está além do nosso conhecimento. Em certo aspecto, eles não se foram de fato, pois seu legado viverá para sempre. E o que fizeram para nós sempre nos orgulhará...

Deus não devia deixar pessoas assim terem esses tipos de mortes horríveis, pensou Dana com tristeza.

ERA A MÃE de Dana ao telefone:

— Meus amigos e eu assistimos à sua cobertura do funeral, Dana. Por um momento ali, quando falava da família Winthrop, achei que você ia chorar.

— Eu também, mãe. Eu também.

DANA TEVE DIFICULDADE para pegar no sono naquela noite. Quando adormeceu, seus sonhos foram um furioso caleidoscópio de incêndios, acidentes de carro e disparos de arma de fogo. No meio da noite, acordou de repente e sentou-se. *Cinco membros da mesma família mortos em menos de um ano? Quais as possibilidades?*

Capítulo 4

— QUE ESTÁ TENTANDO me dizer, Dana?

— Matt, estou dizendo que cinco mortes violentas numa mesma família, em menos de um ano, é coincidência demais.

— Dana, se não a conhecesse melhor, eu chamaria um psiquiatra e lhe diria que Chicken Little* se encontra no meu escritório dizendo que o céu está caindo. Acha que estamos tratando de algum tipo de conspiração? Quem está por trás dela? Fidel Castro? A CIA? Oliver Stone? Pelo amor de Deus, não sabe que toda vez que alguém importante é assassinado há uma centena de teorias da conspiração? Um cara veio aqui na semana passada e disse que podia provar que Lyndon Johnson assassinou Abraham Lincoln. Washington está sempre se afogando em teorias da conspiração.

— Matt, estamos nos preparando para fazer *Linha do Crime*. Quer começar com um assunto arrebatador? Bem, se eu estiver certa, podia ser esse.

Matt Baker ficou ali sentado por um momento, examinando-a.

— Está perdendo seu tempo, Dana.

— Obrigada, Matt.

---

*Chicken Little — um grande pessimista, especialmente aquele que alerta sobre um desastre iminente (personagem de uma história infantil que, ao ser acertado por uma noz que cai da árvore, acredita que o céu está caindo) — *The American Heritage Dictionary*. (*N. do E.*)

O ARQUIVO DA WASHINGTON Tribune Enterprises ficava no porão do prédio, cheio de milhares de fitas de programas de notícias anteriores, todas catalogadas com muito capricho.

Sentada atrás de sua mesa, Laura Lee Hill, uma atraente loura de seus 40 anos, catalogava fitas. Ergueu os olhos quando Dana entrou.

— Oi, Dana. Vi sua apresentação do funeral. Acho que fez um belo trabalho.

— Obrigada.

— Mas que tragédia terrível, não?

— Terrível — concordou Dana.

— A gente simplesmente nunca sabe — disse Laura Lee Hill, sombria. — Bem... que posso fazer por você?

— Quero ver algumas fitas da família Winthrop.

— Alguma coisa em particular?

— Não. Só quero ter uma sensação, sentir como era a família.

— Posso lhe dizer como eles eram. Eram santos.

— É isso o que não paro de ouvir — disse Dana.

Laura Lee Hill levantou-se.

— Espero que tenha muito tempo, meu bem. Pois há toneladas de material sobre eles.

— Ótimo. Não estou com pressa.

Laura Lee Hill levou Dana a uma mesa com um monitor de televisão.

— Volto já — disse. Retornou 5 minutos depois com os braços cheios de fitas. — Pode começar com estas. Há mais vindo aí.

Dana olhou a imensa pilha de fitas e pensou: *Talvez eu seja Chicken Little. Mas se estiver certa...*

Introduziu uma fita, e a imagem de um homem de beleza estonteante iluminou-se de repente na tela. Suas feições eram fortes e esculpidas. Tinha uma juba de cabelos negros, olhos azuis cândidos e um queixo protuberante. A seu lado, um garoto. O locutor disse:

— Taylor Winthrop acrescentou mais um campo de esportes aos que já criou para crianças carentes. Seu filho Paul está aqui com o pai, pronto para juntar-se à diversão. Este é o décimo de uma série de campos semelhantes que Taylor Winthrop tem construído. Planeja construir no mínimo mais uma dezena.

Dana apertou um botão e a cena mudou. Um Taylor Winthrop com aparência mais velha e fios grisalhos nos cabelos cumprimentava um grupo de dignitários.

— ... acabou de confirmar sua nomeação como consultor da OTAN, Organização do Tratado do Atlântico Norte. Taylor Winthrop partirá para Bruxelas nas próximas semanas com a missão de...

Dana mudou a fita. A cena era o jardim da Casa Branca. Taylor Winthrop ao lado do presidente, que dizia:

— ... e eu o nomeei para chefiar a AFP, Agência Federal de Pesquisa. A agência dedica-se a ajudar países em desenvolvimento em todo o mundo, e não consigo pensar em ninguém mais bem qualificado que Taylor Winthrop para presidir a organização...

O monitor tremeluziu e passou para a cena seguinte, o Aeroporto Leonardo Da Vinci em Roma, onde Taylor Winthrop desembarcava de um avião.

— Vários chefes de Estado aqui se encontram para saudar Taylor Winthrop, que acaba de chegar, com a incumbência de negociar acordos comerciais entre a Itália e os Estados Unidos. O fato de o Sr. Winthrop ter sido escolhido pelo presidente para conduzir essas negociações mostra o quanto são importantes...

O homem tinha feito de tudo, pensou Dana.

Ela mudou as fitas. Taylor Winthrop no palácio presidencial em Paris, trocando um aperto de mão com o presidente da França.

— Um acordo comercial com a França que marcará época acabou de ser concluído por Taylor Winthrop.

Outra fita. A mulher de Taylor Winthrop, Madeline, diante de um conglomerado de prédios, com um grupo de meninos e meninas.

— Hoje, Madeline Winthrop inaugurou um novo centro de assistência infantil a crianças vítimas de abuso e...

Havia uma fita dos próprios filhos dos Winthrop brincando na fazenda da família, em Manchester, Vermont.

Dana pôs a fita seguinte. Taylor Winthrop na Casa Branca. Ao fundo, a mulher, os dois belos filhos, Gary e Paul, e a linda filha, Julie. O presidente condecorava Taylor Winthrop com uma Medalha da Liberdade.

— ... e por sua abnegada devoção a este país e suas maravilhosas realizações, tenho o prazer de condecorar Taylor Winthrop com o mais alto prêmio civil que podemos conceder... a Medalha da Liberdade.

Uma fita de Julie esquiando...

Gary inaugurando uma fundação para ajudar jovens artistas plásticos...

Mais uma vez o Salão Oval. Do lado de fora, a imprensa em peso. Ao lado do presidente, Taylor Winthrop, grisalho, e a mulher.

— Acabei de nomear Taylor Winthrop nosso novo embaixador na Rússia. Sei que todos vocês já conhecem os inúmeros serviços prestados ao país por Winthrop e muito me alegra que ele tenha aceitado esse cargo em vez de passar seus dias jogando golfe. — A imprensa riu.

Taylor Winthrop retrucou com uma piada.

— Porque ainda não me viu jogando golfe, Sr. Presidente.

Mais risos...

E depois vinha a série de desastres.

Dana introduziu uma nova fita. A cena externa mostrava uma casa incendiada em Aspen, no Colorado. Uma repórter apontava para a casa destruída.

— O chefe da polícia de Aspen confirmou que o embaixador Winthrop e sua mulher Madeline morreram nesse terrível incêndio. O corpo de bombeiros foi avisado nas primeiras horas da manhã e chegou em 15 minutos, embora tarde demais para salvá-los. Segundo o chefe Nagel, o incêndio foi causado por um problema elétrico. O embaixador e a Sra. Winthrop eram mundialmente conhecidos por sua filantropia e dedicação a serviço do governo.

Dana pôs outra fita. A cena era a Grand Corniche, na Riviera Francesa. Uma repórter disse:

— Aqui fica a curva onde o carro de Paul Winthrop derrapou, saiu da estrada e despencou pela encosta da montanha. Segundo o gabinete do prefeito, ele morreu na hora com o impacto. Não havia passageiros. A polícia está investigando a causa do acidente. A terrível ironia é que, apenas dois meses atrás, a mãe e o pai de Paul Winthrop morreram num incêndio no chalé da família, em Aspen, no Colorado.

Dana pegou outra fita. Uma pista de esqui numa montanha em Juneau, no Alasca. Um repórter coberto de agasalhos:

— ... e esta é a cena do trágico acidente de esqui que ocorreu ontem à noite. As autoridades não sabem ao certo por que Julie Winthrop, uma esquiadora campeã, esquiava sozinha à noite nessa pista em particular que estava fechada, mas estão investigando. Em setembro, apenas seis meses atrás, Paul, irmão de Julie, morreu num acidente de carro na França e, em julho do mesmo ano, seus pais, o embaixador Taylor Winthrop e a mulher, morreram num incêndio. O presidente enviou condolências.

Na fita seguinte, via-se a casa de Gary Winthrop na seção noroeste de Washington. Repórteres enxameavam em volta da propriedade. Diante da fachada, uma repórter dizia:

— Numa trágica e inacreditável reviravolta de acontecimentos, Gary Winthrop, o último remanescente da amada família Winthrop, foi baleado e morto por ladrões. Hoje de manhã cedo, um guarda de segurança percebeu que a luz do alarme estava desligada, entrou na casa e encontrou o corpo do Sr. Winthrop. Ele foi atingido por dois disparos. Aparentemente os ladrões procuravam pinturas valiosas e foram interrompidos. Gary Winthrop foi o quinto e último membro da família a sofrer morte violenta em um ano.

Dana desligou o monitor de televisão e ficou ali sentada por um longo tempo. *Quem ia querer eliminar uma família maravilhosa como aquela? Quem? E seria dinheiro o motivo?*

DANA MARCOU UMA entrevista com o senador Perry Leff, no novo prédio de escritórios do Senado. Leff era um homem sério e entusiasta, de 50 e poucos anos.

Levantou-se quando Dana foi conduzida ao seu escritório.

— Que posso fazer por você, Srta. Evans?

— Senador, pelo que sei, o senhor trabalhou intimamente com Taylor Winthrop, não?

— Sim. Fomos nomeados pelo presidente para servir juntos em vários comitês.

— Conheço a imagem pública dele, senador Leff, mas como ele era como pessoa?

O senador Leff examinou Dana por um momento.

— Muito me alegra lhe dizer. Taylor Winthrop foi um dos melhores homens que já conheci na vida. O mais admirável nele era a maneira como se relacionava com as pessoas. Importava-se mesmo com elas. Desviou-se de seu caminho para tornar este um mundo melhor. Sempre sentirei sua falta, e o que aconteceu com sua família é simplesmente terrível demais só em pensar.

DANA CONVERSAVA com Nancy Patchin, uma das secretárias de Taylor Winthrop, de seus 60 anos, com um rosto enrugado e olhos tristes.

— Trabalhou muito tempo para o Sr. Winthrop?

— Quinze anos.

— Nesse período, imagino que passou a conhecer bem o Sr. Winthrop.

— Sim, claro.

— Estou tentando obter uma imagem do tipo de homem que ele era na convivência diária. Era...

Nancy Patchin interrompeu-a.

— Posso lhe dizer exatamente que tipo de homem ele era, Srta. Evans. Quando descobrimos que meu filho tinha a doença de Lou Gehrig, Taylor Winthrop levou-o aos seus próprios médicos e pagou todas as despesas. Quando meu filho morreu, o Sr. Winthrop arcou com os gastos do enterro e me mandou à Europa para me recuperar. — Os olhos encheram-se de lágrimas. — Ele foi o cavalheiro mais maravilhoso, mais generoso, que já conheci.

DANA CONSEGUIU marcar uma entrevista com o general Victor Booster, diretor da AFP, a Agência Federal de Pesquisa que Taylor presidira. A princípio, Booster se recusara a falar com ela, mas quando lhe disse sobre quem queria conversar concordou em recebê-la.

No meio da manhã, Dana pegou o carro e foi dirigindo para a Agência Federal de Pesquisa, perto de Fort Mead, Maryland. Os prédios da sede da agência ocupavam 32 hectares fortemente guardados. Não se via sinal algum da floresta de discos de satélite ocultos atrás da área densamente arborizada.

Dana seguiu por uma cerca anticiclone de 2,50m de altura, encimada por arame farpado. Deu seu nome ao chegar, mostrou a carteira de motorista a um guarda armado na guarita e recebeu permissão para entrar. Um minuto depois, aproximou-se de um portão eletrificado fechado, com uma câmera de vigilância. Disse mais uma vez seu nome e o portão abriu-se automaticamente. Seguiu pela entrada de carros até o enorme prédio branco da diretoria.

Um homem à paisana recebeu-a do lado de fora.

— Eu a levarei ao escritório do general Booster, Srta. Evans.

Eles tomaram um elevador, subiram cinco andares e atravessaram um longo corredor até um conjunto de escritórios no fim do pavimento.

Entraram num grande escritório de recepção mobiliado com duas escrivaninhas para as secretárias. Uma delas disse:

— O general está à espera, Srta. Evans. Queira entrar, por favor. — Apertou um botão e, com um estalido, a porta de acesso ao escritório interno abriu-se.

Dana viu-se num escritório espaçoso, os tetos e as paredes com pesado revestimento à prova de som. Foi recebida por um homem alto, magro, atraente, de seus 40 anos. Ele estendeu a mão para Dana e disse, cordial:

— Sou o major Jack Stone, ajudante de ordens do general Booster. — Indicou o homem sentado atrás de uma escrivaninha. — Este é o general Booster.

Victor Booster era um negro com rosto talhado a cinzel e olhos duros de obsidiana. A cabeça raspada brilhava sob as luzes do teto.

— Sente-se — disse ele. Tinha a voz grossa e grave.

Dana sentou-se.

— Obrigada por me receber, general.

— Você disse que era sobre Taylor Winthrop?

— Sim. Eu queria...

— Vai fazer uma matéria sobre ele, Srta. Evans?

— Bem, eu...

Booster endureceu a voz.

— Vocês, porras de jornalistas, não podem deixar os mortos em paz? São todos um bando de coiotes, que vivem investigando e denunciando corrupção política e administrativa, roendo cadáveres...

Dana ficou sentada ali, absorvendo o choque.

Jack Stone parecia sem graça.

Dana controlou seu temperamento.

— General Booster, garanto-lhe que não estou interessada em investigar nem denunciar alguma corrupção. Conheço a lenda de Taylor Winthrop. Estou tentando obter uma imagem do homem. Ficarei muito grata por qualquer coisa que possa me dizer.

O general Booster curvou-se à frente.

— Não sei de que diabo você está atrás, mas posso lhe dizer uma coisa. A lenda *era* o homem. Quando Taylor Winthrop presidiu a AFP, trabalhei sob sua chefia. Foi o melhor diretor que essa organização já teve. Todo mundo o admirava. O que aconteceu a ele e à sua família é uma tragédia que não consigo nem sequer compreender. — A fisionomia ficou carregada. — Com toda franqueza, não gosto da imprensa, Srta. Evans. Acho que seu pessoal passou a perder o controle. Assisti à cobertura que fez em Sarajevo. Suas transmissões lacrimosas e floreadas não nos ajudaram em nada.

Dana tentava com esforço controlar a raiva.

— Eu não estava lá para ajudá-lo, general. Estava lá para noticiar o que acontecia com a população civil inocente...

— Seja o que for. Para sua informação Taylor Winthrop foi o melhor e maior estadista que este país já teve. — Cravou os olhos nos dela. — Se pretende esfrangalhar a memória dele, vai arranjar um monte de inimigos. Estou lhe avisando para ficar longe disso. Até logo, Srta. Evans.

Dana fitou-o por um momento e levantou-se em seguida.

— Muito obrigada, general. — Ela saiu do escritório.

Jack Stone apressou-se atrás dela.

— Vou acompanhá-la para mostrar a saída.

No corredor, Dana respirou fundo e perguntou, furiosa:

— Ele é sempre assim?

Jack Stone deu um suspiro.

— Peço desculpas por ele. Às vezes, é um pouco bruto. Ele fala por falar, não sente nada daquilo.

— É mesmo? — perguntou Dana, firme. — Tive a sensação de que sentia.

— De qualquer modo, do fundo do coração, me desculpe — disse Jack Stone. Virou-se, começando a afastar-se.

Dana tocou-lhe a manga.

— Espere. Eu gostaria de conversar com você. É meio-dia. Poderíamos almoçar em algum lugar?

Jack Stone deu uma olhada na porta do general.

— Está bem. No restaurante Sholl's Colonial, na rua K, em uma hora?

— Ótimo. Obrigada.

— Não me agradeça cedo demais, Srta. Evans.

Dana esperava-o quando ele entrou no self-service semideserto. Jack Stone parou na porta por um momento, certificando-se de que não havia ninguém conhecido dentro, depois juntou-se a Dana na mesa.

— O general Booster me esfolaria vivo se soubesse que estou conversando com você. Ele é um excelente homem. Seu trabalho é duro, sensível, e ele é muito, muito bom mesmo no que faz. — Hesitou. — Receio, porém, que não goste muito da imprensa.

— Deu para perceber — disse Dana, forçando um sorriso.

— Tenho de deixar uma coisa bem clara, Srta. Evans. Esta conversa é completamente em caráter não oficial.

— Entendo.

Eles pegaram bandejas, escolheram a comida e serviram-se. Quando voltaram a se sentar, Jack Stone explicou:

— Não quero que tenha uma impressão errada da nossa organização. Nós somos os mocinhos. Por isso é que entramos nela, para começar. Estamos trabalhando para ajudar os países subdesenvolvidos.

— Aprecio isso — disse Dana.

— Que posso lhe dizer sobre Taylor Winthrop?

— Tudo que consegui até agora são histórias de santidade. O homem devia ter *alguns* defeitos.

— E tinha — admitiu Jack Stone. — Deixe-me lhe contar primeiro as coisas boas. Mais que qualquer outro homem que conheci, Taylor Winthrop se preocupava com as pessoas. — Fez uma pausa. — Quer dizer, se preocupava *mesmo*. Prestava atenção nos nascimentos e casamentos, e todo mundo que trabalhava para ele o adorava. Tinha uma mente perspicaz, incisiva, e era um solucionador de problemas. E embora se envolvesse muito em tudo que fazia, no íntimo era um homem de família. Adorava a mulher e os filhos. — Interrompeu-se.

— Qual a parte ruim? — perguntou Dana.

Jack Stone disse, relutante:

— Taylor Winthrop era um ímã para mulheres. Era carismático, bonitão, rico e poderoso. As mulheres achavam difícil resistir. — Continuou: — Por isso, de vez em quando, Taylor... dava uma escapada. Tinha alguns casos amorosos, mas posso lhe garantir que nenhum deles era sério, e ele os mantinha com muita discrição. Jamais faria nada que pudesse magoar a família.

— Major Stone, pode imaginar se alguém teria tido um motivo para matar Taylor Winthrop e sua família?

Jack Stone largou o garfo.

— *Como?*

— Alguém com esse perfil tão elevado deve ter feito *alguns inimigos* ao longo da trajetória.

— Srta. Evans... está insinuando que os Winthrop foram *assassinados?*

— Só estou perguntando — disse Dana.

Jack Stone pensou por um momento. Depois balançou a cabeça.

— Não — disse. — Não faz sentido. Taylor Winthrop nunca feriu ninguém na vida. E se você falasse com qualquer um de seus amigos ou sócios, não faria sequer essa pergunta.

— Deixe-me lhe dizer o que soube até agora — disse Dana. — Taylor Winthrop era...

Jack Stone ergueu a mão.

— Srta. Evans, quanto menos eu souber, melhor. Estou tentando ficar fora do circuito. Posso ajudá-la melhor assim, se entende o que quero dizer.

Dana fitou-o, aturdida.

— Acho que não, para falar a verdade.

— Honestamente, pelo seu bem, espero que abandone toda essa matéria. Se não o fizer, seja cuidadosa. — Levantou-se e desapareceu do restaurante.

Ela ficou ali sentada, pensando no que acabara de ouvir. *Então Taylor Winthrop não tinha inimigos. Talvez eu esteja cercando o assunto pelo ângulo errado. E se não foi ele quem fez um inimigo mortal? E se foi um dos filhos? Ou a mulher?*

DANA CONTOU a Jeff sobre o almoço com o major Stone.

— Interessante. E agora?

— Quero falar com algumas das pessoas que conheceram os filhos. Paul Winthrop era noivo de uma moça chamada Harriet Berk. Estavam juntos há quase um ano.

— Lembro-me de ter lido sobre os dois — disse Jeff. Hesitou. — Querida, você sabe que lhe dou cem por cento de apoio...

— Claro, Jeff.

— Mas e se estiver enganada? Acidentes às vezes acontecem. Quanto tempo mais vai levar nisso?

— Não muito mais — prometeu Dana. — Vou fazer só mais algumas sondagens.

HARRIET BERK morava num elegante apartamento dúplex na parte noroeste de Washington. Era uma loura magra de 30 e poucos anos, com um sorriso nervoso e cativante.

— Obrigada por me receber — disse Dana.

— Ainda não sei exatamente *por que* a recebo, Srta. Evans. Disse que era alguma coisa relacionada a Paul.

— Sim. — Dana escolheu as palavras com cuidado. — Não quero me intrometer em sua vida pessoal, mas quando você e Paul eram noivos e iam se casar, tenho certeza que, talvez mais que ninguém, você fosse a pessoa que o conhecia melhor.

— Gosto de imaginar que sim.

— Eu adoraria saber um pouco mais sobre ele, como Paul era realmente.

Harriet Berk ficou calada por um momento. Quando falou, a voz saiu tranquila.

— Paul era diferente de todos os outros homens que já conheci. Tinha um grande entusiasmo pela vida. Era gentil e pensava muito nos outros. Às vezes, era muito engraçado. Não se levava muito a sério. Era uma grande diversão tê-lo por perto. Planejávamos nos casar em outubro. — Ela parou. — Quando Paul morreu no acidente, eu... eu senti que minha vida tinha acabado. — Olhou para Dana e disse, em voz baixa: — Continuo me sentindo assim.

— Lamento muitíssimo — disse Dana. — Detesto ter de pressioná-la, mas sabe se ele tinha algum inimigo, alguém que tivesse um motivo para assassiná-lo?

Harriet Berk olhou para ela e os olhos encheram-se de lágrimas.

— Assassinar Paul? — perguntou com a voz chocada. — Se você o tivesse conhecido, não teria sequer feito essa pergunta.

A CONVERSA SEGUINTE de Dana foi com Steve Rexford, o mordomo que trabalhara para Julie Winthrop. Era um inglês de meia-idade com aparência elegante.

— Como posso ajudá-la, Srta. Evans?

— Eu queria lhe perguntar sobre Julie Winthrop.

— Pois não, senhorita.

— Quanto tempo trabalhou para ela?

— Quatro anos e nove meses.

— Como ela era como patroa?

Ele sorriu, lembrando-se.

— Ela era uma dama extremamente agradável, linda, em todos os sentidos. Eu... não pude acreditar quando ouvi a notícia do seu acidente.

— Julie Winthrop tinha algum inimigo?

Ele franziu as sobrancelhas.

— Como? Não entendi.

— A Srta. Winthrop estava envolvida com alguém a quem pudesse ter... dado um fora? Ou alguém que pudesse querer feri-la, ou à sua família?

Steve Rexford balançou a cabeça, devagar.

— A Srta. Julie não era esse tipo de pessoa. Jamais poderia magoar alguém. Não. Era muito generosa com seu tempo e sua saúde. Todo mundo a adorava.

Dana examinou-o por um momento. Ele parecia sincero. Todos pareciam sinceros. *Que diabo estou fazendo? Sinto-me como Dana Quixote. Só que não há moinhos de vento.*

O ENCONTRO SEGUINTE de Dana foi com Morgan Ormond, diretor do Museu de Arte de Georgetown.

— Queria me perguntar sobre Gary Winthrop?

— Sim. Imaginei...

— A morte dele foi uma terrível perda. Nosso país perdeu seu maior patrono das artes.

— Sr. Ormond, há muita competição no mundo das artes?

— Competição?

— Acontece às vezes, quando várias pessoas estão interessadas na mesma obra de arte e entram em...

— Claro. Mas nunca com o Sr. Winthrop. Ele tinha uma coleção particular fabulosa, mas ao mesmo tempo era muito generoso com os museus. Não com este, em especial, mas com outros em todo o mundo. Sua ambição era tornar a arte acessível a todos.

— Conheceu algum inimigo que ele...

— Gary Winthrop? Nunca, nunca, nunca.

A ÚLTIMA ENTREVISTA de Dana foi com Rosalind Lopez, que trabalhara quinze anos como criada pessoal de Madeline Winthrop. Agora ajudava na administração de uma empresa dela e do marido que fornecia refeições congeladas.

— Obrigada por me receber, Srta. Lopez — disse Dana. — Gostaria de conversar sobre Madeline Winthrop.

— Aquela pobre senhora. Ela... ela foi a pessoa mais bondosa que já conheci.

Está começando a parecer um disco arranhado, pensou Dana.

— Foi simplesmente terrível o modo como ela morreu.

— Foi, sim — concordou Dana. — Estava com ela há um longo tempo, não?

— Oh, sim, senhora.

— Sabe de alguma coisa que ela poderia ter feito que talvez tivesse ofendido alguém ou criado algum inimigo da família?

Rosalind Lopez olhou para Dana, surpresa.

— Inimigos? Não, senhora. Todo mundo a adorava.

É um disco arranhado mesmo, decidiu Dana.

VOLTANDO PARA O escritório, Dana pensava: *Acho que estou errada. Apesar das probabilidades, as mortes devem* ter *sido coincidências.*

Dana entrou para falar com Matt Baker. Foi recebida por Abbe Lasmann.

— Oi, Dana.

— Matt está pronto pra mim?

— Sim. Pode entrar.

Matt Baker ergueu os olhos quando Dana entrou no escritório.

— Como vai Sherlock Holmes hoje?

— É elementar, meu caro Watson. Eu estava errada. Não há matéria alguma ali.

Capítulo 5

O TELEFONEMA DE EILEEN, mãe de Dana, chegou de modo muito inesperado.

— Dana, querida, tenho a notícia mais emocionante para lhe dar.

— É, mãe?

— Vou me casar.

Dana ficou aturdida.

— O quê?

— É. Fui a Westport, em Connecticut, visitar uma amiga, e ela me apresentou a esse homem lindo, adorável.

— Eu... eu estou encantada por você, mãe. É maravilhoso.

— Ele é... ele é tão... — Deu risadinhas. — Não dá para descrevê-lo, mas é um amor. Você vai gostar dele.

Dana perguntou, cautelosa:

— Há quanto tempo o conhece?

— O suficiente, querida. Somos perfeitos um para o outro. Tenho tanta sorte.

— Ele tem um emprego? — perguntou Dana.

— Pare de agir como seu pai. Claro que tem um emprego. É um corretor de seguros muito bem-sucedido. Chama-se Peter

Tomkins. Tem uma linda casa em Westport, e estou louca para que você e Kimbal venham aqui conhecê-lo. Vocês vêm?

— Claro que vamos.

— Peter está tão ansioso por conhecer você. Contou a todo mundo que minha filha é muito famosa. Tem certeza que vai poder vir?

— Claro que sim. — Dana não ia ao ar nos fins de semana, portanto não haveria problema algum. — Kemal e eu aguardamos com impaciência a hora de chegar aí.

QUANDO PEGOU Kemal na escola, Dana disse-lhe:

— Você vai conhecer sua avó. Agora vamos ser uma família de verdade, querido.

— Maneiro.

Dana sorriu.

— Maneiro é legal.

BEM CEDO, NA MANHÃ de sábado, Dana e Kemal pegaram o carro e foram para Connecticut. Aguardavam a viagem para Westport com grande impaciência e expectativa.

— Vai ser maravilhoso para todo mundo — ela tranquilizou Kemal. — Todos os avós precisam de netos para mimar. Esta é a melhor parte de ter filhos. E você poderá passar algum tempo com eles.

Kemal perguntou, nervoso:

— Você também vai ficar lá?

Dana apertou-lhe a mão.

— Vou, sim.

A CASA DE PETER TOMKINS era um encantador chalé antigo na Blind Brook Road, com um pequeno riacho correndo ao lado.

— Ei, é maneira — disse Kemal.

Dana assanhou-lhe os cabelos.

— Que bom que você gostou. Vamos vir aqui muitas vezes.

A porta da frente do chalé abriu-se e Eileen Evans parou diante dela. Ainda restavam vagos traços de beleza em seu rosto, como indicações do que fora outrora, mas a amargura sobrepusera-se ao passado com ásperas pinceladas. Era Dorian Gray. A beleza da mãe desaparecera e passara para Dana. Ao lado de Eileen, via-se um homem de meia-idade, com uma aparência bonachona e um largo sorriso.

Eileen avançou às pressas e tomou Dana nos braços.

— Dana, querida! E este é Kimbal!

— Mãe...

— Então esta é a famosa Dana Evans, hein? — exclamou Peter Tomkins. — Falei de você a todos os meus clientes. — Virou-se para Kemal. — E este é o garoto. — Percebeu o braço que faltava em Kemal. — Ei, você não me disse que ele era aleijado.

Dana sentiu o sangue congelar. Viu o choque na expressão de Kemal.

Peter Tomkins balançou a cabeça, pesaroso.

— Se ele tivesse feito um seguro com a nossa companhia antes disso acontecer, hoje seria um garoto rico. — Virou-se em direção à porta. — Entrem. Vocês devem estar com fome.

— Não mais — disse Dana, categórica. Virou-se para Eileen. — Desculpe, mãe. Kemal e eu vamos voltar para Washington.

— Lamento, Dana. Eu...

— Eu também. Espero que não esteja cometendo um grande erro. Tenha um ótimo casamento.

A mãe de Dana, consternada, observou a filha e Kemal entrarem no carro e afastarem-se.

Peter Tomkins procurou-os com o olhar, espantado.

— Ei, que foi que eu disse?

Eileen Evans respondeu, com um suspiro.

— Nada, Peter. Nada.

KEMAL FICOU CALADO no trajeto de volta para casa. Dana lançava-lhe um olhar de vez em quando.

— Sinto muito, querido. Algumas pessoas são simplesmente ignorantes.

— Ele tem razão — disse Kemal, ressentido. — Eu sou um aleijado.

— Você não é um aleijado — disse Dana, com ferocidade na voz. — Você não julga as pessoas por quantos braços ou pernas têm. Você as julga pelo que são.

— Ah, é? E então o que sou?

— É um sobrevivente. E sinto orgulho de você. Sabe, o Sr. Encantador tinha razão numa coisa... estou morrendo de fome. Acho que não vai lhe interessar, mas estou vendo um McDonald's logo ali adiante.

Kemal sorriu.

— Assombroso.

DEPOIS QUE KEMAL foi para a cama, Dana entrou na sala de estar e sentou-se para pensar. Ligou a televisão e pôs-se a surfar pelos canais de notícias. Todos apresentavam matérias sobre o assassinato de Gary Winthrop.

— ... esperando que a caminhonete roubada pudesse oferecer algumas pistas para a identidade dos assassinos...

— ... duas balas de uma Beretta. A polícia está investigando todas as lojas de armas para...

— ... e o brutal assassinato de Gary Winthrop na exclusiva área noroeste provou que ninguém está...

Alguma coisa no fundo da mente de Dana a inquietava, sem parar. Levou horas para adormecer. De manhã, quando acordou, compreendeu o que andara lhe tirando o sossego. *Dinheiro e joias guardados em lugar acessível, não trancado. Por que os ladrões não os levaram?*

Dana levantou-se e fez um bule de café enquanto repassava o que o chefe Burnett dissera.

Têm uma relação das pinturas roubadas? Temos, sim. São todas famosas. Já mandamos circular uma relação das obras entre os museus, negociantes de arte e colecionadores. No instante que aparecer uma dessas pinturas, o caso será resolvido.

Os ladrões deviam saber que os quadros não podiam ser vendidos com facilidade, pensou Dana, *o que talvez signifique que o roubo tenha sido arquitetado por um rico colecionador que pretende guardá-los para si. Mas por que um homem assim* se *entregaria nas mãos* de *dois marginais assassinos?*

NA SEGUNDA-FEIRA DE manhã, quando Kemal se levantou, Dana fez o café e deixou o filho adotivo na escola.

— Tenha um bom dia, querido.

— Até mais, Dana.

Ela esperou Kemal entrar no portão da frente da escola e então seguiu para a delegacia de polícia na Indiana Avenue.

Nevava mais uma vez, e um vento sádico arrancava tudo por onde passava.

O DETETIVE PHOENIX WILSON, encarregado do assassinato de Gary Winthrop, era um misantropo cheio de malandragem, com algumas cicatrizes para mostrar como tinha ficado daquele jeito. Ergueu os olhos quando Dana entrou em seu gabinete.

— Nada de entrevistas — grunhiu Wilson. — Quando houver alguma informação nova sobre o assassinato de Winthrop, você saberá na coletiva, junto com todos os demais.

— Não vim falar disso — respondeu Dana.

Ele lançou-lhe um olhar cético.

— Oh, verdade?

— Verdade. Estou interessada nas pinturas roubadas. Imagino que tenha uma relação delas, não?

— E daí?

— Poderia me dar uma cópia?

O detetive Wilson perguntou, desconfiado.

— Para quê? O que tem em mente?

— Gostaria de saber que obras os assassinos levaram. Poderia fazer uma entrada ao vivo.

O detetive Wilson examinou Dana por um momento.

— Não é má ideia. Quanto mais publicidade tiverem esses quadros, menos chance os assassinos terão de vendê-los. — Levantou-se. — Eles levaram cerca da metade dos quadros e deixaram a outra metade. Acho que eram preguiçosos demais para transportar todos. Boa ajuda é coisa rara atualmente. Vou pegar uma cópia desse relatório para você.

Voltou em poucos minutos com duas fotocópias. Entregou-as a Dana.

— Aqui está a relação das obras roubadas. E aqui, a outra.

Dana olhou-o, sem entender.

— Que outra?

— Todas as obras de arte que Gary Winthrop possuía, inclusive as que os assassinos deixaram.

— Oh. Obrigada. Fico muito grata mesmo.

Já no corredor, Dana examinou as duas listas. O que via era confuso. Saiu para o ar frio e dirigiu-se à Christie's, a famosa casa de leilões. Nevava ainda mais pesado, e as multidões apressavam-se para terminar as compras de Natal e voltar logo aos lares e escritórios aquecidos.

QUANDO DANA chegou à Christie's, a gerente logo a reconheceu.

— Vejam só! É uma honra, Srta. Evans. O que podemos fazer por você?

Dana explicou:

— Tenho duas relações de quadros aqui. Ficaria grata se alguém pudesse me dizer quais das pinturas são valiosas.

— Mas é claro. Teremos o maior prazer. Venha por aqui, por favor...

Duas horas depois, Dana achava-se no escritório de Matt Baker.

— Alguma coisa muito estranha está acontecendo — começou Dana.

— Não voltamos mais uma vez à teoria da conspiração, voltamos?

— Me diga você. — Entregou a relação mais longa dos quadros. — Esta tem *todas* as obras de arte que Gary Winthrop possuía. Acabei de mandar avaliar os quadros na Christie's.

Matt Baker passou os olhos pela lista.

— Espere aí, vejo alguns medalhões de peso aqui. Vincent van Gogh, Hals, Matisse, Monet, Picasso, Manet. — Ergueu os olhos. — E aí?

— Agora olhe *esta* lista — disse Dana. Entregou a Matt a relação mais curta das obras, com os quadros roubados.

Matt leu-as em voz alta.

— Camille Pissaro, Marie Laurencin, Paul Klee, Maurice Utrillo, Henry Lebasque. Então, aonde quer chegar?

Dana explicou devagar:

— Muitas das pinturas da relação completa valem mais de 10 milhões de dólares, cada uma. — Fez uma pausa. — A maioria das constantes na lista menor, as roubadas, valem 200 mil ou menos, cada.

Matt Baker piscou os olhos.

— Os arrombadores levaram as pinturas menos valiosas?

— Isso mesmo. — Dana curvou-se à frente. — Matt, se fossem ladrões profissionais também teriam levado o dinheiro vivo e as joias, que estavam logo ali, à mão. Devemos supor que alguém os contratou para roubar apenas as pinturas mais valiosas. Mas, segundo essas relações, eles não entendiam patavina de arte. Então, para que foram contratados realmente? Gary Winthrop não estava armado. Por que o assassinaram?

— Está dizendo que o roubo foi um encobrimento, e o assassinato o verdadeiro motivo da invasão da casa?

— Essa é a única explicação em que posso pensar.

Matt engoliu em seco.

— Vamos examinar o seguinte. Suponha que Taylor Winthrop tivesse *de fato* arranjado um inimigo e sido assassinado... Por que alguém ia querer aniquilar toda a família dele?

— Não sei — disse Dana. — É isso o que quero descobrir.

O Dr. Armand Deutsch era um dos mais respeitados psiquiatras de Washington, um homem com uma aparência imponente, de seus 70 anos, testa larga e olhos inquisidoramente azuis. Deu uma olhada em Dana quando ela entrou.

— Srta. Evans?

— Sim. Agradeço-lhe por me receber, doutor. Eu precisava vê-lo por um motivo muito importante mesmo.

— E que motivo tão importante é esse?

— O senhor leu sobre as mortes na família Winthrop?

— Claro. Tragédias terríveis. Tantos acidentes.

— E se não foram acidentes? — perguntou Dana.

— Como? O que está dizendo?

— Que há uma possibilidade de que todos tenham sido assassinados.

— Os Winthrop, *assassinados*? Isso parece uma grande apelação, Srta. Evans. — *Forçado demais.*

— Mas possível.

— Por que acha que talvez tenham sido assassinados?

— É... é só um palpite — reconheceu Dana.

— Entendo. Um palpite. — O Dr. Deutsch ficou ali, examinando-a. — Assisti às suas transmissões de Sarajevo. É uma excelente repórter.

— Obrigada.

O psiquiatra curvou-se à frente, apoiado nos ombros, os olhos azuis fixos nos dela.

— Portanto, não faz muito tempo, você estava em meio a uma terrível guerra. Correto?

— Sim.

— Fazendo reportagens sobre pessoas sendo estupradas, mortas, bebês assassinados...

Dana ouvia, cautelosa.

— Estava, é óbvio, sob grande estresse.

— Sim — concordou Dana.

— Há quanto tempo voltou... cinco, seis meses?

— Há três meses — disse Dana.

Ele fez que sim com a cabeça, satisfeito.

— Não muito tempo para se ajustar mais uma vez à vida civil, não é? Deve ter pesadelos com os terríveis assassinatos que testemunhou, e agora sua mente inconsciente imagina...

Dana interrompeu-o.

— Doutor, não sou paranoica. Não tenho prova alguma, mas tenho motivos para acreditar que as mortes dos Winthrop não foram acidentais. Vim vê-lo porque esperava que pudesse me ajudar.

— Ajudá-la? De que maneira?

— Preciso de uma motivação. Que motivação alguém poderia ter para aniquilar uma família inteira?

O Dr. Deutsch olhou para Dana e cruzou os dedos.

— Há precedentes, claro, de agressões violentas como essa. Uma *vendetta*... vingança. Na Itália, a máfia ficou famosa por matar famílias inteiras. Os assassinatos também poderiam envolver drogas. Poderiam ser vingança por alguma tragédia terrível causada pela família. Ou talvez o assassino fosse um maníaco que poderia não ter motivação racional alguma para...

— Não creio que seja esse o caso aqui — disse Dana.

— E também, claro, há sempre uma das mais antigas motivações do mundo... dinheiro.

Dinheiro. Dana já tinha pensado nisso.

CHEFE DO ESCRITÓRIO de advocacia Calkin, Taylor & Anderson, Walter Calkin foi o advogado da família Winthrop por mais de 25 anos. Embora fosse um homem muito idoso, com o corpo frágil e paralisado por artrite, continuava com a mente aguçada.

Examinou Dana por um momento.

— Disse para minha secretária que queria conversar comigo sobre os bens da família Winthrop?

— Sim.

Ele deu um suspiro.

— Para mim, é incrível o que aconteceu com aquela família maravilhosa. Incrível.

— Soube que o senhor cuidava das questões jurídicas e financeiras deles — disse Dana.

— Sim.

— Sr. Calkin, no ano passado, ocorreu alguma coisa fora do comum com essas questões?

Ele olhava para Dana, curioso.

— Fora do comum em que sentido? — perguntou.

Dana respondeu, com cuidado:

— É meio embaraçoso, mas o senhor ficaria sabendo se algum membro da família estivesse sendo chantageado?

Houve um silêncio momentâneo.

— Quer dizer, se eu saberia se estavam pagando regularmente grandes somas a alguém?

— É.

— Acho que saberia, sim.

— E *houve* alguma coisa semelhante? — continuou Dana.

— Nada. Suponho que esteja insinuando algum tipo de jogo sujo. Devo lhe dizer que considero isso totalmente ridículo.

— Mas estão todos mortos — insistiu Dana. — Os bens devem valer muitos bilhões de dólares. Eu ficaria muito grata se o senhor pudesse me dizer quem receberia todo esse dinheiro.

Ela viu o advogado abrir um frasco de pílulas, tirar uma e engoli-la com um gole d'água.

— Srta. Evans, nunca discutimos as questões dos nossos clientes. — Hesitou. — Nesse caso, contudo, não vejo mal algum, pois amanhã será distribuído um comunicado à imprensa.

E também, claro, há sempre uma das mais antigas motivações do mundo... dinheiro.

Walter Calkin fitou Dana.

— Com a morte do último sobrevivente da família, Gary Winthrop...

— Sim? — Dana prendia a respiração.

— Todos os bens da família Winthrop vão para instituições de caridade.

Capítulo 6

A EQUIPE APRONTAVA-SE PARA o noticiário da noite.

Dana estava no Estúdio A, à mesa do âncora, terminando as mudanças de última hora para a transmissão. Os boletins de notícias que haviam chegado durante todo o dia eram examinados, selecionados ou rejeitados.

Sentados à mesa do âncora junto a Dana, Jeff Connors e Richard Melton. Anastasia Mann começou e terminou a contagem regressiva, com o dedo indicador estendido. Três... dois... um... A luz vermelha da câmera piscou.

Ouviu-se a estrondosa voz do locutor:

— Este é o jornal das 23 horas ao vivo na WTN com Dana Evans... — Dana sorriu para a câmera. — ... e Richard Melton. — Melton olhou para a câmera e acenou com a cabeça. — Jeff Connors com os esportes e Marvin Greer com a meteorologia. Começa nesse instante o jornal das 23 horas.

Dana encarou a câmera.

— Boa noite. Dana Evans.

Richard Melton sorriu.

— Richard Melton.

Dana leu do teleprompter.

— Temos uma matéria exclusiva. Uma caçada policial terminou mais cedo esta noite, após um assalto à mão armada numa loja de bebidas no centro.

— Rode a fita um.

A tela abriu-se para o interior de um helicóptero. Nos controles do helicóptero da WTN estava Norman Bronson, um ex-fuzileiro e piloto da marinha. A seu lado, Alyce Barker. O ângulo da câmera mudou. Em terra, abaixo, viam-se três carros da polícia cercando um sedã que tinha batido numa árvore.

Alyce Barker entrou:

— A perseguição teve início quando dois homens entraram na loja de bebidas Haley, na Pennsylvania Avenue, e tentaram render o balconista. Ele resistiu e apertou o botão de alarme para chamar a polícia. Os ladrões fugiram, mas a foram perseguidos por quase 8 quilômetros pelos policiais, até que o carro dos suspeitos chocou-se contra uma árvore. Os dois foram detidos e levados para a delegacia.

Seguiram-se mais três reportagens, e o diretor deu o sinal para um intervalo.

— Voltaremos logo após os comerciais — disse Dana.

Rodaram um comercial.

Richard Melton virou-se para Dana.

— Já deu uma olhada lá fora? O tempo está uma merda.

— Eu sei — riu Dana. — Nosso pobre homem da meteorologia vai receber um monte de cartas odiosas.

A luz vermelha piscou e acendeu. O teleprompter ficou vazio por um momento e pôs-se mais uma vez a deslizar. Dana iniciou a leitura:

— Na véspera do ano-novo, eu gostaria de... — Parou de repente, aturdida, ao ler o resto da frase. Dizia: ... *que nos casássemos. Temos um duplo motivo para comemorar toda véspera de ano-novo.*

Parado junto ao teleprompter, Jeff dava-lhe um sorriso escancarado.

Dana olhou para a câmera e disse, sem graça:

— Faremos uma pausa para um breve comercial. — A luz vermelha apagou-se.

Dana levantou-se.

— Jeff!

Os dois aproximaram-se um do outro e se abraçaram.

— Que é que você diz?

— Digo... aceito.

Os aplausos da equipe ecoaram no estúdio.

QUANDO TERMINOU a transmissão e os dois ficaram sozinhos, Jeff perguntou:

— O que você prefere, meu bem? Um casamento grande, pequeno ou médio?

Dana pensava em seu casamento desde menininha. Via-se num lindo vestido comprido de renda branca, com uma longa, longuíssima, cauda. Nos filmes a que assistira, sempre havia a excitação frenética de aprontar-se para a cerimônia... preparar a lista de convidados... escolher o bufê... as damas de honra... a igreja... Todos os amigos estariam lá, e a mãe. Seria o dia mais lindo de sua vida. E agora era uma realidade.

— Dana? — perguntou mais uma vez Jeff, à espera da resposta.

Se eu fizer um grande casamento, pensou Dana, *terei de convidar mamãe e seu marido. Não posso jazer isso com Kemal.*

— Vamos fugir para nos casar — disse ela.

Jeff concordou com a cabeça, surpreso.

— Se é isso o que quer, então é o que eu quero.

KEMAL FICOU entusiasmado ao saber da notícia.

— Quer dizer que Jeff vai morar com a gente?

— Isso mesmo. Vamos ficar todos juntos. Você vai ter uma família de verdade, querido.

Sentada na cama ao lado de Kemal durante a hora seguinte, Dana discutia, animada, o futuro deles. Os três iam viver juntos, passar férias juntos, simplesmente ficar juntos. *Esta palavra mágica.*

QUANDO KEMAL adormeceu, Dana entrou no quarto e ligou o computador. *Apartamentos. Apartamentos. Vamos precisar de dois quartos, dois banheiros, uma sala de visitas, cozinha, área de jantar e talvez um escritório e um estúdio. Isso não deve ser difícil demais.* Dana pensou na casa vazia de Gary Winthrop, na cidade, e sua mente pôs-se a divagar. *O que realmente tinha acontecido naquela noite? E quem desligou o alarme? Se não havia quaisquer sinais de arrombamento, então como os ladrões entraram?* Quase sem querer, seus dedos digitaram "Winthrop" no teclado. *Que diabo de problema está acontecendo comigo?* Dana recebeu a mesma informação que vira antes.

Regional > Estados Unidos > Washington, capital > Governo > Política> Agência Federal de Pesquisa
Winthrop, Taylor — serviu como embaixador da Rússia e negociou um importante acordo comercial com a Itália...
Winthrop, Taylor — bilionário que se fez por si mesmo, Taylor Winthrop, dedicou-se a servir seu país...
Winthrop, Taylor — a família Winthrop criou fundações filantrópicas para ajudar escolas, bibliotecas e programas internos da cidade...

Havia 54 sites para a família Winthrop. Dana já ia mudar a busca para *apartamentos*, quando uma entrada ao acaso captou-lhe o olhar.

Winthrop, Taylor — Processo judicial. Joan Sinisi, ex-secretária de Taylor Winthrop, entrou com uma ação judicial e depois a abandonou.

Dana leu mais uma vez. *Que tipo de processo judicial?*, perguntou-se.

Mudou para vários outros sites que referiam-se a Winthrop, mas não encontrou nenhuma outra menção a ação judicial. Digitou então o nome Joan Sinisi. Nada apareceu.

— Esta é uma linha segura?

— Sim.

— Quero um relatório sobre os sites que o alvo tem verificado.

— Cuidaremos imediatamente disso.

Na manhã seguinte, chegando ao seu escritório na redação, após deixar Kemal na escola, Dana procurou no catálogo de telefones de Washington. Nenhuma Joan Sinisi. Tentou o de Maryland... Virgínia... Sem sorte. *Ela na certa se mudou*, decidiu Dana.

Tom Hawkins, o produtor do programa, entrou no escritório de Dana.

— Batemos mais uma vez a concorrência ontem à noite.

— Maravilha. — Dana ficou pensativa por um momento. Tom, conhece alguém na companhia telefônica?

— Claro. Você precisa de um telefone?

— Não. Quero saber se alguém tem um número não listado. Acha que poderia verificar isso?

— Qual é o nome?

— Sinisi. Joan Sinisi.

Ele franziu as sobrancelhas.

— Por que este nome me parece conhecido?

— Ela se envolveu num processo judicial com Taylor Winthrop.

— Ah, é. Agora me lembro. Foi mais ou menos há um ano. Você estava na Iugoslávia. Achei que seria uma matéria suculenta, mas silenciou muito rápido. Ela na certa está morando em algum lugar na Europa, mas vou tentar descobrir.

Quinze minutos depois, Olivia Watkins comunicou:

— Tom na linha para você.

— Tom?

— Joan Sinisi continua morando em Washington. Tenho um número que não consta da lista telefônica para você, se quiser.

— Fantástico — exclamou Dana, pegando uma caneta. — Diga logo.

— 555-2690.

— Obrigada.

— Esqueça os agradecimentos. Transforme-os num almoço.

— Combinado.

A porta do escritório abriu-se e Dean Ulrich, Robert Fenwick e Maria Toboso, três redatores que trabalhavam no jornal da televisão, entraram.

Robert Fenwick disse:

— Vai ser um noticiário sangrento esta noite. Temos duas colisões de trem, um desastre aéreo e um grande deslizamento.

Os quatro puseram-se a ler os boletins informativos que chegavam. Duas horas depois, terminada a reunião, Dana pegou o pedaço de papel com o número de Joan Sinisi e telefonou.

Uma mulher respondeu:

— Residência da Srta. Sinisi.

— Eu poderia falar com a Srta. Sinisi, por favor? Aqui é Dana Evans.

— Vou ver se ela pode atender. Só um minuto — respondeu a mulher.

Dana esperou. Outra voz de mulher chegou ao telefone, baixa e hesitante.

— Alô...

— Srta. Sinisi?

— Sim.

— Aqui é Dana Evans. Eu gostaria de saber se...

— A Dana Evans?

— Hã... sim.

— Oh! Vejo seu programa toda noite. Sou uma tremenda fã sua.

— Obrigada — disse Dana. — Fico muito feliz. Eu queria saber se tem algum tempo de sobra para mim, Srta. Sinisi. Eu gostaria de conversar com você.

— Você gostaria? — Transpareceu um tom de alegre surpresa em sua voz.

— Sim. Podemos nos encontrar em algum lugar?

— Bem, sem dúvida. Gostaria de vir aqui?

— Seria ótimo. Quando é conveniente para você?

Houve uma breve hesitação.

— A qualquer hora. Fico em casa o dia todo.

— Que tal amanhã à tarde, digamos às duas horas?

— Tudo bem. — Deu o endereço.

— Vejo você amanhã — disse Dana, e desligou o telefone. *Por que continuo nisso? Bem, o encontro com Joan Sinisi irá desvendar tudo.*

ÀS 14 HORAS, Dana parou o carro diante do luxuoso prédio de Joan Sinisi, na Prince Street. Um porteiro uniformizado aguardava na fachada do edifício. Dana olhou a imponente construção e pensou: *Como uma secretária tem meios para morar aqui?* No saguão, uma recepcionista à mesa.

— Posso ajudá-la?

— Combinei um encontro com a Srta. Sinisi. Sou Dana Evans.

— Sim, Srta. Evans. Ela está à espera. É só tomar o elevador para a cobertura. É o apartamento A.

A cobertura?

Quando Dana chegou ao último andar, saiu do elevador e tocou a campainha do apartamento A. Uma empregada uniformizada abriu a porta.

— Srta. Evans? — Sim.

— Entre, por favor.

Joan Sinisi morava num apartamento de doze cômodos com um imenso terraço, que dominava de cima a cidade. A empregada levou Dana por um longo corredor até uma sala de visitas toda em branco e belamente decorada. Sentada no sofá, uma mulher pequena e magra levantou-se ao ver Dana.

Joan Sinisi foi uma surpresa. Dana não soubera o que esperar, mas a mulher que se levantara para cumprimentá-la era a última coisa que pensaria ver. Além de baixa, Joan Sinisi tinha um rosto comum, os olhos castanhos ocultos sob grossos óculos. A voz era tímida e quase inaudível.

— É um verdadeiro prazer conhecê-la, Srta. Evans.

— Obrigada por me receber — disse Dana. Juntou-se a Joan Sinisi num grande sofá branco perto do terraço.

— Eu ia tomar um pouco de chá. Aceitaria um pouco?

— Obrigada.

Joan Sinisi voltou-se para a empregada e disse, quase com acanhamento:

— Greta, poderia fazer o favor de nos trazer um pouco de chá?

— Sim, senhora.

— Obrigada, Greta.

Pairava uma sensação de irrealidade naquilo. *Joan Sinisi e a cobertura não* se *encaixavam de modo algum.* Como *ela poderia ter meios para morar aqui? Que tipo* de *acordo fizera Taylor Winthrop? E de que* se *tratara a ação judicial?*

— ... e nunca perco suas apresentações — dizia Joan Sinisi, em voz baixa. — Acho você maravilhosa.

— Obrigada.

— Lembro quando você transmitia as notícias de Sarajevo, com todas aquelas bombas e armas explodindo. Sempre temia que alguma coisa pudesse lhe acontecer.

— Para ser sincera, eu também.

— Deve ter sido uma experiência terrível.

— Sim, em certo aspecto foi.

Greta chegou com uma bandeja de chá e bolos. Arrumou-a na mesa de centro, diante das duas.

— Eu sirvo — disse Joan Sinisi.

Dana ficou vendo-a servir o chá.

— Aceita um bolo?

— Não, obrigada.

Joan Sinisi passou a Dana a xícara de chá e serviu outra para si.

— Como disse, fico realmente muito feliz por conhecê-la, mas eu... eu não posso imaginar sobre o que quer conversar comigo.

— Eu queria falar de Taylor Winthrop.

Joan Sinisi teve um sobressalto e derramou um pouco de chá no colo.

O rosto empalideceu.

— Está tudo bem com você?

— Sim, estou... estou ótima. — Pressionou levemente a saia com o guardanapo. — Eu... eu não sabia que você queria... — A voz extinguiu-se.

A atmosfera mudara de repente. Dana disse:

— Você foi secretária de Taylor Winthrop, não foi?

Joan Sinisi respondeu, cuidadosa:

— Fui. Mas deixei o emprego do Sr. Winthrop um ano atrás. Lamento não poder ajudá-la. — A mulher quase tremia.

Dana disse, tranquilizando-a:

— Ouvi tantas coisas boas sobre Taylor Winthrop. Simplesmente imaginei que talvez pudesse acrescentar mais alguma informação.

Joan Sinisi pareceu aliviada.

— Oh, sim, claro que posso. O Sr. Winthrop era um grande homem.

— Quanto tempo trabalhou pra ele?

— Quase três anos.

Dana sorriu.

— Deve ter sido uma experiência maravilhosa.

— Sim, sim, foi, Srta. Evans. — Parecia muito mais relaxada.

— Mas você moveu um processo judicial contra ele.

O medo voltara aos olhos de Joan Sinisi.

— Não... quer dizer, sim. Mas foi um erro, entende? Cometi um erro.

— Que tipo de erro?

Joan Sinisi engoliu em seco.

— Eu... eu entendi errado uma coisa que o Sr. Winthrop disse a uma pessoa. Comportei-me muito tolamente. Sinto vergonha de mim mesma.

— Você entrou com o processo, mas não o levou ao tribunal?

— Não. Ele... nós resolvemos o processo em comum acordo. Não foi nada.

Dana olhou o apartamento em volta.

— Entendo. Pode me dizer que acordo foi?

— Não, receio que não — disse Joan Sinisi. — Tudo é muito confidencial.

Dana se perguntava o que teria feito aquela mulher tímida mover um processo judicial contra um titã como Taylor Winthrop, e por que se mostrava tão apavorada ao falar daquilo. De que tinha medo?

Houve um longo silêncio. Joan Sinisi observava Dana, o que lhe dava a sensação de que ela queria lhe dizer alguma coisa.

— Srta. Sinisi...

Joan Sinisi levantou-se.

— Se não há mais nada de que precise, Srta. Evans... lamento, não posso ficar mais.

— Entendo — disse Dana.

Ou pelos menos gostaria de entender.

ELE PÔS A FITA na máquina e apertou o botão *start*.

Eu... eu entendi errado uma coisa que o Sr. Winthrop disse a uma pessoa. Comportei-me muito tolamente. Sinto vergonha de mim mesma.

Você entrou com o processo, mas não o levou ao tribunal.

Não. Ele... nós resolvemos o processo em comum acordo. Não foi nada.

Entendo. Pode me dizer que acordo foi?

Não, receio que não. Tudo é muito confidencial.

Fim da fita.

TINHA COMEÇADO.

DANA TOMOU providênciAS para um corretor de imóveis mostrar-lhe apartamentos, mas foi uma manhã desperdiçada. Os dois cobriram Georgetown, Dupont Circle e o bairro de Adams-Morgan. Os apartamentos eram pequenos, grandes ou caros demais. Ao meio-dia, resolveu desistir.

— Não se preocupe — disse o corretor, tranquilizando-a. — Encontraremos exatamente o que está procurando.

— Espero — disse ela. *E logo.*

DANA NÃO CONSEGUIA tirar Joan Sinisi da cabeça. Que informação tinha ela sobre Taylor Winthrop que faria com que ele lhe pagasse uma cobertura e Deus sabe mais o quê? *Ela queria me dizer alguma coisa,* pensou Dana. *Tenho certeza disso. Preciso falar de novo com ela.*

Telefonou para o apartamento de Joan Sinisi.

— Boa tarde — respondeu Greta.

— Greta, aqui é Dana Evans. Por favor, eu gostaria de falar com a Srta. Sinisi.

— Lamento. A Srta. Sinisi não está atendendo a telefonemas.

— Bem, poderia lhe dizer que é Dana Evans, e que preciso...

— Lamento, Srta. Evans. A Srta. Sinisi não está disponível. — A linha interrompeu-se.

NA MANHÃ SEGUINTE, Dana deixou Kemal na escola. No céu congelado, um pálido sol tentava sair. Nas esquinas das ruas em toda a cidade, os mesmos Papais Noéis falsos tocavam seus sinos pedindo doações para obras de caridade.

Preciso encontrar um apartamento para nós três antes da véspera do ano-novo, pensou.

Após chegar ao estúdio, Dana passou a manhã em reunião com o pessoal do noticiário, discutindo as matérias que iam entrar e as locações que ela precisava ter gravadas. Uma notícia era sobre um assassinato particularmente brutal, não desvendado, e Dana pensou nos Winthrop.

Telefonou mais uma vez para o número de Joan Sinisi.

— Boa tarde.

— Greta, é muito importante que eu fale com a Srta. Sinisi. Diga a ela que Dana Evans...

— Ela não vai falar com você, Srta. Evans. — A linha interrompeu-se.

O que está acontecendo?, perguntou-se Dana e foi até a sala de Matt Baker. Abbe Lasmann cumprimentou-a.

— Parabéns! Soube que a data do casamento foi marcada.

Dana sorriu.

— É.

Abbe deu um suspiro.

— Que pedido romântico.

— É o estilo do meu companheiro.

— Dana, nossa colunista da Conselho aos Perdidos de Amor disse que após as bodas você devia ir ao supermercado, comprar duas sacolas de enlatados e esconder na mala do seu carro.

— Por que diabos...?

— Ela disse que um dia, pela estrada afora, você poderia decidir ter uma pequena diversão extracurricular e chegar tarde em casa. Assim, quando Jeff perguntasse onde esteve, você simplesmente lhe mostraria as sacolas e diria: "Fazendo compras." Ele iria...

— Obrigada, Abbe querida. Matt pode me receber?

— Vou avisá-lo de que está aqui.

Momentos depois, Dana entrava no escritório de Matt Baker.

— Sente-se, Dana. Boas notícias. Acabamos de receber os resultados das pesquisas de audiência. Arrasamos mais uma vez com a concorrência ontem à noite.

— Ótimo. Matt, conversei com uma ex-secretária de Taylor Winthrop e ela...

Ele deu-lhe um largo sorriso.

— Vocês, nativas de Virgem, não desistem, não é? Não me disse que...

— Eu sei, mas escute isto. Quando ela trabalhava para Taylor Winthrop, moveu uma ação judicial contra ele. Nunca foi a julgamento, porque Taylor fez um acordo com ela. Hoje ela mora numa enorme cobertura que por certo não poderia pagar com o salário de secretária, por isso o acordo deve ter sido realmente polpudo. Quando falei no nome Winthrop, a mulher ficou apavorada, absolutamente apavorada. Agia como se temesse pela própria vida.

Matt Baker perguntou, paciente:

— Ela temia perder a própria vida?

— Não.

— Temia Taylor Winthrop?

— Não, mas...

— Então, por tudo que você sabe, ela poderia estar com medo de um namorado que a espanca ou de arrombadores debaixo da cama. Você não tem absolutamente nada com que continuar, tem?

— Bem, eu... — Dana viu a expressão no rosto dele. — Nada concreto.

— Certo. Quanto às pesquisas de audiência...

JOAN SINISI ASSISTIA ao noticiário da noite na WTN. Dana dizia:

— E nas notícias locais, segundo o último relatório, o índice de crime nos Estados Unidos caiu 27 por cento nos últimos doze meses. As maiores baixas na criminalidade foram em Los Angeles, São Francisco e Detroit...

Joan Sinisi examinava o rosto de Dana, com os olhos fixos nos dela, tentando chegar a uma decisão. Viu todo o noticiário e, quando terminou, tinha se decidido.

Capítulo 7

QUANDO DANA ENTROU em seu escritório na manhã seguinte, Olivia disse:

— Bom dia. Você recebeu três telefonemas de uma mulher que não quis deixar o nome.

— Mas ela deixou algum número?

— Não. Disse que ligaria de novo.

Trinta minutos depois, Olivia avisou.

— É aquela mulher mais uma vez na linha. Quer falar com ela?

— Pode ligar. — Dana pegou o telefone. — Alô, aqui é Dana Evans. Quem fala?

— Aqui é Joan Sinisi.

Dana sentiu o coração acelerar.

— Sim, Srta. Sinisi...

— Ainda quer conversar comigo? — Parecia nervosa.

— Quero. Muitíssimo.

— Tudo bem.

— Posso estar no seu apartamento em...

— Não! — Transparecia pânico em sua voz. — Precisamos nos encontrar em outro lugar. Acho que estou sendo vigiada.

— Como quiser. Onde...?

— Na seção de aves do Zoológico no parque. Pode estar lá em uma hora?

— Estarei lá.

O PARQUE ESTAVA praticamente deserto. Os gélidos ventos de dezembro que varriam a cidade mantinham longe os frequentadores habituais. Tiritando de frio, Dana parou em frente ao aviário à espera de Joan Sinisi. Conferiu as horas no relógio de pulso. Já havia passado mais de uma hora. *Vou dar mais 15 minutos.*

Quinze minutos depois, disse a si mesma: *Mais meia hora e chega.* Trinta minutos depois, pensou: *Droga! Ela mudou de ideia.*

Voltou para o escritório, congelada e molhada.

— Algum telefonema?

— Meia dúzia. Estão na sua mesa.

Dana olhou a lista. Não constava o nome de Joan Sinisi. Discou então o número dela. Ouviu o telefone tocar uma dezena de vezes antes de desligar. *Talvez tenha mais uma vez mudado de ideia.* Tentou mais duas vezes, sem resposta. Debatia-se, perguntando-se se devia voltar ao apartamento de Joan Sinisi, mas decidiu que não. *Tenho de esperar que ela me procure.*

Não ouviu mais falar de Joan Sinisi.

ÀS 6 HORAS DO DIA seguinte, Dana assistia ao jornal enquanto se vestia.

— ... e a situação na Chechênia piorou. Foram encontrados mais 12 corpos e, apesar da garantia do governo russo de que os rebeldes haviam sido derrotados, a luta continua... No noticiário local, uma mulher jogou-se para a morte de seu apartamento de cobertura no 30º andar. A vítima, Joan Sinisi, era ex-secretária do embaixador Taylor Winthrop. A polícia está investigando o acidente.

Dana ficou ali parada, imóvel.

— MATT, LEMBRA a mulher que eu lhe disse que ia encontrar, Joan Sinisi, a ex-secretária de Taylor Winthrop?

— Sim. Que tem ela?

— Apareceu no noticiário esta amanhã. Está morta.

— *Quê?!*

— Ontem de manhã, ela me telefonou e combinou um encontro urgente comigo. Disse que tinha alguma coisa muito importante para me dizer. Esperei por ela no Zoológico mais de uma hora. Ela não apareceu.

Matt encarava-a.

— Quando falei com ela ao telefone, ela me disse que achava que estava sendo vigiada.

Sentado ali, Matt acariciava o queixo.

— Deus do céu! Que diabo temos aí?

— Não sei. Quero falar com a empregada de Joan Sinisi.

— Dana...

— Que foi?

— Tenha cuidado. Muito cuidado.

QUANDO DANA ENTROU no saguão do prédio residencial, encontrou um outro porteiro de serviço.

— Posso ajudá-la?

— Sou Dana Evans. Vim por causa da morte da Srta. Sinisi. Foi uma terrível tragédia.

A expressão do porteiro entristeceu-se.

— Foi, sim. Ela era uma senhora adorável. Sempre calada e contida.

— Ela recebia muitos visitantes? — perguntou Dana, casualmente.

— Não, na verdade, não. Era muito discreta.

— Estava de serviço quando o... — a língua de Dana tropeçou na palavra — ... *o acidente* aconteceu?

— Não, senhora.

— Então não sabe se tinha alguém com ela?

— Não, senhora.

— Mas tinha *alguém* de serviço aqui?

— Ah, sim. Dennis. A polícia já o interrogou. Ele tinha saído para dar um recado quando a Srta. Sinisi caiu.

— Eu gostaria de falar com Greta, a empregada da Srta. Sinisi.

— Receio que seja impossível.

— Impossível? Por quê?

— Ela foi embora.

— Para onde?

— Disse que ia para casa. Ficou terrivelmente consternada.

— Onde ela mora?

O porteiro balançou a cabeça.

— Não faço a mínima ideia.

— Tem alguém no apartamento agora?

— Não, senhora.

Dana pensou rápido.

— Meu chefe gostaria que eu fizesse uma matéria para a WTN sobre a morte da Srta. Sinisi. Será que dava para eu ver mais uma vez o apartamento? Estive aqui faz poucos dias.

Ele pensou por um momento e encolheu os ombros.

— Não vejo problema algum. Só que vou ter de subir com você.

— Ótimo — disse Dana.

Subiram até a cobertura em silêncio. Quando chegaram ao trigésimo andar, o porteiro pegou uma chave mestra e abriu a porta da Suíte A.

Dana entrou. O apartamento estava exatamente como vira na última vez. *Só que sem a Srta. Sinisi.*

— Quer ver alguma coisa em particular, Srta. Evans?

— Não — mentiu Dana. — Só quero refrescar minha memória.

Ela atravessou o corredor até a sala de visitas e dirigiu-se ao terraço.

— Foi dali que a pobre senhora caiu — disse o porteiro.

Dana saiu para o terraço e aproximou-se da borda. Um muro de 1,20m percorria todo o contorno do terraço. Era impossível alguém ter caído acidentalmente por cima dele.

Dana olhou a rua embaixo, movimentada com o tráfego de Natal, e pensou: *Quem poderia ser implacável o bastante para uma coisa dessas?* Sentiu calafrios.

O porteiro viera ficar a seu lado.

— Está tudo bem com você?

Dana respirou fundo.

— Sim, tudo bem. Obrigada.

— Quer ver mais alguma coisa?

— Já vi o bastante.

A ENTRADA DO departamento da polícia central apinhava-se de delinquentes, prostitutas e turistas desesperados, cujas carteiras haviam misteriosamente desaparecido.

— Vim ver o detetive Abrams — disse Dana ao sargento da recepção.

— Terceira porta à direita.

— Obrigada. — Dana atravessou o corredor.

A porta do detetive Abrams estava aberta.

— Detetive Abrams?

Ele estava em pé diante do armário de arquivos, um homem grandalhão com uma enorme pança e cansados olhos castanhos. Voltou-se e viu Dana.

— Sim? — Reconheceu-a. — Dana Evans. O que posso fazer por você?

— Soube que é o encarregado do... — mais uma vez aquela palavra — ... acidente da Srta. Sinisi.

— Isso mesmo.

— Pode me dizer alguma coisa sobre o caso?

Ele aproximou-se de sua escrivaninha com um punhado de papéis e sentou-se.

— Não há muito o que dizer. Foi um acidente ou um suicídio. Sente-se.

Dana pegou uma cadeira.

— Tinha alguém com ela quando aconteceu?

— Só a empregada. Na hora estava na cozinha. Disse que não havia mais ninguém lá.

— Tem alguma ideia de onde posso encontrar a empregada? — perguntou Dana.

Ele pensou por um momento.

— Ela vai aparecer no jornal esta noite, hein?

Dana sorriu-lhe.

— Certo.

O detetive Abrams levantou-se e voltou ao armário do arquivo. Procurou por algumas pastas. Retirou um cartão.

— Aqui vamos nós. Greta Miller. Connecticut Avenue, 1.180. Isso resolve?

— Resolve. Obrigada, detetive Abrams.

Vinte minutos depois, Dana seguia ao volante pela Connecticut, verificando os números das casas. 1.270... 1.172... 1.174... 1.176... 1.178...

O 1.180 era um estacionamento.

— Acredita mesmo que a tal Sinisi foi atirada do terraço? — perguntou Jeff.

— Jeff, a gente não dá um telefonema para marcar um encontro importante e depois se suicida. É frustrante. É como o cão dos Baskervilles. Ninguém ouviu o cão latir. Ninguém sabe de nada.

Jeff disse:

— Isso está ficando assustador. Acho que você não devia levar a coisa adiante.

— Não posso parar agora. Tenho de descobrir.

— Se estiver certa, Dana, seis pessoas foram assassinadas.

Dana engoliu em seco.

— Eu sei.

— ...E A EMPREGADA DEU à polícia um endereço falso e desapareceu — dizia Dana a Matt Baker. — Quando falei com Joan Sinisi, ela parecia nervosa, mas certamente não me pareceu suicida. Alguém a ajudou a pular daquela varanda.

— Mas não temos prova alguma.

— Não. Mas sei que estou certa. Quando a conheci, Joan Sinisi estava ótima até o momento em que mencionei o nome de Taylor Winthrop. Foi aí que ela entrou em pânico. Essa é a primeira vez em que vi uma fenda na deslumbrante lenda que Taylor Winthrop construiu. Um homem como ele não ajustaria contas tão altas com uma secretária, a não ser que ela soubesse alguma coisa realmente grande sobre ele. Matt, conhece alguém que trabalhou com Taylor Winthrop que poderia ter tido um problema com ele, alguém que não tenha medo de abrir o bico?

Matt Baker ficou pensativo por um momento.

— Você poderia procurar Roger Hudson.

Era um nome familiar, mas ela não soube situá-lo.

— Hudson foi o líder da maioria no Senado antes de se aposentar e trabalhou com Taylor Winthrop em um ou dois comitês. Talvez saiba de alguma coisa. É um homem que não tem medo de ninguém.

— Poderia conseguir um encontro para mim, Matt?

— Verei o que posso fazer.

Uma hora depois, Matt Baker ligava para ela.

— Marquei um encontro para você com Roger Hudson na quinta-feira ao meio-dia, na casa dele em Georgetown.

— Obrigada, Matt. Valeu.

— Devo lhe avisar uma coisa, Dana...

— O quê?

— Hudson pode ser muito espinhoso.

— Vou tentar não chegar perto demais.

MATT BAKER ia saindo do escritório, quando Elliot Cromwell entrou.

— Quero conversar com você sobre Dana.

— Algum problema?

— Não, e não quero que haja, Matt. Esse negócio de Taylor Winthrop que ela anda investigando...

— Sim.

— Ela anda levantando muita poeira, e acho que está perdendo tempo à toa. Conheci Taylor Winthrop e sua família. Eram todos pessoas maravilhosas.

— Ótimo — disse Matt Baker. — Então não tem problema se ela continuar.

Elliot Cromwell olhou Matt por um momento e encolheu os ombros.

— Mantenha-me informado.

— ESTA É UMA linha segura?

— Sim, senhor.

— Bom. Estamos dependendo muitíssimo da informação que vem da WTN. Tem certeza que seu informante é confiável?

— Absoluta. A informação vem direto da torre executiva.

Capítulo 8

PREPARANDO O CAFÉ NA MANHÃ de segunda-feira, Dana ouviu fortes ruídos do lado de fora. Olhou pela janela e surpreendeu-se ao ver um caminhão de mudança diante de seu prédio, com homens transportando móveis.

Quem poderia estar se mudando?, perguntou-se. Todos os apartamentos estavam ocupados, e todos eram aluguéis de longo prazo.

Dana punha o cereal na mesa quando ouviu uma batida na porta. Era Dorothy Wharton.

— Dana, tenho uma notícia para lhe dar — disse ela, empolgada. — Howard e eu estamos nos mudando hoje para Roma.

Dana olhou para ela, atônita.

— *Roma? Hoje?*

— Não é *incrível?* Semana passada um homem veio ver Howard. Tudo muito em segredo. Howard me pediu que eu não dissesse nada a ninguém. Bem, ontem à noite, o homem telefonou e ofereceu a Howard um emprego na empresa dele, na Itália, pagando três vezes o salário atual de Howard. — Dorothy sorria, radiante.

— Bem, isso é... isso é maravilhoso — disse Dana. — Vamos sentir sua falta.

— Nós também vamos sentir sua falta.

Howard aproximou-se da porta.

— Imagino que Dorothy já lhe contou a novidade, não?

— Contou. Estou felicíssima por vocês. Mas não iam ficar aqui pelo resto da vida?

Howard continuou falando.

— Não dá para acreditar nisso. Assim, saído do nada. E também é uma grande empresa. Italiano Ripristino. Um dos maiores conglomerados da Itália. Eles têm uma subsidiária que se dedica à restauração de ruínas. Não sei como souberam de mim, mas mandaram um homem de avião até aqui só para me fazer uma proposta. Há muitos monumentos em Roma que precisam de restauração. Vão até pagar o resto do nosso aluguel aqui até o fim do ano, e recebemos de volta nosso depósito. O único problema é que temos de estar em Roma amanhã. Ou seja, precisamos sair do apartamento hoje.

Dana perguntou, hesitante:

— É uma coisa muito fora do comum, não acha?

— Acho que estão com muita pressa.

— Precisam de ajuda para fazer as malas?

Dorothy balançou a cabeça.

— Não. Ficamos acordados a noite toda. A maior parte das coisas vai para uma instituição de caridade. Com o novo salário de Howard, podemos comprar coisas muito melhores.

Dana riu.

— Dê notícias, Dorothy.

Uma hora depois, os Wharton haviam deixado o apartamento e seguiam a caminho de Roma.

QUANDO DANA chegou ao escritório, pediu a Olivia:

— Por favor, dá para você verificar uma empresa para mim?

— Claro.

— Italiano Ripristino. Acho que sua sede fica em Roma.

— Certo.

Meia hora depois, Olivia entregava-lhe um papel.

— Aqui está. É uma das maiores empresas da Europa.

Dana teve uma sensação de profundo alívio.

— Ótimo. Fico feliz em ouvir.

— Aliás — disse Olivia —, não é uma empresa privada.

— Não?

— Não. É uma estatal do governo italiano.

QUANDO DANA CHEGOU com Kemal da escola naquela tarde, um homem de meia-idade, usando óculos, mudava-se para o apartamento dos Wharton.

QUINTA-FEIRA, o dia do encontro de Dana com Roger Hudson, começou infernal.

Na primeira reunião para a preparação do jornal, Robert Fenwick disse:

— Parece que temos problemas para a transmissão do programa desta noite.

— Desembuche — disse Dana.

— Sabe aquela equipe que mandamos para a Irlanda? De quem íamos usar o filme esta noite?

— Sim?

— Eles foram presos. E todo o equipamento confiscado.

— Fala sério?

— Nunca brinco com irlandeses. — Estendeu uma folha de papel a Dana. — E aqui está nossa matéria principal sobre o banqueiro de Washington que está sendo acusado de fraude.

— É uma boa matéria — disse Dana. — É a nossa exclusiva.

— Nosso departamento jurídico simplesmente acabou com ela.

— *Quê?!*

— Têm medo de ser processados.

— Maravilha — disse Dana, com amargura.

— Ainda não terminei. A testemunha do caso de assassinato que marcamos para uma entrevista ao vivo esta noite...

— Sim...

— Ela mudou de ideia. É avessa a aparecer na televisão.

Dana gemeu. Ainda não eram nem 10 horas. A única coisa que aguardava com impaciência naquele dia era seu encontro com Roger Hudson.

Quando Dana voltou da reunião, Olivia disse:

— São 11 horas, Srta. Evans. Com este tempo, talvez fosse melhor sair agora para seu encontro com o Sr. Hudson.

— Obrigada, Olivia. Devo estar de volta daqui a umas duas ou três horas.

Dana olhou pela janela. Recomeçara a nevar. Ela vestiu o casaco, pôs o cachecol e dirigiu-se para a porta. O telefone tocou.

— Srta. Evans...

Dana voltou.

— Telefonema para você na linha três.

— Agora não — disse Dana. — Tenho de sair.

— É alguém da escola de Kemal.

— Quê?! — ela correu para sua mesa. — Alô...

— Srta. Evans?

— Sim.

— Aqui é Thomas Henry.

— Olá, Sr. Henry. Está tudo bem com Kemal?

— Realmente não sei como responder a essa pergunta. Lamento muito ter de lhe dizer isso, mas Kemal está sendo expulso.

Dana imobilizou-se, chocada.

— *Expulso.* Por quê? O que foi que ele fez?

— Talvez seja melhor discutirmos pessoalmente. Eu lhe agradeceria se viesse pegá-lo.

— Sr. Henry...

— Eu explico quando chegar aqui, Srta. Evans. Obrigado.

Dana repôs o receptor no lugar, aturdida. *O que poderia ter acontecido*?

— Está tudo bem? — perguntou Olivia.

— Fantástico — gemeu Dana. — Só faltava essa para a manhã ficar simplesmente perfeita.

— Posso fazer alguma coisa?

— Reze uma oração extra para mim.

MAIS CEDO NAQUELA manhã, quando Dana deixou Kemal na escola, acenou-lhe adeus com a mão e foi embora, Ricky Underwood observava a cena.

Quando Kemal passou por ele, Underwood disse:

— Ei, seu herói de guerra. Sua mãe deve estar realmente frustrada. Você só tem um braço, então quando brinca de sacanagem com ela...

Os movimentos de Kemal foram quase rápidos demais para serem vistos. Lançou a perna à frente e o pé atingiu em cheio e com muita força a virilha de Underwood; quando ele gritou e começou a curvar-se, Kemal levantou o joelho com força e quebrou-lhe o nariz. Sangue esguichou no ar.

Kemal curvou-se sobre o garoto que gemia no chão.

— Da próxima vez, eu acabo com você.

AO VOLANTE, DANA dirigiu-se o mais rápido que pôde para a Escola Intermediária Theodore Roosevelt, imaginando o que teria acontecido. *Seja o que for, tenho de convencer Henry a manter Kemal na escola.*

Thomas Henry esperava Dana em seu gabinete com Kemal sentado na cadeira defronte. Ao entrar, ela teve uma sensação de *déjà vu*.

— Srta. Evans.

— O que aconteceu? — perguntou Dana.

— Seu filho quebrou o nariz e o malar de um garoto. Ele teve de ser levado de ambulância para o pronto-socorro.

Dana olhou para ele, descrente.

— Como... como pôde acontecer isso? Kemal só tem um braço.

— Sim — disse Thomas Henry, sisudo. — Mas tem duas pernas. Ele quebrou o nariz do garoto com o joelho.

Kemal examinava o teto.

Dana voltou-se para ele.

— Como pôde fazer isso?

Ela baixou o rosto.

— Foi fácil.

— Vê o que digo, Srta. Evans? — perguntou Thomas Henry. — Toda a atitude de Kemal é... eu... eu não sei como descrevê-la. Receio que não podemos mais suportar o comportamento de Kemal. Sugiro que encontre uma escola mais adequada para ele.

Dana disse, séria:

— Sr. Henry, Kemal não provoca brigas. Tenho certeza que, se entrou numa, teve um bom motivo para isso. O senhor não pode...

O Sr. Henry interrompeu-a, com firmeza.

— Já tomamos nossa decisão, Srta. Evans — disse, com um tom irrevogável.

Dana respirou fundo.

— Está bem. Vamos procurar uma escola que seja mais compreensiva. Vamos, Kemal.

Kemal levantou-se, lançou um olhar furioso ao Sr. Henry e saiu do gabinete atrás de Dana. Foram para o pátio em silêncio. Dana conferiu as horas no relógio de pulso. Já estava atrasada para o encontro e não tinha onde deixar Kemal. *Vou ter de levá-lo comigo.*

Quando entraram no carro, ela disse:

— Tudo bem, Kemal. O que aconteceu?

Em hipótese alguma, ele lhe contaria o que Ricky Underwood disse.

— Peço muitas desculpas a você, Dana. A culpa foi minha.

Legal.

A PROPRIEDADE DE HUDSON aninhava-se em 2 mil hectares de terreno numa área exclusiva de Georgetown. A casa era uma mansão de três andares em estilo georgiano, invisível da rua. Tinha o exterior branco e uma longa e sinuosa entrada para carros levando até a fachada da frente.

Dana parou o carro diante da casa. Olhou para Kemal.

— Você vem comigo.

— Por quê?

— Porque está frio aqui fora. Venha.

Dana foi até a porta da frente e Kemal seguiu-a, relutante. Ao chegar, virou-se para ele.

— Kemal, estou aqui para fazer uma entrevista muito importante. Quero que fique calado e seja educado. Certo?

— Certo.

Dana tocou a campainha. A porta foi aberta por um homem gigantesco com uniforme de mordomo e uma expressão sorridente.

— Srta. Evans?

— Sim.

— Sou Cesar. O Sr. Hudson está esperando. — Olhou para Kemal e depois para Dana. — Queiram me dar seus casacos, por favor. — Um momento depois, pendurava-os no armário de visitas do saguão. Kemal continuou olhando para Cesar, que se elevava bem acima dele.

— Qual a sua altura?

— Kemal! — censurou Dana. — Não seja grosseiro.

— Oh, está tudo bem, Srta. Evans. Já estou acostumado.

— Você é mais alto do que Michael Jordan? — perguntou Kemal.

— Receio que não — disse o mordomo. — Só tenho 2,15m. Venham por aqui, por favor.

A entrada era enorme, um corredor comprido com piso de madeira maciça, espelhos antigos e mesas de mármore. Ao longo das paredes viam-se prateleiras com valiosas estatuetas de cerâmica da dinastia Ming e estátuas de opalina Chihuly.

Dana e Kemal seguiram Cesar pelo longo corredor até uma sala de estar um degrau abaixo, com paredes amarelo-claras e madeiramento branco. O cômodo era decorado com sofás confortáveis, mesas de canto Queen Anne e *bergères* Sheraton forradas de seda amarelo-clara.

O senador Roger Hudson e a mulher Pamela estavam sentados a um tabuleiro de gamão no fundo da sala. Levantaram-se quando Dana e Kemal foram anunciados por Cesar.

Roger Hudson era um homem de 50 e tantos anos, aparência severa, frios olhos cinzentos e um sorriso cauteloso. Tinha uma atitude reservada e distante.

Pamela Hudson era uma beldade, um pouco mais moça que o marido. Parecia afetuosa, aberta e realista. Tinha os cabelos louros e um traço de grisalho que ela não se dera o trabalho de disfarçar.

— Lamento muitíssimo o atraso — desculpou-se Dana. — Sou Dana Evans. Este é meu filho, Kemal.

— Sou Roger Hudson. Esta é minha mulher, Pamela.

Dana pesquisara sobre Roger Hudson na internet. Seu pai tinha sido dono de uma pequena siderurgia, as Indústrias Hudson. Roger Hudson a ampliou e transformou num conglomerado mundial. Era bilionário, foi o líder da maioria no Senado e, durante um período, chefiara a Comissão das Forças Armadas. Afastara-se dos negócios, aposentara-se e hoje era conselheiro político da

Casa Branca. Vinte e cinco anos antes, tinha se casado com uma beldade da alta-roda, Pamela Donnely. Os dois eram figuras de destaque na sociedade e influentes na política de Washington.

— Kemal, estes são o Sr. e a Sra. Hudson — disse Dana. Olhou para Roger. — Desculpe-me por trazê-lo, mas...

— Fez muitíssimo bem — disse Pamela Hudson. — Sabemos tudo sobre Kemal.

Dana olhou para ela, surpresa.

— É mesmo?

— Sim. Muita coisa foi escrita sobre vocês, Srta. Evans. Você resgatou Kemal de Sarajevo. Fez uma coisa maravilhosa.

Ainda em pé, Roger Hudson permaneceu calado.

— O que posso servir a vocês? — perguntou Pamela Hudson.

— Para mim, nada, obrigada — disse Dana.

Olharam para Kemal. Ele fez que não com a cabeça.

— Sentem-se, por favor. — Roger Hudson e a mulher acomodaram-se no sofá. Dana e Kemal escolheram duas poltronas diante dos anfitriões.

Roger Hudson disse, sem rodeios:

— Não sei ao certo por que está aqui, Srta. Evans. Matt Baker me pediu que a recebesse. O que posso fazer por você?

— Eu gostaria de conversar com o senhor sobre Taylor Winthrop.

Roger Hudson franziu as sobrancelhas.

— Sobre o quê?

— Sei que o senhor trabalhou com ele, não foi?

— Sim. Conheci Taylor quando era nosso embaixador na Rússia. Na época eu chefiava a Comissão das Forças Armadas. Fui para a Rússia avaliar a capacidade de armamento deles. Taylor passou dois ou três dias com nosso comitê.

— O que achou dele, Sr. Hudson?

Ele fez uma pausa, pensativo.

— Para falar com toda a sinceridade, Srta. Evans, não fiquei muito impressionado com todo aquele charme. Mas é preciso que lhe diga: achei o homem muito competente.

Kemal, entediado, olhou em volta, levantou-se e entrou na sala contígua.

— Sabe se o embaixador Winthrop envolveu-se em algum problema quando estava na Rússia?

Roger Hudson lançou-lhe um olhar perplexo.

— Acho que não entendi bem. Que tipo de problema?

— Alguma coisa... alguma coisa em que teria feito inimigos. Quer dizer, inimigos realmente mortais.

Roger Hudson balançou a cabeça, devagar.

— Srta. Evans, se alguma coisa como essa tivesse acontecido, não apenas eu, mas o mundo inteiro teria sabido. Taylor Winthrop levava uma vida muito pública. Permita-me perguntar: aonde pretende chegar com essas perguntas?

Dana respondeu, sem graça:

— Achei que talvez Taylor Winthrop pudesse ter feito alguma coisa ruim o bastante a alguém para dar motivo de quererem assassiná-lo e à sua família.

Os Hudson arregalaram os olhos para ela.

Dana apressou-se em continuar:

— Sei que parece meio improvável, mas as mortes violentas de todos na família, em menos de um ano, também são muito estranhas.

Roger Hudson replicou, brusco:

— Srta. Evans, já vivi tempo suficiente para saber que *tudo* é possível, mas isso... em que se baseia?

— Se está se referindo a provas, não tenho nenhuma.

— Não estou surpreso. — Ele hesitou. — Ouvi dizer que... — Sua voz extinguiu-se. — Esqueça.

As duas mulheres olhavam para ele.

Pamela disse, suavemente:

— Não está sendo gentil com a Srta. Evans, querido. O que é que ia dizer?

Ele deu de ombros.

— Não é nada de importante. — Virou-se para Dana. — Quando estive em Moscou, havia um boato de que Winthrop andava envolvido em algum tipo de acordo secreto com os russos. Mas não dou ouvidos a rumores, e estou certo de que você também não, Srta. Evans. — Seu tom era quase de reprovação.

Antes que Dana pudesse responder, houve um barulho estrondoso de queda vindo da biblioteca contígua.

Pamela Hudson levantou-se e correu em direção ao barulho. Roger e Dana seguiram atrás. Pararam diante da porta. Na biblioteca, um vaso Ming azul caíra no chão e espatifara-se. Kemal estava ao lado.

— Oh, meu Deus — disse Dana, horrorizada. — Me desculpem. Kemal, como você...?

— Foi um acidente.

Dana virou-se para os Hudson, o rosto vermelho de embaraço.

— Lamento muitíssimo. Claro, faço questão de pagar. Eu...

— Por favor, não se preocupe com isso — disse Pamela Hudson com um sorriso simpático. — Nossos cachorros fazem muito pior.

A expressão de Roger Hudson ficou sinistra. Ele pôs-se a dizer alguma coisa, mas o olhar da esposa o deteve.

Dana baixou os olhos para os restos do vaso. *Na certa valia uns dez anos de meu salário,* pensou.

— Por que não voltamos para a sala de estar? — sugeriu Pamela Hudson.

Dana seguiu os Hudson, com Kemal ao lado.

— Não saia de junto de mim — resmungou ela, furiosa. Os quatro tornaram a sentar-se.

Roger Hudson olhou para Kemal.

— Como perdeu seu braço, filho?

Dana surpreendeu-se com a franqueza da pergunta, mas Kemal respondeu, prontamente:

— Uma bomba.

— Entendo. E seus pais, Kemal?

Desta vez, houve uma ligeira hesitação.

— Os dois foram mortos num ataque aéreo junto com minha irmã.

Roger Hudson grunhiu.

— Malditas guerras.

Nesse momento, Cesar entrou na sala.

— O almoço está servido.

O ALMOÇO FOI DELICIOSO. Dana achou Pamela simpática e encantadora e Roger Hudson fechado e retraído.

— Em que está trabalhando agora? — perguntou Pamela Hudson a Dana.

— Estamos em fase de preparação de um novo programa chamado *Linha do Crime*. Vamos denunciar algumas pessoas que saíram impunes de crimes cometidos e tentar ajudar pessoas na prisão que são inocentes.

Roger Hudson disse:

— Washington é um grande lugar para se começar. Está cheia de hipócritas metidos a íntegros em cargos elevados que já se safaram de todo tipo de crime que se possa imaginar.

— Roger faz parte de vários comitês de reforma governamental — disse Pamela Hudson, orgulhosa.

— E são muitos os que se dão bem — grunhiu o marido. — A diferença entre certo e errado parece que passou a ser indistinta. Devia ser ensinada em casa. Nossas escolas, sem dúvida, não a ensinam.

Pamela Hudson olhou para Dana.

— Por falar nisso, Roger e eu vamos dar um jantar sábado à noite. Você estará livre para juntar-se a nós?

Dana sorriu.

— Ah, sim, obrigada. Eu adoraria.

— Tem namorado?

— Sim. Jeff Connors.

Roger Hudson perguntou:

— O repórter esportivo na sua estação?

— É.

— Ele não é nada mau. Assisto ao jornal às vezes — disse. — Eu gostaria de conhecê-lo.

Dana sorriu.

— Tenho certeza que Jeff também adoraria vir.

QUANDO DANA E Kemal iam saindo, Roger Hudson chamou a jornalista à parte.

— Com todo respeito, Srta. Evans, acho que a sua teoria da conspiração acerca de Winthrop não passa de fantasia. Mas, em consideração a Matt Baker, estou disposto a verificar por aí e ver se descubro algo que talvez possa dar substância a isso.

— Obrigada.

Com todo respeito, Srta. Evans, acho que a sua teoria da conspiração acerca de Winthrop não passa de fantasia. Mas, em consideração a Matt Baker, estou disposto a verificar por aí e ver se descubro algo que talvez possa dar substância a isso.
Obrigada.

Fim da fita.

Capítulo 9

ELES ESTAVAM NO MEIO da reunião da manhã sobre o *Linha do Crime* e Dana ficara na sala de conferência, às voltas com meia dúzia de repórteres e pesquisadores da casa.

Olivia enfiou a cabeça pela fresta da porta.

— O Sr. Baker gostaria de ver você.

— Diga a ele que irei num minuto.

— O CHEFE ESTÁ à espera.

— Obrigada, Abbe. Você está com uma aparência supersaudável.

Abbe confirmou com a cabeça.

— Finalmente tive uma boa noite de sono. Nos últimos...

— Dana? Venha cá — gritou Matt.

— Falo depois — disse Abbe.

Dana entrou no escritório de Matt.

— Como foi o encontro com Roger Hudson?

— Tive a sensação de que ele não ficou interessado. Acha que minha teoria é maluca.

— Eu disse que ele não era o Sr. Calor Humano.

— Parece não se impressionar mais com nada. A mulher dele

é um amor. Você precisava ouvi-la sobre o tema da loucura da sociedade de Washington. Falando da maldade das pessoas.

— Eu sei. Ela é uma senhora maravilhosa.

Dana entrou correndo na sala de jantar executiva de Elliot Cromwell.

— Junte-se a mim.

— Obrigada. — Dana sentou-se.

— Como vai Kemal?

Dana hesitou.

— No momento, receio que eu esteja com um problema.

— É? Que tipo de problema?

— Kemal foi expulso da escola.

— Por quê?

— Se meteu numa briga e mandou um garoto para o hospital.

— Bem, ele fez por merecer.

— Tenho certeza que a briga não foi culpa de Kemal — disse Dana, defensiva. — Os garotos vivem provocando-o porque só tem um braço.

— Acho que deve ser muito difícil mesmo para ele — disse Elliot Cromwell.

— É, sim. Estou tentando arranjar-lhe uma prótese. Mas parece que há problemas.

— Em que ano Kemal está?

— Oitavo.

Elliot Cromwell ficou pensativo.

— Conhece a Escola Preparatória Lincoln?

— Oh, sim. Mas sei que é muito difícil entrar nela. — Acrescentou: — E meu medo é que as notas de Kemal não sejam muito boas.

— Tenho alguns contatos lá. Quer que eu fale com alguém?

— Eu... é muito gentil da sua parte.

— Será um prazer.

NO DIA SEGUINTE, Elliot Cromwell mandou chamar Dana.

— Tenho boas notícias para você. Falei com a diretora da Escola Preparatória Lincoln e ela aceitou matricular Kemal numa base experimental. Pode levá-lo lá amanhã?

— Claro. Eu... — Dana levou algum tempo para absorver a notícia. — Oh, isso é maravilhoso! Estou tão feliz. Muitíssimo obrigada. Realmente, fico muito grata.

— Quero que saiba que aprecio *você,* Dana. Acho que foi maravilhoso ter trazido Kemal para este país. Você é uma pessoa muito especial.

— Eu... obrigada.

Quando Dana saiu do escritório, pensou: *Isso exigiu muita influência. E muita bondade.*

A ESCOLA PREPARATÓRIA Lincoln era um imponente complexo que consistia num grande prédio eduardiano, três anexos menores, jardins espaçosos e bem-cuidados e campos de esporte extensos com uma grande variedade de equipamentos.

Ao pararem diante da entrada, Dana disse:

— Kemal, esta é a melhor escola de Washington. Você pode aprender um montão de coisas aqui, mas precisa ter uma atitude positiva nela. Entende?

— Moleza.

— E não pode se meter em brigas.

Kemal não respondeu.

Os dois foram conduzidos ao escritório de Rowana Trott, diretora da escola, uma mulher com uma aparência atraente e um jeito muito amistoso.

— Bem-vindos — disse ela. Virou-se para Kemal. — Já ouvi muito falar de você, rapaz. Estávamos todos aguardando com impaciência tê-lo aqui conosco.

Dana esperou Kemal dizer alguma coisa. Como ele ficou calado, ela disse:

— Kemal também não vê a hora de começar a estudar aqui.

Ele ficou ali, imóvel, sem nada responder.

Uma senhora idosa entrou no escritório. A Sra. Trott apresentou-os:

— Esta é Becky. Becky, este é Kemal. Por que não lhe mostra a escola? Leve-o para conhecer alguns dos seus futuros professores.

— Claro. Venha por aqui, Kemal.

Kemal lançou um olhar suplicante a Dana e virou-se em seguida, saindo atrás de Becky.

— Quero explicar a situação de Kemal — começou Dana. — Ele...

A Sra. Trott interrompeu-a.

— Não precisa, Srta. Evans. Elliot Cromwell me falou da situação, dos antecedentes e de tudo por que ele passou. Sei que sofreu mais que qualquer criança deveria sofrer em toda a vida, e estamos dispostos a fazer concessões por causa disso.

— Obrigada — disse Dana.

— Pedi uma transcrição das notas dele à Escola Intermediária Theodore Roosevelt. Vamos ver se conseguimos melhorá-las.

Dana fez que sim com a cabeça.

— Kemal é um menino muito inteligente.

— Tenho certeza que sim. As notas em matemática provam isso. Vamos tentar dar-lhe um incentivo para que se destaque em todas as outras matérias.

— O fato de só ter um braço é muito traumático para ele — disse Dana. — Espero conseguir resolver isso.

A Sra. Trott concordou com a cabeça, compreensiva.

— Claro.

Quando Kemal terminou o passeio pela escola e voltava com Dana para o carro, ela disse:

— Sei que você vai gostar daqui.

Ele ficou calado.

— É uma escola linda, não é?

— É um pé no saco.

Dana parou.

— Por quê?

A voz de Kemal saiu engasgada.

— Eles têm um monte de quadras de tênis e um campo de futebol e eu não posso... — Os olhos encheram-se de lágrimas.

Dana abraçou-o.

— Lamento, querido. — E pensou consigo: *Tenho de fazer alguma coisa em relação a isso.*

O JANTAR NA CASA dos Hudson na noite de sábado foi uma festa deslumbrante, em *black tie.* As belas salas estavam cheias dos poderosos e badaladores da capital do país, entre eles o secretário de defesa, vários membros do Congresso, o presidente do Federal Reserve e o embaixador da Alemanha.

Roger e Pamela esperavam na porta quando Dana e Jeff chegaram. Dana apresentou-lhes Jeff.

— Gosto da sua coluna de esportes e das suas transmissões na TV — disse Roger Hudson.

— Obrigado.

— Quero apresentar a vocês alguns dos nossos convidados — disse Pamela.

Muitos dos rostos eram conhecidos, e os cumprimentos foram cordiais. Parecia que a maioria dos convidados era fã de Dana ou de Jeff, ou dos dois.

Quando ficaram a sós por um momento, Dana disse:

— Meu Deus. A lista de convidados parece o *Who's Who.*

Jeff pegou-lhe a mão.

— *Você* é a maior celebridade aqui, querida.

— De jeito nenhum — disse Dana. — Sou apenas...

Nesse momento, Dana viu o general Victor Booster e Jack Stone vindo na direção dos dois.

— Boa noite, general — disse Dana.

Booster olhou para ela e disse, com rudeza:

— Que diabos está fazendo aqui?

Dana enrubesceu.

— Isto é um acontecimento social — disse o general, irritado. — Não sabia que a mídia tinha sido convidada.

Jeff olhou furioso para o general Booster.

— Espere aí! Temos tanto direito...

Victor Booster ignorou-o. Curvou-se para perto de Dana.

— Lembra do que prometi se você continuasse procurando problema? — Afastou-se.

Jeff lançou-lhe um olhar, incrédulo.

— Nossa. O que foi que deu nele?

Jack Stone ficou ali, imóvel, a cara vermelha.

— Eu... eu lamento terrivelmente. O general fica assim de vez em quando. Nem sempre tem muito tato.

— Nós notamos — disse Jeff, gélido.

O JANTAR PROPRIAMENTE dito foi fantástico. Diante de cada casal, havia um cardápio com uma linda caligrafia.

Blinis russo com caviar Beluga e queijo cremoso
light temperado com vodca

Sopa de faisão à embaixador com essência de
trufa branca e aspargos verdes

Fois gras à Bismarck com alface de Boston, pimenta
em grão e molho de vinagre de xerez

Lagosta do Maine à termidor caramelada,
com molho de champanhe de Mornay

Filé à Wellington com batata assada
e legumes refogadas à Orlaff

Suflê de chocolate quente com licor de raspas de casca de laranja e flocos de chocolate, servidas com molho de caramelo

Um banquete luculiano.

PARA SUA SURPRESA, Dana viu-se sentada ao lado de Roger Hudson. *Coisa de Pamela*, pensou.

— Pamela me disse que Kemal está matriculado na Escola Preparatória Lincoln.

Dana sorriu.

— É, está. Elliot Cromwell conseguiu isso. Ele é um homem admirável.

Roger Hudson confirmou com a cabeça.

— Foi o que ouvi dizer.

Ele hesitou por um momento.

— Pode não significar nada, mas parece que pouco antes de Taylor Winthrop tornar-se nosso embaixador na Rússia, ele disse a alguns amigos que tinha se retirado em definitivo da vida pública.

Dana franziu o cenho.

— E depois aceitou o posto de embaixador na Rússia?

— Sim.

Estranho.

NO CAMINHO DE VOLTA para casa, Jeff perguntou a Dana:

— O que foi que você fez para arranjar um fã tão ardoroso quanto o general Booster?

— Ele não quer que eu investigue as mortes na família Winthrop.

— Por que não?

— Não explicou. Só ladrou.

Jeff disse, devagar:

— A mordida dele é pior que o latido, Dana. Ele é um péssimo inimigo de se ter.

Ela lançou um olhar curioso a Jeff.

— Por quê?

— É chefe da AFP, a Agência Federal de Pesquisa.

— Eu sei. Eles desenvolvem tecnologia para ajudar os países subdesenvolvidos a aprenderem produção moderna e...

Jeff disse, fazendo uma careta:

— E não é que existe mesmo Papai Noel?

Dana olhou para ele, sem entender.

— Do que está falando?

— A agência é uma fachada. A verdadeira função da AFP é espionar os serviços secretos estrangeiros e interceptar suas comunicações. É irônico. "*Frater*" quer dizer irmão, em latim... só que esse é o Grande Irmão e, certo como o diabo, o Grande Irmão está de olho em todo mundo. São mais dissimulados até que a NSA.

Dana disse, pensativa:

— Taylor Winthrop também já foi chefe da AFP. Interessante.

— Se eu fosse você, ficaria o mais longe possível do general Booster.

— É o que pretendo.

— Sei que você tem um problema com a babá esta noite, meu bem, por isso se tiver de ir para casa...

Dana aconchegou-se em Jeff.

— De jeito nenhum. A babá pode esperar. Eu não. Vamos para a sua casa.

Ele abriu um largo sorriso.

— Achei que você nunca ia me pedir isso.

JEFF MORAVA NUM pequeno apartamento num prédio de quatro andares, na Madison Street. Levou Dana para o quarto.

— Vai ser ótimo quando nos mudarmos para um apartamento maior — disse. — Kemal precisa ter seu próprio quarto. Por que não...

— Por que a gente não para de falar? — sugeriu Dana.

Jeff abraçou-a.

— Grande ideia. — Chegou por trás dela e curvou as mãos em seu quadril, acariciando-a devagar com movimentos suaves. Começou a despi-la. — Sabe que você tem um corpo lindo?

— Todos os homens me dizem isso — brincou Dana. — É o falatório da cidade. Está planejando tirar suas roupas?

— Vou pensar no assunto.

Dana virou-se de frente para ele e começou a desabotoar-lhe a camisa.

— Sabe que você é uma imoral?

Ela sorriu.

— Pode apostar.

Quando Jeff terminou de despir-se, Dana esperava por ele na cama. Aconchegou-se no verão quente de seus braços. Ele era um amante sensacional, sensual e carinhoso.

— Eu te amo muito — sussurrou ela.

— Eu te amo, minha querida.

Quando ele ia puxá-la para junto de si, tocou um celular.

— É o seu ou o meu?

Eles riram. Tocou mais uma vez.

— O meu — disse Jeff. — Deixe tocar.

— Talvez seja importante.

— Oh, está bem.

Jeff sentou-se, descontente. Pegou o telefone.

— Alô... — A voz mudou. — Não, tudo bem... Fale... Claro... Tenho certeza que não há nada com que se preocupar. Na certa é só estresse.

A conversa continuou por mais cinco minutos.

— Certo... Vá com calma... Ótimo... Boa noite, Rachel. — Desligou o telefone.

Não é terrivelmente tarde para Rachel telefonar para Jeff?

— Algum problema, Jeff?

— Não, acho que não. Rachel está trabalhando demais. Só precisa de um descanso. Vai ficar bem. — Tomou Dana nos braços e perguntou, carinhoso: — Onde estávamos? — Puxou seu corpo nu para junto de si e a magia começou.

Ela esqueceu os problemas com os Winthrop, Joan Sinisi, generais, governantas, Kemal e escolas, e a vida tornou-se uma alegre e apaixonante comemoração. Mais tarde, disse, relutante:

— Receio que esteja na hora de Cinderela transformar-se numa abóbora, querido.

— E que abóbora! Vou preparar minha carruagem.

Ela baixou os olhos e correu-os pelo corpo dele.

— Acho que já está pronta. Mais uma vez?

QUANDO DANA chegou em casa, a babá esperava impaciente para ir embora.

— Uma e meia da manhã! — disse, acusadora.

— Desculpe. Fiquei presa. — Dana deu-lhe um dinheiro extra. — Tome um táxi — disse. — É perigoso sair a essa hora. Vejo-a amanhã.

A babá disse:

— Srta. Evans, acho que devia saber...

— Sim?

— Toda noite, Kemal fica me atormentando, querendo saber quando você vai voltar. Essa criança é muito insegura.

— Obrigada. Boa noite.

Dana entrou no quarto de Kemal. Acordado, jogava no computador.

— Oi, Dana.

— Você já devia estar dormindo, meu chapa.

— Eu estava esperando você. E aí, se divertiu?

— Foi ótimo, querido, mas senti sua falta.

Kemal desligou o computador.

— Você vai sair toda noite?

Dana pensou em todas as emoções por trás da pergunta.

— Vou tentar passar mais tempo com você, querido.

Capítulo 10

O TELEFONEMA chegou inesperadamente.

— Dana Evans?

— Sim.

— Aqui é o Dr. Joel Hirschberg. Trabalho na Fundação Infantil.

Dana ouvia, intrigada.

— Sim?

— Elliot Cromwell me contou que você lhe disse que estava tendo problemas para conseguir um implante de braço para seu filho.

Dana pensou por um momento.

— Sim, acho que disse.

— O Sr. Cromwell me explicou o histórico. Esta fundação foi criada para ajudar crianças de países arrasados por guerras. Pelo que ele me disse, seu filho se inclui no programa. Será que não gostaria de trazê-lo aqui para eu examiná-lo?

— Bem, eu... bem, sim, claro. — Marcaram o encontro para o dia seguinte.

Quando Kemal chegou da escola, Dana disse, animada:

— Amanhã vamos a um médico para conseguir um novo braço para você. O que acha?

Kemal pensou.

— Não sei. Não vai ser um braço de verdade.

— Vai ser o mais parecido com um braço de verdade que podemos conseguir. Está bem, meu chapa?

— Legal.

O Dr. Joel Hirschberg era um homem de seus 40 e tantos anos, atraente, com a fisionomia séria e uma aparência de tranquila competência.

Depois que ela e Kemal o cumprimentaram, Dana disse:

— Doutor, quero deixar claro que teremos de combinar algum tipo de acordo financeiro, porque eu...

O Dr. Hirschberg interrompeu-a.

— Como lhe disse ao telefone, a Fundação Infantil foi criada para ajudar crianças de países arrasados por guerras. As despesas são por nossa conta.

Dana sentiu uma onda de alívio.

— Isso é maravilhoso. — *Deus abençoe Elliot Cromwell.*

O Dr. Hirschberg voltou-se mais uma vez para Kemal.

— Agora, vamos dar uma olhada em você, rapaz.

Meia hora depois, disse a Dana:

— Acho que podemos reconstituir o braço e deixá-lo quase novo. — Tirou um gráfico da parede. — Temos dois tipos de prótese, a mioelétrica, que é a tecnologia mais avançada e sofisticada, e um braço movido por cabo. Como podem ver aqui, o braço mioelétrico é feito de plástico e revestido por uma luva igual a uma mão. — Sorriu para Kemal. — Parece tão boa quanto a original.

Kemal perguntou:

— Ela se mexe?

O Dr. Hirschberg respondeu:

— Kemal, você em algum momento pensa em mover sua mão? Quer dizer, a mão que não está mais aí?

— Penso — disse Kemal.

O Dr. Hirschberg curvou-se à frente.

— Bem, agora, sempre que pensar nessa mão fantasma, os músculos que funcionavam ali vão se contrair e gerar automaticamente um sinal mioelétrico. Em outras palavras, você vai poder abrir e fechá-la apenas pensando nisso.

O rosto de Kemal iluminou-se.

— Vou? Como... como é que vou botar e tirar o braço?

— Isso é muito simples mesmo, Kemal. Basta apoiar o braço novo. É um encaixe de sucção. Há uma fina meia de náilon sobre o braço. Você não pode nadar com ele, mas pode fazer quase tudo mais. É como um par de sapatos. Você tira à noite e calça de manhã.

— Quanto pesa? — perguntou Dana.

— De 170 a 450 gramas.

Dana voltou-se para Kemal.

— O que acha, desportista? Vamos experimentar?

Kemal tentava esconder a emoção.

— Vai parecer de verdade?

O Dr. Hirschberg sorriu.

— Vai parecer de verdade.

— Parece maneiro.

— Você se tornou canhoto, portanto vai ter de desaprender isso. Leva tempo, Kemal. Podemos fazê-lo adaptar-se imediatamente, mas você vai precisar de terapia durante algum tempo para aprender a tornar o braço parte de si mesmo e se habituar a controlar os sinais mioelétricos.

Kemal respirou fundo.

— Legal.

Dana abraçou-o com força.

— Vai ser maravilhoso — disse, contendo as lágrimas.

O Dr. Hirschberg ficou observando os dois por algum tempo, depois sorriu.

— Vamos ao trabalho.

QUANDO DANA VOLTOU para o escritório, foi falar com Elliot Cromwell.

— Elliot, acabamos de vir do Dr. Hirschberg.

— Que bom. Espero que ele possa ajudar Kemal.

— Parece que pode. Não tenho como lhe dizer o quanto, muito mesmo, lhe sou grata por isso.

— Dana, não há o que agradecer. Fico feliz por poder ser útil. Só gostaria que me informasse do andamento das coisas.

— Eu informarei. *Deus o abençoe.*

— FLORES! — OLIVIA entrou no escritório com um imenso buquê de flores.

— Mas que lindas! — exclamou Dana. Abriu o envelope e leu o cartão. *Cara Srta. Evans, o latido de nosso amigo é pior que a mordida. Espero que se alegre com as flores. Jack Stone.*

Dana examinou o cartão por um momento. *Interessante,* pensou. *Jeff disse que a mordida dele é pior que o latido. Qual dos dois está certo?* Ela teve a sensação de que Jack Stone detestava seu emprego na AFP. E seu chefe. *Vou me lembrar disso.*

DANA TELEFONOU para Jack Stone na AFP.

— Sr. Stone? Só queria lhe agradecer as lindas...

— Você está no escritório?

— Sim. Eu...

— Telefono para você. — Apertou a tecla *tone.*

Três minutos depois, Jack Stone telefonou.

— Srta. Evans, seria melhor para nós dois que um amigo comum não saiba que estamos conversando. Tentei mudar a atitude dele, mas é um homem obstinado. Se algum dia precisar de mim... quer dizer, *se precisar mesmo*... vou lhe dar o número do meu celular particular. Poderá me encontrar a qualquer hora.

— Obrigada. — Ela anotou o número.

— Srta. Evans...

— Sim.

— Deixe pra lá. Tome cuidado.

QUANDO JACK STONE chegou naquela manhã, o general Booster esperava-o.

— Jack, alguma coisa me diz que aquela cadela Evans é uma criadora de caso. Quero que comece um arquivo sobre ela. E me mantenha no circuito.

— Deixe que eu cuido disso. — *Só que não haveria circuito algum. E ele lhe enviara flores.*

Na sala de jantar executiva do estúdio televisivo, Dana e Jeff conversavam sobre a prótese de Kemal.

— Estou tão emocionada, querido. Isso vai fazer toda a diferença no mundo. Ele tem sido agressivo porque se sente inferior. O braço vai mudar tudo isso.

— Ele deve estar entusiasmadíssimo — disse Jeff. — Eu pelo menos estou.

— E a maravilha é que a Fundação Infantil vai pagar tudo. Se pudermos...

O telefone celular de Jeff tocou.

— Com licença, meu bem. — Apertou um botão e falou. — Alô... Oh... — Deu uma olhada em Dana. — Não... Está tudo bem... Fale...

Dana ficou ali sentada, tentando não ouvir.

— Sim... Entendo... Certo... Provavelmente não é nada sério, mas você devia procurar um médico. Onde está agora? Brasil? Tem muito médico bom aí. Claro... Entendo... Não... — A conversa parecia não terminar nunca. Jeff acabou dizendo: — Se cuida. Até logo. — Desligou.

— Rachel? — perguntou Dana.

— É. Anda tendo uns problemas físicos. Cancelou a filmagem de um curta no Rio de Janeiro. Nunca fez nada semelhante antes.

— Por que está ligando para você, Jeff?

— Ela não tem mais ninguém, meu bem. Está totalmente sozinha.

— Até logo, Jeff.

Rachel desligou com relutância, odiando interromper a conversa. Olhou pela janela o Pão de Açúcar a distância e a Praia de Ipanema muito embaixo. Entrou no quarto e deitou-se, exausta, o dia passando meio embriagado pela cabeça. Tinha começado muito bem. Naquela manhã, filmara um comercial para a American Express, posando na praia.

Por volta do meio-dia, o diretor disse:

— Este último ficou fantástico, Rachel. Mas vamos fazer mais um.

Ela ia dizer sim, mas ouviu-se dizendo:

— Não, desculpe. Não posso.

Ele a olhara, surpreso.

— Como?

— Estou muito cansada. Você vai ter de me liberar. — Voltou-se e correu para o hotel, atravessando o saguão e indo direto para a segurança do quarto. Tremia e sentia-se nauseada. *O que é que está havendo comigo?* Tinha a testa febril.

Pegou o telefone e ligou para Jeff. O próprio som da voz dele a fez sentir-se melhor. *Abençoado. Ele está sempre ali para mim, minha linha da vida.* Quando a conversa terminou, Rachel deitou-se na cama, pensando. *Nós dois tivemos bons momentos. Ele era sempre divertido. Gostávamos de fazer as mesmas coisas e adorá-*

vamos partilhar tudo. Como pude deixá-lo ir embora? Forçou-se a lembrar de como o casamento tinha terminado.

Tudo começou com um telefonema.

— Rachel Stevens?

— Sim.

— Roderick Marshall ao telefone. — *Um dos mais importantes diretores de Hollywood.*

Um momento depois, ele dizia na linha:

— Srta. Stevens?

— Sim?

— Roderick Marshall. Sabe quem sou?

Ela vira vários de seus filmes.

— Claro que sim, Sr. Marshall.

— Andei olhando umas fotos suas. Precisamos de você aqui na Fox. Gostaria de vir a Hollywood fazer um teste para tela grande?

Rachel hesitou por um momento.

— Não sei. Quer dizer, não sei se tenho jeito para representar. Eu nunca...

— Não se preocupe. Cuidarei disso. Pagaremos todas as suas despesas, claro. Eu mesmo vou dirigir o teste. Quando é que pode chegar aqui o mais rápido?

Rachel pensou nos compromissos.

— Em três semanas.

— Bom. O estúdio tomará todas as providências.

Após desligar, Rachel se deu conta de que não tinha consultado Jeff. *Ele não vai se importar,* pensou. *De qualquer modo, raras vezes estamos juntos.*

— HOLLYWOOD? — repetiu Jeff.

— Vai ser uma moleza, Jeff.

Ele fez que sim com a cabeça.

— Está bem. Vá, sim. Na certa você vai causar o maior furor.

— Não pode ir comigo?

— Meu bem, vamos jogar em Cleveland na segunda-feira, em seguida partimos para Washington e depois Chicago. Resta ainda um monte de jogos que não foram programados. Acho que o time perceberia se um de seus principais lançadores desaparecesse.

— É uma grande pena. — Ela tentou parecer descontraída. — Parece que nossas vidas nunca andam juntas, não é, Jeff?

— Não com suficiente frequência.

Rachel ia dizer mais alguma coisa, mas pensou: *Não é a hora ideal.*

RACHEL FOI RECEBIDA no aeroporto de Los Angeles por um empregado do estúdio que buscou-a numa enorme limusine.

— Meu nome é Henry Ford. — Deu uma risadinha. — Nenhuma relação. O pessoal me chama de Hank.

A limusine entrou deslizando pelo tráfego. No caminho, ele puxou conversa com Rachel.

— Primeira vez em Hollywood, Srta. Stevens?

— Não. Já estive lá muitas vezes. A última foi dois anos atrás.

— Bem, com certeza mudou muito. Está maior e melhor que nunca. Se você curte glamour, vai adorar.

Se eu curto glamour.

— O estúdio fez uma reserva para você no Chateau Marmont. É onde ficam todas as celebridades.

Rachel fingiu ficar impressionada.

— *É mesmo?*

— Oh, sim. John Belushi morreu ali, você sabe, após uma overdose.

— Nossa!

— Gable se hospedava lá, Paul Newman e Marilyn Monroe também. — A relação de nomes continuou, ininterrupta. Rachel deixara de ouvir.

O Chateau Marmont ficava logo ao norte da Sunset Strip, parecendo o castelo de um cenário de filmagem.

Henry Ford disse:

— Venho pegá-la às 14 horas para levá-la ao estúdio. Vai se encontrar com Roderick Marshall lá.

— Estarei pronta.

Duas horas depois, Rachel entrava no escritório de Roderick Marshall. Era um homem de seus 40 anos, pequeno e compacto, com a energia de um dínamo.

— Vai se alegrar por ter vindo — disse ele. — Vou fazer de você uma grande estrela. Rodaremos seu teste amanhã. Pedirei a minha assistente que a leve ao guarda-roupa para escolher alguma coisa bonita para você usar. Vai fazer o teste de uma cena de um de nossos grandes filmes, *Fim de um sonho*. Amanhã de manhã, às 7 horas, faremos a maquiagem e o penteado. Imagino que nada disso seja novo para você, hein?

Rachel disse, sem emoção:

— Não.

— Está sozinha aqui, Rachel?

— Sim.

— Então por que não jantamos juntos esta noite?

Rachel pensou por um momento.

— Ótimo.

— Passo para pegá-la no hotel às 20 horas.

O jantar acabou sendo um acontecimento vertiginoso na cidade.

— Se você souber aonde ir... e puder entrar... — disse-lhe Roderick Marshall — ... Hollywood tem algumas das boates mais quentes do mundo.

As rodadas noturnas começaram em The Standard, um bar, restaurante e hotel da moda, no Sunset Boulevard. Quando passaram pela mesa da recepção, Rachel parou para apreciar. Junto ao balcão, atrás de uma janela de vidro fosco, tinha uma pintura humana, um modelo nu.

— Não é fantástico?

— Incrível — disse Rachel.

Em seguida, passaram por uma sequência barulhenta de bares lotados. Ao final da noite, Rachel sentia-se exausta.

Roderick Marshall deixou-a no hotel.

— Durma bem. O dia de amanhã vai mudar sua vida.

Às 7 HORAS, Rachel estava na sala de maquiagem. O maquiador, Bob van Dusen, examinou-a cheio de admiração e exclamou:

— E ainda vão me pagar por isso!

Ela riu.

— Você não precisa de muita maquiagem. A natureza se encarregou disso.

— Obrigada.

Quando Rachel ficou pronta, uma mulher do figurino ajudou-a a pôr o vestido que haviam ajustado na tarde do dia anterior. Um diretor assistente levou-a para o imenso palco de som.

Roderick Marshall e a equipe técnica a esperavam. O diretor examinou Rachel por um momento e disse:

— Perfeita. Vamos fazer um teste de duas partes, Rachel. Sente-se nesta cadeira que vou lhe fazer umas perguntas fora da câmera. Seja apenas você mesma.

— Certo. E a segunda parte?

— O pequeno teste de cena de que lhe falei.

Rachel sentou-se e o cinegrafista acertou o foco. Roderick Marshall ficou ao lado da câmera.

— Está pronta?

— Sim.

— Bom. Fique apenas relaxada. Vai se sair às mil maravilhas. Câmera. Ação. Bom dia.

— Bom dia.

— Sei que é modelo.

Rachel sorriu.

— Sou.

— Como começou sua carreira?

— Eu tinha 15 anos. O dono de uma agência de modelos me viu num restaurante com minha mãe, levantou-se e foi falar com ela; poucos dias depois, eu me tornava modelo.

A entrevista continuou por 15 minutos descontraídos, com a inteligência e a postura de Rachel brilhando até o fim.

— Corta! Maravilhoso! — Roderick Marshall entregou-lhe uma cena curta de teste. — Vamos fazer um intervalo. Leia isto. Quando estiver pronta, me avise, para rodarmos. Vai tirar de letra, Rachel.

Rachel leu a cena. Era sobre uma mulher pedindo o divórcio ao marido. Leu-a mais uma vez.

— Estou pronta.

Rachel foi apresentada a Kevin Webster, que ia contracenar com ela — um belo rapaz nos moldes de Hollywood.

— Tudo pronto — disse Roderick Marshall. — Vamos rodar. Câmera. Ação.

Rachel olhou para Kevin Webster.

— Falei esta manhã com um advogado especializado em divórcio, Cliff.

— Já me disseram. Não podia ter falado comigo primeiro?

— Mas eu falei com você. Falei de divórcio o ano passado. Não temos mais um casamento. Só que você não me ouvia, Jeff.

— Corta — disse Roderick. — Rachel, o nome dele é Cliff.

— Desculpe — disse Rachel, sem graça.

— Vamos refazer a cena. Tomada Dois.

A cena é realmente sobre mim e Jeff, pensou Rachel. *Não temos mais um casamento. Como poderíamos? Levamos vidas separadas. Mal nos vemos. Encontramos pessoas atraentes, mas não podemos nos envolver por causa de um contrato que nada mais significa.*

— Rachel!

— Desculpe.

A cena recomeçou.

QUANDO RACHEL terminou o teste, havia tomado duas decisões: Hollywood não era o seu lugar.

E ela queria o divórcio...

DEITADA AGORA numa cama no Rio de Janeiro, sentindo-se adoentada e exausta, pensou: *Cometi um erro. Jamais devia ter me divorciado de Jeff.*

NA TERÇA-FEIRA, após a escola, Dana levou Kemal ao terapeuta com quem ele trabalhava para adaptar-se ao novo braço. Embora artificial, o braço parecia verdadeiro e funcionava bem, mas Kemal achava difícil acostumar-se com a prótese, física e psicologicamente.

— O braço vai lhe dar a sensação de que está preso a um objeto estranho — explicou o terapeuta a Dana. — Nosso trabalho é fazer com que ele o aceite como parte do seu próprio corpo. Kemal precisa se habituar a ser mais uma vez ambidestro. A adaptação leva, em geral, um período de dois a três meses. Preciso lhe avisar que às vezes esse período é muito difícil.

— A gente pode dar conta disso — tranquilizou-o Dana.

NÃO FOI TÃO fácil assim. Na manhã seguinte, Kemal saiu do quarto sem a prótese.

— Estou pronto.

Dana lançou-lhe um olhar surpreso.

— Cadê o braço, Kemal?

Ele levantou a mão esquerda, desafiante.

— Está aqui.

— Você sabe a que me refiro. Cadê sua prótese?

— É uma aberração. Não vou mais usar.

— Você vai se acostumar a ele, querido. Prometo. Precisa dar uma chance. Eu vou ajudá-lo a...

— Ninguém pode me ajudar. Sou um aleijado *fukati*...

DANA FOI MAIS uma vez procurar o detetive Marcus Abrams e encontrou-o muito ocupado, sentado à escrivaninha, preenchendo relatórios. Ele ergueu os olhos, carrancudo.

— Sabe o que odeio neste maldito trabalho? — Indicou a pilha de papéis. — *Isto.* Eu podia estar na rua me divertindo, atirando em criminosos. Oh, esqueci. Você é repórter, não é? Não me cite.

— Tarde demais.

— E que posso fazer por você hoje, Srta. Evans?

— Vim para saber do caso Sinisi. Fizeram uma autópsia?

— *Pro forma.* — Ele pegou alguns papéis na gaveta da escrivaninha.

— Encontrou alguma coisa suspeita no relatório?

Ela viu o detetive Abrams passar os olhos pelo relatório.

— Sem álcool... sem drogas... Não. — Ergueu os olhos. — Parece que a senhora estava deprimida e simplesmente decidiu acabar com tudo. É só isso?

— Só isso — respondeu Dana.

A PARADA SEGUINTE de Dana foi no escritório do detetive Phoenix Wilson.

— Bom dia, detetive Wilson.

— O que a traz ao meu humilde escritório?

— Eu gostaria de saber se tem alguma notícia sobre o assassinato de Gary Winthrop.

O detetive Wilson deu um suspiro e esfregou o lado do nariz.

— Nem uma única maldita coisa. Eu imaginava que a essa altura aquelas pinturas já teriam aparecido. Era com o que contávamos.

Dana quis dizer: *Se eu fosse você, não imaginaria,* mas segurou a língua.

— Sem nenhuma pista de qualquer tipo?

— Nada. Os bandidos se safaram limpos como um assobio. Não temos muitos ladrões de obras de arte, mas o modo de operação é quase sempre o mesmo. Mas esse foi muito surpreendente.

— Surpreendente?

— É. Esse foi diferente.

— Diferente... Como?

— Ladrões de obras de arte não matam pessoas desarmadas, e não havia motivo algum para aqueles caras atirarem em Gary Winthrop a sangue-frio. — Interrompeu-se. — Você tem algum interesse especial nesse caso?

— Não — mentiu Dana. — De jeito nenhum. Só curiosidade. Eu...

— Certo — disse o detetive Wilson. — Eu a manterei informada.

Ao terminar a reunião no escritório do general Booster, na isolada sede da AFP, o general virou-se para Jack Stone e perguntou:

— O que está acontecendo com a tal da Dana Evans?

— Anda por aí fazendo perguntas, mas acho que é inofensiva. Não está chegando a lugar algum.

— Não gosto que ela fique bisbilhotando por aí. Chute-a para o código três.

— Quando quer que eu comece?

— Ontem.

Dana estava no meio da preparação para sua próxima transmissão quando Matt Baker entrou no escritório dela e afundou numa poltrona.

— Acabei de receber um telefonema sobre você.

— Meus fãs nunca se cansam de mim, não é? — disse Dana, sorrindo.

— Esse já ficou farto de você.

— É?

— O telefonema era da AFP. Pedem que pare sua investigação sobre Taylor Winthrop. Nada oficial. Apenas o que chamam de sugestão amistosa. Parece que querem que você cuide de sua própria vida.

— É mesmo? — exclamou Dana, encarando Matt. — Isso faz você se perguntar por que, não faz? Não vou me afastar da matéria só porque uma agência do governo quer. Tudo começou em Aspen, quando Taylor e a mulher morreram no incêndio. Vou ser a primeira a chegar lá. E se eu descobrir alguma coisa, vai dar um grande pontapé inicial para o *Linha do Crime.*

— De quanto tempo precisa?

— Não devo levar mais que um ou dois dias.

— Vá atrás dela.

Capítulo 11

RACHEL PRECISOU DE UM enorme esforço para mover-se. A simples locomoção de um cômodo ao outro em sua casa na Flórida era exaustiva. Não se lembrava de quando se sentira tão cansada. *Na certa peguei uma gripe. Jeff tinha razão. Eu devia ir a um médico. Um banho quente vai me relaxar...*

Foi enquanto se alongava na reconfortante água quente que ela levou a mão ao seio e sentiu o caroço.

A primeira reação foi de choque. Depois de negação. *Não é nada. Não é câncer. Não fumo. Faço exercícios e cuido do meu corpo. Não há histórico de câncer em minha família. Estou ótima. Vou pedir a um médico que dê uma olhada, mas não é câncer.*

Rachel saiu da banheira, enxugou-se e deu um telefonema.

— Agência de Modelos Betty Richman.

— Eu gostaria de falar com Betty Richman. Por favor, diga a ela que é Rachel Stevens.

Um momento depois, Betty Richman estava na linha.

— Rachel! Que bom ouvir sua voz. Está tudo bem com você?

— Claro que sim. Por que pergunta?

— Bem, você cancelou a filmagem do curta no Rio, e achei que talvez...

Rachel riu.

— Não, não. Eu só estava cansada, Betty. Estou louca para voltar a trabalhar.

— Que ótima notícia. Todo mundo tem tentado requisitar você.

— Bem, estou pronta. Que tem na agenda?

— Espere um minuto.

Um instante depois, Betty Richman voltava à linha.

— A próxima filmagem é em Aruba. Começa semana que vem. Você tem muito tempo até lá. Eles pediram você.

— Adoro Aruba. Pode marcar para mim.

— Já marquei. Fico muito feliz por estar se sentindo melhor.

— Sinto-me esplêndida.

— Vou lhe mandar todos os detalhes.

Às 14 HORAS DO DIA seguinte, Rachel tinha uma consulta marcada com o Dr. Graham Elgin.

— Boa tarde, Dr. Elgin.

— O que posso fazer por você?

— Estou com um pequeno cisto no seio direito e...

— Oh, já esteve no médico?

— Não, mas sei o que é. É só um pequeno cisto. Conheço meu corpo. Gostaria de fazer uma microcirurgia para tirá-lo. — Sorriu. — Sou modelo. Não posso me permitir ter uma cicatriz. Se ficar só uma mancha pequena, eu poderia tapá-la com maquiagem. Vou viajar semana que vem para Aruba, portanto seria possível marcar a operação para amanhã ou depois de amanhã?

O Dr. Elgin examinava-a. Considerando-se a situação, ela parecia absurdamente calma.

— Primeiro me deixe examiná-la, depois vou ter de fazer uma biópsia. Mas, sim, podemos marcar a operação ainda nesta semana, se necessário.

Rachel sorria, radiante:

— Maravilha.

O Dr. Elgin levantou-se.

— Vamos para a outra sala, sim? Vou pedir à enfermeira que lhe traga uma bata de hospital.

Quinze minutos depois, com a enfermeira presente, o Dr. Elgin apalpava o caroço na mama de Rachel.

— Eu lhe disse, doutor, é só um cisto.

— Bem, para ter certeza, Srta. Stevens, eu gostaria de fazer a biópsia. Posso fazê-la aqui mesmo.

Rachel tentou não se contrair quando o Dr. Elgin inseriu uma fina agulha no lado do seio para retirar tecido.

— Pronto. Não foi tão ruim assim, foi?

— Não. Quanto tempo...

— Vou mandar este material para o laboratório, e amanhã mesmo posso ter um relatório preliminar.

Rachel sorriu.

— Que bom. Vou para casa arrumar a mala para Aruba.

QUANDO CHEGOU em casa, a primeira coisa que Rachel fez foi pegar duas maletas e estendê-las na cama. Foi até o armário e pôs-se a escolher roupas para levar para Aruba.

Jeanette Rhodes, a faxineira, entrou no quarto.

— Srta. Stevens, vai viajar de novo?

— Vou.

— Para onde vai desta vez?

— Aruba.

— Onde fica isso?

— É uma ilha linda no mar do Caribe, logo ao norte da Venezuela. Um paraíso. Com praias fantásticas, hotéis lindos e comida maravilhosa.

— Parece deslumbrante.

— Por falar nisso, Jeanette, quando eu estiver fora gostaria que você viesse três vezes por semana.

— Claro.

Às 9 HORAS da manhã seguinte, o telefone tocou.

— Srta. Stevens?

— Sim.

— Aqui é o Dr. Elgin.

— Como vai, doutor? Conseguiu marcar a operação?

— Srta. Stevens, acabei de receber o relatório citológico. Eu gostaria que viesse ao meu consultório para podermos...

— Não. Eu quero saber agora.

Houve uma ligeira hesitação.

— Não gosto de discutir esse tipo de coisa ao telefone, mas lamento lhe dizer que o relatório preliminar mostra que você tem um câncer.

JEFF ESTAVA NO MEIO da redação de sua coluna esportiva quando o telefone tocou. Ele atendeu.

— Alô...

— Jeff... — Ela chorava.

— Rachel, é você? Qual o problema? O que foi que houve?

— Eu... eu estou com câncer.

— Oh, meu Deus. Qual a gravidade?

— Não sei ainda. Tenho de fazer uma mamografia. Jeff, não posso enfrentar isso sozinha. Sei que estou lhe pedindo muito, mas você poderia vir até aqui?

— Rachel, eu... Lamento, mas...

— Só por um dia. Só até... eu saber. — Chorava de novo.

— Rachel... — Ele se sentiu arrasado. — Vou tentar. Telefono para você depois.

Ela soluçava demais para falar.

Quando Dana voltou de uma reunião de produção, disse à secretária:

— Olivia, me faça uma reserva num avião amanhã para Aspen, no Colorado. E me arranje um hotel. Oh, e vou querer um aluguel de carro.

— Certo. O Sr. Connors a está esperando na sua sala.

— Obrigada. — Dana entrou. Jeff estava ali, olhando pela janela. — Oi, querido.

Ele virou-se.

— Oi, Dana.

Tinha no rosto uma expressão estranha. Ela olhou para ele, preocupada.

— Está tudo bem com você?

— É uma pergunta com duas respostas — disse ele, a voz pesada. — Sim e não.

— Sente-se — disse Dana. Puxou uma cadeira defronte da dele. — O que foi que houve?

Ele exalou um suspiro profundo.

— Rachel está com câncer de mama.

Ela sentiu um pequeno choque.

— Eu... lamento muito. Ela vai ficar bem?

— Telefonou esta manhã. Vão lhe informar a gravidade do caso. Rachel está em pânico. Quer que eu vá à Flórida ajudá-la a enfrentar a notícia. Eu quis primeiro falar com você.

Dana aproximou-se de Jeff e abraçou-o.

— Claro que precisa ir, Jeff. — Ela lembrou-se do almoço com Rachel e de como ela tinha sido maravilhosa. — Eu volto dentro de um ou dois dias.

Jeff foi até o escritório de Matt Baker.

— Tenho uma situação de emergência, Matt. Preciso me ausentar por alguns dias.

— Você está bem, Jeff?

— Sim, estou. É Rachel.

— Sua ex?

Jeff fez que sim com a cabeça.

— Ela acabou de saber que tem câncer.

— Sinto muito.

— De qualquer modo, ela precisa de um pouco de apoio moral. Quero pegar um avião para a Flórida esta tarde.

— Vá em frente. Vou pedir a Larry que o substitua. Mande notícias.

— Pode deixar. Obrigado, Matt.

Duas horas depois, Jeff partia num avião para Miami.

O PROBLEMA IMEDIATO de Dana era Kemal. *Não posso ir para Aspen sem ter alguém de confiança para tomar conta dele,* pensou Dana. *Mas quem vai poder cuidar da limpeza, lavagem de roupa e do garoto mais turrão do mundo?*

Decidiu telefonar para Pamela Hudson.

— Sinto muitíssimo pelo incômodo, Pamela, mas tenho de sair da cidade por uns dias e preciso de alguém pra ficar com Kemal. Por acaso conhece uma boa governanta com paciência de santa?

Houve um momento de silêncio.

— Por acaso conheço, sim. O nome dela é Mary Rowane Daley, trabalhou para nós anos atrás. É um tesouro. Vou falar com ela e pedir que telefone para você.

— Obrigada — disse Dana.

UMA HORA DEPOIS, Olivia disse:

— Dana, tem uma tal de Mary Daley ao telefone querendo falar com você.

Dana pegou o telefone.

— Sra. Daley?

— Sim. Ela mesma. — A voz simpática tinha um forte sotaque irlandês. — A Sra. Hudson disse que talvez precisasse de alguém para tomar conta do seu filho.

— Isso mesmo — disse Dana. — Tenho de sair da cidade por um ou dois dias. Será que poderia dar um pulo em minha casa amanhã bem cedo, digamos às 7 horas, para conversarmos?

— Claro que sim. Como quis a sorte, estou livre no momento.

Ela deu o endereço à Sra. Daley.

— Estarei lá, Srta. Evans.

Na manhã seguinte, Mary Daley chegou pontualmente às 7 horas. Aparentando estar na faixa dos 50 anos, era uma mulher atarracada com uma aparência jovial e um sorriso luminoso. Apertou a mão de Dana.

— Muito prazer em conhecê-la, Srta. Evans. Sempre que posso, vejo você na televisão.

— Obrigada.

— E cadê o rapazinho da casa?

— Kemal! — chamou Dana.

Um momento depois, ele saiu do quarto. Olhou para a Sra. Daley, a expressão do rosto dizendo: *Aberração.*

A Sra. Daley sorriu.

— Kemal, não é? Nunca conheci alguém chamado Kemal. Você parece um diabinho. — Aproximou-se dele. — Quero que me diga quais são todos os seus pratos favoritos. Sou uma grande cozinheira. Vamos nos divertir muito juntos, Kemal.

Espero, pensou Dana, orando.

— Sra. Daley, poderia ficar aqui com Kemal enquanto eu estiver fora?

— Claro, Srta. Evans.

— Que maravilha — disse Dana, agradecida. — Receio que não tenha muito espaço. As acomodações para dormir são...

A Sra. Daley sorriu.

— Não se preocupe. Aquele sofá-cama servirá muito bem.

Dana exalou um suspiro de alívio. Conferiu as horas no relógio.

— Por que não vem comigo deixar Kemal na escola? Depois pode pegá-lo à 13h45.

— Ótima ideia.

Kemal virou-se para Dana.

— Você vai voltar, não vai, Dana?

Dana abraçou-o.

— Claro que vou voltar para você, querido.

— Quando?

— Daqui a poucos dias. — *Com algumas respostas.*

AO CHEGAR AO ESTÚDIO, Dana encontrou na escrivaninha um pacote lindamente embrulhado. Olhou-o, curiosa, e abriu-o. Dentro, uma linda caneta de ouro. No cartão, lia-se: "Querida Dana, tenha uma viagem segura." Assinado: *A Turma.*

Que amor. Pôs a caneta na bolsa.

NA MESMA HORA em que Dana embarcava no avião, um homem de macacão profissional tocava a campainha do antigo apartamento dos Wharton. A porta abriu-se e o novo inquilino olhou para ele, fez que sim com a cabeça e fechou a porta. O homem foi até o apartamento de Dana e tocou a campainha.

A Sra. Daley abriu a porta.

— Sim?

— A Srta. Evans me mandou consertar o aparelho de TV.

— Pois bem. Entre.

A Sra. Daley viu o homem ir até o aparelho de televisão e começar a trabalhar.

Capítulo 12

Rachel Stevens estava no Aeroporto Internacional de Miami à espera de Jeff quando o avião chegou.

Meu Deus, ela é tão linda, pensou Jeff. *Não dá para acreditar que esteja doente.*

Rachel lançou os braços em volta do pescoço do ex-marido.

— Oh, Jeff! Obrigada por vir.

— Você está deslumbrante — tranquilizou-a Jeff. Os dois seguiram para uma limusine que os esperava na saída do aeroporto. — Tudo isso vai acabar não sendo nada. Você vai ver.

— Claro.

A caminho de casa, Rachel perguntou:

— Como vai Dana?

Ele hesitou. Não queria alardear sua própria felicidade.

— Está ótima.

— Você é um homem de sorte por tê-la. Sabia que fui agendada para fazer uma filmagem em Aruba semana que vem?

— *Aruba?*

— É. — Continuou: — Sabe por que aceitei esse trabalho? Porque passamos nossa lua de mel lá. Como era o nome do hotel onde ficamos?

— Oranjestad.

— Era lindo, não? E qual o nome daquela montanha que subimos?

— Hooiberg.

Rachel sorriu e disse, baixinho:

— Você não esqueceu, não é?

— Em geral, as pessoas não esquecem sua lua de mel, Rachel.

Ela pôs a mão no braço de Jeff.

— Foi celestial, não foi? Nunca vi praias tão incrivelmente brancas como aquelas.

Jeff sorriu.

— E você com medo de pegar um bronzeado. Enrolou-se toda como uma múmia.

Fez-se um momento de silêncio.

— Um dos meus arrependimentos mais profundos, Jeff.

Ele olhou para ela, sem entender.

— Como?

— Foi a gente não ter tido um... Esqueça. — Olhou para ele e disse, em voz baixa: — Adorei ficar com você em Aruba.

— É um lugar fantástico. Pesca, windsurfe, mergulho, tênis, golfe — disse Jeff, esquivando-se.

— E não tivemos tempo para fazer nada disso, não foi?

Jeff riu.

— Foi.

— Vou fazer uma mamografia amanhã de manhã. Não quero ficar sozinha durante o exame. Você vai comigo?

— Claro, Rachel.

Quando chegaram à casa de Rachel, Jeff levou as malas para a espaçosa sala de estar e olhou em volta.

— Lindo. Muito bonito.

Ela abraçou-o.

— Obrigada, Jeff.

Ele sentiu-a tremendo.

A MAMOGRAFIA FOI feita na Torre de Radiologia, no centro de Miami. Jeff ficou na antessala enquanto uma enfermeira levava Rachel para trocar de roupa e pôr uma bata de hospital. Depois acompanhou-a até uma sala de raios X.

— Isso vai levar 15 minutos, Srta. Stevens. Está pronta?

— Sim. Quando posso pegar os resultados?

— Terão de vir de seu oncologista. Ele vai receber as radiografias amanhã.

Amanhã.

O ONCOLOGISTA CHAMAVA-SE Scott Young. Jeff e Rachel entraram no consultório do Dr. Young e sentaram-se.

O médico olhou para Rachel por um momento.

— Lamento dizer que tenho más notícias para lhe dar, Srta. Stevens.

Rachel agarrou a mão de Jeff.

— Oh?

— Os resultados da biópsia e da mamografia mostram que você tem um câncer invasivo.

O rosto de Rachel empalideceu.

— Que... que quer dizer isso?

— Lamento dizer que vai precisar fazer uma mastectomia.

— Não! — saiu instintivamente. — Você não pode... quer dizer, deve ter algum outro meio.

— Receio que não — disse o Dr. Young, delicadamente. — Já se espalhou demais.

Rachel ficou calada por um momento.

— Não posso fazer agora. Entende, tenho um compromisso para uma série fotográfica em Aruba semana que vem. Posso fazer depois?

Jeff examinava o semblante preocupado do médico.

— Quando acha que seria indicado fazer, Dr. Young?

Ele voltou-se para Jeff.

— O mais cedo possível.

Jeff olhou para Rachel. Ela tentava não chorar. Quando falou, a voz saiu trêmula.

— Eu gostaria de ouvir uma segunda opinião.

— Claro.

O Dr. Aaron Cameron disse:

— Lamento lhe dizer, mas cheguei à mesma conclusão que o Dr. Young. Eu recomendaria uma mastectomia.

Rachel tentou manter a voz nivelada.

— Obrigada, doutor. — Tomou a mão de Jeff e apertou-a. — Acho que não tem jeito, é isso mesmo, não é?

O Dr. Young esperava-os.

— Parece que você tinha razão — disse Rachel. — Eu simplesmente não posso... — Houve um longo e triste silêncio. Rachel acabou sussurrando: — Está bem. Se tem certeza de que é... é necessário.

— Vamos deixá-la o mais confortável possível — disse o Dr. Young. — Antes de operá-la, vou trazer um cirurgião plástico para discutir com você a reconstrução de sua mama. Podemos fazer milagres hoje.

Jeff abraçou-a quando ela caiu em prantos.

Não havia nenhum voo direto de Washington para Aspen. Dana embarcou num avião da Delta Airlines para Denver, onde fez uma baldeação para um avião da United Express. Depois, não se lembrou de nada da viagem. Tinha a mente cheia de lembranças de Rachel e do tormento por que ela devia estar passando. *Que bom que Jeff estará lá para tornar tudo mais fácil.* E preocupava-se com Kemal. *E se a Sra. Daley for embora antes de eu voltar? Preciso...*

A voz do comissário chegou pelo alto-falante.

— Vamos aterrissar em Aspen daqui a poucos minutos. Por favor, apertem os cintos e ponham os assentos na posição vertical.

Dana começou a concentrar-se no que tinha a fazer.

ELLIOT CROMWELL entrou no escritório de Matt Baker.

— Soube que Dana não vai apresentar os noticiários desta noite.

— Sim, é verdade. Ela está em Aspen.

— Dando prosseguimento àquela teoria sobre Taylor Winthrop?

— É.

— Quero que me mantenha informado.

— Certo. — Vendo Cromwell sair, Matt pensou: *Ele está realmente interessado em Dana.*

QUANDO DESEMBARCOU, Dana seguiu para o balcão de aluguel de carros. Dentro do terminal, o Dr. Carl Ramsey dizia ao funcionário atrás do balcão:

— Mas reservei um carro há uma semana.

O funcionário disse, desculpando-se.

— Sei, Dr. Ramsey, mas receio ter havido uma confusão. Não temos um único carro disponível. Há um serviço de ônibus do aeroporto lá fora, ou posso chamar um táxi para...

— Esqueça — disse o médico, e saiu enfurecido.

Dana entrou no saguão do aeroporto e foi até o balcão de aluguel de carros.

— Tenho uma reserva — disse. — Dana Evans.

O funcionário sorriu.

— Sim, Srta. Evans. Estávamos à sua espera. — Deu-lhe um formulário para assinar e entregou-lhe umas chaves. — É um Lexus branco estacionado na vaga um.

— Obrigada. Sabe me dizer como chegar ao Hotel Little Nell?

— Não tem como errar. Fica bem no meio da cidade. East Durant Avenue, 675. Tenho certeza que vai adorar.

— Obrigada — disse Dana.

Ele viu-a cruzando a porta.

Que diabo está acontecendo aqui?, perguntou-se.

CONSTRUÍDO NUM ELEGANTE estilo de chalé, o Hotel Little Nell aninhava-se no sopé das pitorescas montanhas Aspen. O saguão tinha uma lareira que se estendia do piso ao teto, com um fogo intenso que ficava sempre aceso no inverno, e enormes vidraças com vista para as Montanhas Rochosas encimadas por neve. Sentados em sofás e confortáveis poltronas por todo o saguão, hóspedes em roupas de esqui relaxavam. Dana olhou em volta e pensou: *Jeff ia adorar isso. Talvez venhamos aqui um dia.*

Após assinar a ficha e registrar-se, Dana perguntou ao recepcionista:

— Por acaso sabe onde fica a casa de Taylor Winthrop?

Ele lançou-lhe um olhar estranho.

— A casa de Taylor Winthrop? Não existe mais. Foi destruída pelo fogo.

— Eu sei. Só queria ver...

— Não tem mais nada lá, a não ser muitas cinzas, mas, se quiser ver, siga à esquerda até o vale Conundrum Creek. Fica a pouco mais de 9 quilômetros daqui.

— Obrigada — disse Dana. — Poderia mandar levar minhas malas para o quarto?

— Claro, Srta. Evans.

Dana saiu e voltou para o carro.

O LOCAL DA CASA de Taylor Winthrop, no vale Conundrum Creek, era cercado por terras da Floresta Nacional. A casa fora uma construção de um andar feita de pedra nativa e sequoia, numa linda e reclusa localização com um enorme lago de castores e um riacho que percorria toda a propriedade. A vista era espetacular. E no meio daquela beleza, como uma cicatriz obscena, viam-se os vestígios do incêndio em que duas pessoas haviam morrido.

Dana passeou pelo terreno, imaginando o que antes existira ali. Sem dúvida, era uma enorme casa de um andar. Devia ter muitas portas e janelas no nível do terreno.

Contudo, os *Winthrop não haviam conseguido escapar por nenhuma delas. Acho melhor visitar* o *corpo de bombeiros.*

Quando Dana entrou no prédio do corpo de bombeiros, um homem de seus 30 anos, alto, bronzeado e de porte atlético, aproximou-se dela. *Ele na certa vive nas pistas de esqui,* pensou Dana.

— Posso ajudá-la, senhorita?

— Li que a casa de Taylor Winthrop foi destruída por um incêndio e fiquei curiosa — disse Dana.

— É. Isso aconteceu há um ano. Talvez a pior coisa que já ocorreu nesta cidade.

— A que horas aconteceu?

Se ele achou a pergunta estranha, não deixou transparecer.

— No meio da noite. Recebemos o telefonema às 3 horas. Nossos carros chegaram lá por volta das 3h15, mas era tarde demais. A casa queimava como uma tocha. Só soubemos que tinha alguém dentro depois que extinguimos o fogo e encontramos os dois corpos. Foi um momento muito doloroso, acredite.

— Tem alguma ideia de como o incêndio começou?

Ele fez que sim com a cabeça.

— Oh, sim. Foi um problema elétrico.

— Que tipo de problema elétrico?

— Não sabemos exatamente, mas na véspera do incêndio alguém chamou um eletricista para consertar alguma coisa na casa.

— Mas não sabe qual foi o problema?

— Acho que foi algum defeito no sistema de alarme de incêndio.

Dana tentou parecer desinteressada.

— O eletricista que foi consertá-lo... por acaso tem o nome dele?

— Não. Mas acho que a polícia talvez tenha.

— Obrigada.

Ele olhou para Dana, curioso.

— Por que está tão interessada nisso?

— Estou escrevendo um artigo sobre incêndios em estações de esqui de todo o país — respondeu ela, séria.

A DELEGACIA DE POLÍCIA de Aspen era um prédio de tijolos vermelhos de um andar, situado a dez quarteirões do hotel de Dana.

O policial sentado atrás da escrivaninha ergueu os olhos e perguntou, surpreso:

— Você é Dana Evans, a apresentadora de TV?

— Sou.

— Sou o capitão Turner. O que posso fazer por você, Srta. Evans?

— Estou curiosa sobre o incêndio que matou Taylor Winthrop e sua mulher.

— Meu Deus, que grande tragédia. O pessoal aqui ainda não se refez do choque.

— Dá para entender.

— É. Foi terrível não terem conseguido salvar o casal.

— Soube que o fogo começou por causa de algum tipo de problema elétrico, não foi?

— Isso mesmo.

— Poderia ter sido premeditado?

O capitão Turner franziu a testa.

— Premeditado? Não, não. Foi um defeito elétrico.

— Eu gostaria de conversar com o eletricista que esteve na casa na véspera do incêndio. Tem o nome dele?

— Com certeza está nos nossos arquivos. Quer que eu verifique?

— Eu lhe agradeceria.

O capitão Turner pegou o telefone, trocou algumas palavras e virou-se mais uma vez para Dana.

— É a primeira vez que vem a Aspen?

— É.

— Lugar fantástico. Sabe esquiar?

— Não. — *Mas Jeff sabe. Quando viermos aqui...*

Uma auxiliar de escritório aproximou-se e entregou ao capitão Turner uma folha de papel. Ele passou-a para Dana. Tinha os seguintes dizeres: *Empresa Elétrica Al Larson. Bill Kelly.*

— Fica logo ali nesta rua.

— Muito obrigada, capitão Turner.

— Foi um prazer.

Quando Dana saiu do prédio, um homem no outro lado da rua afastou-se e falou num telefone celular.

A Empresa Elétrica Al Larson ficava num pequeno prédio de cimento cinzento. Sentado a uma escrivaninha, um clone do homem do corpo de bombeiros, bronzeado e de compleição atlética. Levantou-se quando Dana entrou.

— Bom dia.

— Bom dia — disse Dana. — Eu gostaria de falar com Bill Kelly.

O homem grunhiu.

— Eu também.

— Desculpe, o que disse?

— Kelly. Desapareceu faz quase um ano.

— Desapareceu?

— É, simplesmente sumiu. Não disse uma palavra. Nem apareceu para pegar seu pagamento.

Dana perguntou, devagar:

— Você se lembra exatamente quando foi?

— Claro que sim. Na manhã daquele incêndio. O grande. Você sabe, aquele em que morreram os Winthrop.

Dana sentiu um calafrio.

— Entendo. E você tem alguma ideia de onde o Sr. Kelly está?

— Não. Como eu disse, ele simplesmente desapareceu.

A DISTANTE ILHA no extremo da América do Sul fervilhara azafamada durante toda a manhã com a chegada de aviões a jato. Aproximava-se a hora da reunião, e os vinte e tantos participantes já estavam sentados em poltronas na sala de um prédio recém-construído, fortemente vigiado e programado para ser destruído assim que terminasse a reunião. O orador dirigiu-se para a frente da sala.

— Bem-vindos. Muito me alegra ver aqui tantos rostos conhecidos e alguns amigos novos. Antes de começarmos nosso trabalho, sei que alguns de vocês estão preocupados com um problema surgido há pouco. Há um traidor entre nós, ameaçando nos denunciar. Não sabemos ainda quem é. Mas lhes garanto que ele será logo apanhado e sofrerá o destino de todos os traidores. Nada e ninguém pode se interpor em nosso caminho.

Ouviram-se dos presentes murmúrios de aprovação.

— Agora vamos começar nosso leilão silencioso. Hoje há cinco pacotes. Comecemos com dois bilhões. Alguém dá o primeiro lance? Dois bilhões de dólares. Alguém dá 3...?

Capítulo 13

NAQUELA NOITE, QUANDO DANA voltou para o quarto, pôs-se a andar de um lado para o outro e parou de repente, alarmada. Tudo parecia igual e no entanto... teve a sensação de que alguma coisa estava diferente. Teriam suas coisas sido vasculhadas? *É a hora do Chicken Little,* pensou, fazendo uma careta. Pegou o telefone e ligou para casa.

A Sra. Daley atendeu.

— Residência da Srta. Evans.

Graças a Deus ela continuava lá.

— Sra. Daley...

— Srta. Evans!

— Boa tarde. Como está Kemal?

— Bem, às vezes ele fica meio endiabrado, mas sei dar conta disso. Meus filhos também eram assim.

— Então, está tudo... bem?

— Oh, sim.

O suspiro de Dana foi de puro alívio.

— Posso falar com ele?

— Claro. — Dana ouviu-a chamando: — Kemal, é sua mãe.

— Oi, Kemal. Como é que vão as coisas, amigão?

— Legal.

— E a escola?

— Maneira.

— E você está se saindo bem com a Sra. Daley?

— Estou, ela é um barato.

É mais que um barato, pensou Dana. *É um milagre.*

— Quando vai voltar para casa, Dana?

— Chegarei aí amanhã. Você já jantou?

— Já. Na verdade, não estava muito ruim.

Dana sentiu-se tentada a dizer: *Esse é você mesmo, Kemal?* Ficou emocionada com a mudança que sentiu nele.

— Está bem, querido. Vejo você amanhã. Boa noite.

— Boa noite, Dana.

QUANDO DANA se aprontava para dormir, seu telefone celular tocou.

— Alô.

— Dana?

Ela sentiu uma onda de alegria.

— Jeff! Oh, Jeff! — Abençoou o dia em que comprou um celular internacional.

— Tive de ligar para dizer que estou morrendo de saudade.

— Eu também. Ainda está na Flórida?

— Estou.

— E como vão as coisas aí?

— Nada bem. — Ela percebeu a hesitação na voz de Jeff. — De fato, muito ruins. Amanhã Rachel vai se submeter a uma mastectomia.

— Oh, não!

— Ela não está reagindo bem a tudo.

— Sinto muito.

— Eu sei. Foi um golpe sujo da sorte. Querida, não aguento de vontade de voltar para você. Já lhe disse que sou louco por você?

— E eu por você, querido.

— Precisa de alguma coisa, Dana?

— Não. — *Só de você.*

— E Kemal, como está?

— Está indo muito bem. Arranjei uma nova empregada da qual ele gosta.

— Que boa notícia. Não vejo a hora de estarmos mais uma vez os três juntos.

— Nem eu.

— Cuide-se bem.

— Pode deixar. E não sei como lhe dizer o quanto sinto por Rachel.

— Direi a ela. Boa noite, boneca.

— Boa noite.

Dana abriu a mala e tirou uma camisa de Jeff que tinha trazido do apartamento. Colocou-a sobre a camisola e abraçou-a. *Boa noite, querido.*

BEM CEDO NA manhã seguinte, Dana tomou o avião de volta para Washington. Passou no apartamento antes de ir para o escritório e foi recebida por uma sorridente e alegre Sra. Daley.

— Que bom vê-la de volta, Srta. Evans. Esse seu filho está me deixando exausta. — Mas disse isso com uma piscadela dos olhos.

— Espero que não esteja lhe dando muito trabalho.

— Trabalho? Nem um pouco. Fico feliz de ver como ele anda se saindo com o novo braço.

Dana lançou-lhe um olhar surpreso.

— Ele está *usando* o braço?

— Claro. Usa-o para ir à escola.

— Isso é maravilhoso. Fico muito feliz. — Conferiu as horas no relógio de pulso. — Preciso ir ao estúdio. Voltarei à tarde para ver Kemal.

— Ele vai ficar muito contente em vê-la. Sente muito a sua falta, você sabe. Ande logo. Vou desfazer suas malas.

— Obrigada, Sra. Daley.

No escritório de Matt, Dana lhe contava o que soubera em Aspen.

Ele olhava para ela, incrédulo.

— No dia seguinte ao do incêndio, o maldito eletricista *desapareceu?*

— Sem sequer buscar seu contracheque.

— E esteve na casa dos Winthrop na véspera de acontecer o incêndio?

— Sim.

Matt balançou a cabeça.

— Parece *Alice no país das maravilhas.* Isso está ficando cada vez mais intrigante.

— Matt, Paul Winthrop foi o seguinte na família a morrer. Morreu na França não muito depois do incêndio. Eu gostaria de ir até lá. Quero ver se houve testemunhas do acidente de carro.

— Certo. — Depois Matt acrescentou: — Elliot Cromwell andou perguntando por você. Quer que se cuide.

— Então somos dois a querer — respondeu Dana.

Quando Kemal chegou em casa da escola, Dana o aguardava. Usava o novo braço e Dana achou que estava muito mais calmo.

— Você voltou. — Ele deu-lhe um abraço.

— Oi, querido. Senti saudade de você. Como foi a escola?

— Não muito ruim. E sua viagem?

— Ótima. Trouxe uma coisa para você. — Entregou a Kemal uma sacola de lã tecida à mão por índios e um par de mocassins de couro que comprou em Aspen. — Kemal, lamento, mas vou ter de me ausentar de novo alguns dias.

Dana preparou-se para a reação dele, mas Kemal disse apenas:

— Tudo bem.

Nenhum sinal de explosão.

— Vou trazer um presente bonito pra você.

— Um por cada dia que passar fora?

Dana sorriu.

— Eu imaginava que você estivesse no oitavo ano, não na faculdade de direito.

Instalado confortavelmente numa poltrona, com o aparelho de televisão ligado, ele tomava um uísque escocês. Na tela, Dana e Kemal sentavam-se à mesa de jantar e a Sra. Daley servia o que parecia um ensopado irlandês.

— Huum, mas é delicioso — disse Dana.

— Obrigada. Fico feliz que goste da minha comida.

— Eu falei que ela era uma boa cozinheira — disse Kemal.

Parecia que estava na mesma sala com os três, pensou ele, em vez de vê-los do apartamento ao lado.

— Me fale da escola, Kemal — pediu Dana.

— Gosto dos meus novos professores. A de matemática é legal...

— Que maravilha.

— Os garotos são muito mais simpáticos nessa escola. Acham que meu braço é maneiro.

— Aposto que sim.

— Uma das garotas na minha sala é o maior barato. Acho que ela gosta de mim. O nome dela é Lizzy.

— E você gosta dela, não, querido?

— É. E ela é bonita.

Ele está crescendo, pensou Dana, com uma pontada súbita e inesperada. Quando chegou a hora de dormir, Kemal foi deitar-se e Dana entrou na cozinha para ver a Sra. Daley.

— Kemal está tão... tão tranquilo. Não tenho como lhe dizer como fico grata pelo que tem feito — disse Dana.

— Você é quem está me fazendo um favor — sorriu a Sra. Daley. — É como ter de novo um dos meus filhos de volta. Eles são adultos agora, você sabe. Kemal e eu estamos nos divertindo à beça.

— Que bom.

Dana esperou até meia-noite e, como Jeff ainda não tinha telefonado, foi para a cama. Ficou deitada ali, imaginando o que ele devia estar fazendo, se fazia amor com Rachel, e sentiu-se envergonhada por seus pensamentos.

O HOMEM NO apartamento vizinho informou:

— Tudo tranquilo.

O CELULAR de Dana tocou.

— Jeff, querido. Onde é que você está?

— No hospital do médico de Rachel na Flórida. A mastectomia já terminou. O oncologista continua fazendo exames.

— Oh, Jeff! Espero que não tenha se espalhado.

— Também espero. Rachel quer que eu fique com ela mais alguns dias. Eu queria lhe perguntar se...

— Claro. Você precisa.

— Serão só mais alguns dias. Vou telefonar para o Matt e avisá-lo. Alguma coisa emocionante acontecendo por aí?

Por um instante, Dana sentiu-se tentada a contar a Jeff sobre Aspen e que ela ia continuar com a investigação. *Ele já tem problemas demais na cabeça.*

— Não — disse Dana. — Tudo tranquilo.

— Mande meu amor ao Kemal. O resto é para você.

JEFF DESLIGOU O telefone. Uma enfermeira aproximou-se.

— Sr. Connors? O Dr. Young gostaria de falar com o senhor.

— A operação foi bem — disse o Dr. Young a Jeff —, mas ela vai precisar de muito apoio emocional. Vai se sentir menos mulher e quando acordar vai entrar em pânico. Você tem de fazê-la entender que está tudo bem e que nada tem a temer.

— Entendo — disse Jeff.

— E o medo e a depressão vão mais uma vez voltar quando ela começar os tratamentos de radiação para tentar impedir a disseminação do câncer. Pode ser muito traumático.

Jeff ficou ali sentado, pensando no que aguardava por ele no futuro próximo.

— Rachel tem alguém para cuidar dela?

— Eu. — Ao dizer isso, ele compreendeu que era a única pessoa que Rachel tinha.

O VOO DA AIR FRANCE para Nice foi tranquilo. Dana ligou o laptop para reexaminar a informação que tinha reunido até então. Instigante, mas sem a menor dúvida inconclusiva. *Provas,* pensou. *Não há reportagem sem provas. Se eu conseguir...*

— Voo agradável, não?

Dana voltou-se para o homem sentado a seu lado. Alto, atraente e com sotaque francês.

— É, sim.

— Já esteve na França antes?

— Não — disse ela. — É a primeira vez.

Ele sorriu.

— Ah, você vai ficar encantada. É um país mágico. — Sorriu cheio de sentimento e curvou-se para perto dela. — Tem amigos para lhe mostrar as belezas?

— Vou me encontrar com meu marido e três filhos — respondeu Dana.

— *Dommage.* — Assentiu com a cabeça, afastou-se e pegou seu exemplar do *France-Soir.*

Ela retornou ao computador. Um artigo chamou-lhe a atenção. Paul Winthrop, que morrera num acidente, tinha um passatempo.

Corrida de automóveis.

QUANDO O AVIÃO da Air France pousou no aeroporto de Nice, Dana entrou no movimentado terminal e dirigiu-se ao balcão de aluguel de carros.

— Meu nome é Dana Evans. Tenho uma...

O recepcionista ergueu os olhos.

— Ah! Srta. Evans. Seu carro está pronto. — Entregou-lhe um formulário. — Basta assinar aqui.

Isso é que é um verdadeiro serviço, pensou ela.

— Vou precisar de um mapa do sul da França. Por acaso...?

— Claro, *mademoiselle.* — Abaixou-se atrás do balcão e escolheu um mapa. — *Voilà.* — Ficou ali olhando atento Dana partir.

NA TORRE EXECUTIVA da WTN, Elliot Cromwell dizia:

— Onde Dana está, Matt?

— Na França.

— Fez algum progresso?

— Ainda é cedo demais.

— Estou preocupado com ela. Acho que talvez ande viajando demais. Hoje em dia viajar pode ser perigoso. — Hesitou. — Muito perigoso.

O AR EM NICE ESTAVA frio e seco, e Dana perguntava-se que tempo fazia no dia em que Paul Winthrop morrera. Entrou no Citroën à sua espera e pôs-se a subir a Grande Corniche, passando por pitorescas aldeias ao longo do caminho.

O acidente tinha ocorrido logo ao norte de Beausoleil, na rodovia em Roquebrune-Cap-Martin, um balneário que contemplava do alto o mar Mediterrâneo.

Ao aproximar-se da aldeia, diminuiu a velocidade, observando as curvas fechadas, escarpadas, e imaginando de qual delas Paul Winthrop teria despencado. O que fazia ele ali? Ia encontrar-se com alguém? Participava de uma corrida? Viajava de férias? A negócios?

Roquebrune-Cap-Martin é uma aldeia medieval com um castelo antigo, uma igreja, grutas históricas e *villas* luxuosas que pontilham toda a paisagem. Dana dirigiu-se para o centro, parou o carro e foi à procura da delegacia de polícia. Abordou um homem saindo de uma loja.

— Por favor, pode me dizer onde fica a delegacia de polícia?

— *Je ne parle pas anglais, j'ai peur de ne pas pouvoir vous aider, mais...*

— *Police. Police.*

— *Ah, oui.* — Apontou. — *La deuxième rue à gauche.*

— *Merci.*

— *De rien.*

A delegacia de polícia era um velho prédio de paredes brancas mal conservadas. Dentro, um homem uniformizado de meia-idade sentava-se atrás de uma escrivaninha. Ergueu os olhos quando ela entrou.

— *Bonjour, madame.*

— *Bonjour.*

— *Comment puis-je vous aider?*

— Fala inglês?

Ele pensou um pouco.

— Sim — disse, relutante.

— Eu gostaria de falar com o responsável pela delegacia.

Ele olhou para ela, uma expressão confusa no rosto. De repente, sorriu.

— Ah, *commandant* Frasier. *Oui.* Um momento. — Pegou um telefone e falou com alguém. Fez que sim com a cabeça e virou-se para Dana. Apontou o corredor. — A primeira porta.

— Obrigada. — Ela atravessou o corredor até encontrar a primeira porta. O escritório do comandante Frasier era pequeno e bem-arrumado. Ele, um homem garboso com um bigodinho e olhos castanhos inquisidores. Levantou-se quando Dana entrou.

— *Bonjour, mademoiselle.* Em que lhe posso ser útil?

— Sou Dana Evans. Estou fazendo uma reportagem para a WTN, de Washington D.C., sobre a família Winthrop. Soube que Paul Winthrop morreu num acidente perto daqui.

— *Oui. Terrible! Terrible!* A gente precisa ter muito cuidado ao dirigir na Grande Comiche. Pode ser *très dangereux.*

— Soube que Paul Winthrop morreu durante uma corrida de automóveis e...

— *Non.* Não houve corrida naquele dia.

— Não houve?

— *Non, mademoiselle.* Eu mesmo estava de plantão quando o acidente ocorreu.

— Entendo. O Sr. Winthrop estava sozinho no carro?

— *Oui.*

— *Commandant* Frasier, eles fizeram uma autópsia?

— *Oui.* Claro.

— Encontraram álcool no sangue de Paul Winthrop?

O comandante Frasier balançou a cabeça.

— *Non.*

— Drogas?

— *Non.*

— O senhor se lembra como estava o tempo naquele dia?

— *Oui. Il pleuvait.* Chovia.

Dana tinha uma última pergunta, mas a fez sem nenhuma esperança.

— Imagino que não houve testemunhas...

— *Mais oui, il y en avait.*

Ela fitava-o, a pulsação se acelerando.

— Houve?

— Uma testemunha. Ele estava dirigindo atrás do carro de Winthrop e viu o acidente acontecer.

Dana teve uma rápida sensação de entusiasmo.

— Eu ficaria muito grata se me desse o nome da pessoa — disse. — Quero falar com ela.

O comandante assentiu com a cabeça.

— Não vejo nenhum mal. — Chamou: — Alexandre! — e um instante depois o assistente entrava às pressas.

— *Oui, commandant?*

— *Apportez-moi le dossier de l'accident Winthrop.*

— *Tout de suite.* — Saiu da sala, apressado.

O comandante Frasier virou-se para Dana.

— Que família desafortunada. A vida *très fragile.* — Olhou para Dana e sorriu. — A gente precisa aproveitar a vida enquanto pode. — Acrescentou, sutilmente: — Ou enquanto *ela* deixa. Está sozinha aqui, *mademoiselle?*

— Não, meu marido e filhos estão me esperando.

— *Dommage.*

O assistente retornou com um maço de papéis e o comandante examinou os documentos, fez que sim com a cabeça e ergueu os olhos para Dana.

— A testemunha do acidente era um turista americano, Ralpph Benjamin. Segundo seu depoimento, ele vinha atrás de Paul Winthrop quando viu *un chien*, um cão, atravessar na frente do carro de Winthrop. Winthrop girou o volante para não atropelá-lo, entrou numa grande derrapagem, mergulhou no despenhadeiro e caiu no mar. Segundo o relatório do legista, Winthrop morreu instantaneamente.

— O senhor tem o endereço do Sr. Benjamin? — perguntou, esperançosa.

— *Oui.* — Deu mais uma olhada no papel. — Ele mora na América. Turk Street, 420, Richfield, Estado de Utah. — Escreveu o endereço e entregou-lhe.

Ela tentava controlar a emoção.

— Muitíssimo obrigada.

— *Avec plaisir.* — Olhou para o dedo anular sem aliança de Dana. — E, *madame?*

— Sim?

— Cumprimente seu marido e filhos por mim.

DANA TELEFONOU para Matt.

— Matt — disse, animada. — Descobri uma testemunha do acidente de Winthrop. Vou entrevistá-lo.

— Mas é fantástico. Onde está ele?

— Em Richfield, no Utah. Devo estar de volta amanhã.

— Tudo bem. Por falar nisso, Jeff telefonou.

— E aí?

— Você sabe que ele está na Flórida com a ex-mulher. — Transparecia de sua voz um tom reprovador.

— Eu sei. Ela está muito doente.

— Se Jeff ficar por muito mais tempo, vou ter de lhe pedir que tire uma licença sem vencimentos.

— Tenho certeza que ele voltará logo. — Quisera ela acreditar nisso.

— Certo. Boa sorte com a testemunha.

— Obrigada, Matt.

O TELEFONEMA SEGUINTE de Dana foi para Kemal. A Sra. Daley atendeu.

— Residência da Srta. Evans.

— Boa tarde, Sra. Daley. Está tudo bem aí? — Dana prendia a respiração.

— Bem, seu filho quase ateou fogo na cozinha me ajudando a preparar o jantar ontem à noite. — Ela riu. — Mas, fora isso, ele está ótimo.

Dana fez uma oração silenciosa de agradecimento.

Mas é incrível! A mulher é realmente uma milagreira, pensou.

— Você vem direto para casa? Posso preparar o jantar e...

— Tenho de fazer mais uma escala. Só chegarei em casa daqui a dois dias. Posso falar com Kemal?

— Ele está dormindo. Quer que o acorde?

— Não, não. — Conferiu as horas no relógio de pulso. Eram só quatro da tarde em Washington. — Ele está tirando um cochilo? — Dana ouviu uma risada calorosa da Sra. Daley.

— É. O rapazinho teve um dia cheio. Está trabalhando e brincando muito.

— Diga a ele que mando meu amor. E que logo o verei.

Tenho de fazer mais uma escala. Só chegarei em *casa daqui a dois dias. Posso falar com Kemal?*
Ele está dormindo. Quer que o acorde?
Não, não. Ele está tirando um cochilo?
É. *O rapazinho teve um dia cheio. Está trabalhando e brincando muito.*
Diga a ele que mando meu amor. E *que logo o verei.*

Fim da fita.

RICHFIELD, NO UTAH, é uma confortável cidade residencial localizada numa depressão de terra no meio da cadeia de montanhas Monroe. Dana parou numa agência de viagens e pegou as direções para o endereço que o comandante Frasier lhe dera.

Ralph Benjamin morava numa casa de um andar, gasta pelas intempéries, situada no meio de um quarteirão de casas idênticas.

Ela estacionou o carro alugado, dirigiu-se à porta da frente e tocou a campainha. A porta abriu-se e apareceu uma mulher grisalha de meia-idade, usando avental.

— Em que posso ajudá-la?

— Gostaria de falar com Ralph Benjamin — disse Dana.

A mulher examinou-a, curiosa.

— Ele está à sua espera?

— Não. Eu... eu só passei por acaso, e resolvi dar um pulo até aqui. Ele está?

— Sim. Entre.

— Obrigada. — Dana entrou e seguiu a mulher até a sala de estar.

— Ralph, tem uma visita para você.

Ralph Benjamin levantou-se de uma cadeira de balanço e veio em direção a Dana.

— Como vai? Eu a conheço?

Dana ficou ali parada, imóvel. Ralph Benjamin era cego.

Capítulo 14

DANA E MATT BAKER conversavam na sala de reuniões da WTN.

— Ralph Benjamin estava na França visitando o filho — explicava Dana. — Um dia, sua pasta desapareceu do hotel. Reapareceu no dia seguinte, mas faltava o passaporte. Matt, o homem que roubou o passaporte, pegou a identidade de Benjamin e disse à polícia que era uma testemunha do acidente foi quem assassinou Paul Winthrop.

Matt Baker ficou calado por um longo tempo.

— É hora de pôr a polícia nisso, Dana — acabou dizendo. — Se você tiver razão, estamos procurando um homem insensível que assassinou a sangue-frio seis pessoas. Não quero que seja a sétima. Elliot também está preocupado com você. Acha que está indo fundo demais.

— Não podemos pôr a polícia nisso ainda — protestou Dana. — Tudo é circunstancial. Não temos nenhuma prova. Não temos nem sequer a menor ideia de quem é o assassino, e também não sabemos o motivo.

— Estou com um pressentimento muito ruim com toda essa história. Está ficando perigosa demais. Não quero que aconteça alguma coisa com você.

— Nem eu — disse Dana, veemente.

— Qual vai ser seu próximo passo?

— Descobrir o que aconteceu realmente com Julie Winthrop.

— A OPERAÇÃO FOI um sucesso.

Deitada numa cama branca e estéril de hospital, Rachel abriu os olhos, devagar. Tentava focalizar os olhos injetados em Jeff.

— Já tiraram?

— Rachel...

— Tenho medo de apalpar o lugar. — Reprimia as lágrimas. — Não sou mais uma mulher. Nenhum homem jamais vai me amar de novo.

Ele tomou-lhe as mãos trêmulas nas dele.

— Está enganada. Nunca amei você por causa dos seus seios, Rachel. Amei pelo que você é, um ser humano afetuoso, maravilhoso.

Rachel esboçou um pequeno sorriso.

— Nós nos amamos de verdade, não, Jeff?

— É.

— Eu queria... — Ela baixou o olhar para o peito e o rosto contraiu-se.

— Falaremos disso depois.

Ela apertou-lhe a mão com mais força.

— Não quero ficar sozinha, Jeff. Não antes disso acabar. Por favor, não me deixe.

— Rachel, eu tenho de...

— Não vá, ainda não. Não sei o que farei se você for embora.

Uma enfermeira entrou no quarto do hospital.

— Poderia nos dar licença, Sr. Connors?

Rachel não queria soltar a mão de Jeff.

— Não vá.

— Eu volto.

MAIS TARDE NAQUELA noite, o celular de Dana tocou. Ela atravessou a sala correndo para pegá-lo.

— Dana. — Era Jeff.

Ela sentiu uma pequena emoção ao ouvir sua voz.

— Alô. Como vai você, querido?

— Bem.

— E Rachel?

— A operação correu bem, mas Rachel está com ideias suicidas.

— Jeff... uma mulher não pode julgar a si mesma por seus seios, ou...

— Eu sei, mas Rachel não é uma mulher do seu gabarito. Tem sido julgada pela beleza desde os quinze anos. É uma das modelos mais bem pagas do mundo. Agora acha que tudo acabou para ela. Sente-se como uma aberração. Acha que não tem mais nada por que viver.

— O que é que você vai fazer?

— Vou ficar com ela mais alguns dias e ajudá-la a estabelecer-se em casa. Falei com o médico. Ele ainda está esperando os resultados dos exames para ver se conseguiram tirar tudo. Acham que ela precisa de acompanhamento com tratamentos de quimioterapia.

Não havia nada que Dana pudesse dizer.

— Sinto sua falta — disse Jeff.

— Eu também sinto sua falta, meu querido. Comprei alguns presentes de Natal para você.

— Guarde-os para mim.

— Vou guardar.

— Já se livrou de todas as viagens?

— Ainda não.

— Não esqueça de deixar o celular ligado — disse Jeff. — Pretendo lhe dar alguns telefonemas obscenos.

Dana sorriu.

— Promete?

— Prometo.

— Cuide-se bem, querida.

— Você também. — A conversa terminou. Dana desligou e ficou ali sentada por um longo tempo, pensando em Jeff e Rachel. Depois levantou-se e foi até a cozinha.

A Sra. Daley dizia a Kemal:

— Mais panquecas, querido?

— Quero, obrigado.

Dana ficou olhando os dois. Naquele curto período que a Sra. Daley passara ali, Kemal tinha mudado muito. Estava calmo, relaxado e feliz. Sentiu uma pontada aguda de ciúmes. *Talvez eu seja a pessoa errada para ele.* Culpada, lembrou-se dos longos dias até tarde da noite no estúdio. *Talvez alguém como a Sra. Daley devesse tê-lo adotado. Qual o problema comigo? Kemal me ama.*

Sentou-se à mesa.

— Ainda gostando da nova escola, Kemal? — perguntou.

— É legal.

Dana pegou-lhe a mão.

— Kemal, lamento, mas vou ter de viajar mais uma vez.

Ele disse, indiferente:

— Tudo bem.

A pontada de ciúmes voltou.

— Para onde vai agora, Srta. Evans? — perguntou a Sra. Daley.

— Alasca.

A Sra. Daley ficou pensativa alguns instantes.

— Cuidado com aqueles ursos enormes e ferozes — aconselhou.

O VOO DE WASHINGTON a Juneau, no Alasca, levou nove horas, com uma escala em Seattle. Dentro do aeroporto de Juneau, Dana foi até o balcão de aluguel de carros.

— Meu nome é Dana Evans. Eu...

— Sim, Srta. Evans. Temos um belo Land Rover à sua espera. Vaga dez. Basta assinar aqui.

O funcionário entregou-lhe as chaves e Dana dirigiu-se ao estacionamento atrás do prédio. Havia uma dezena de carros em vagas numeradas. Ela foi até a número dez. Ajoelhado perto da traseira do carro, um homem trabalhava no cano de descarga de um Land Rover branco. Ergueu os olhos quando Dana se aproximou.

— Só ajustando o cano de descarga, senhorita. Já está tudo pronto. — Levantou-se.

— Obrigada — disse Dana.

No subsolo de um prédio do governo, um homem examinava um mapa digital no computador. Viu o Land Rover branco fazer uma curva à direita.

— O alvo está se dirigindo para Starr Hill...

Juneau foi uma surpresa para Dana. À primeira vista, parecia uma cidade grande, mas as ruas estreitas e sinuosas davam à capital do Alasca a atmosfera de uma cidade pequena aninhada no meio de uma imensidão florestal do período glacial.

Dana registrou-se na popular Pousada do Cais do Porto, que fora antes um bordel, localizada no centro da cidade.

— Chegou na melhor época para esquiar — disse o recepcionista do hotel. — Este ano a temporada de neve está ótima. Trouxe seus esquis?

— Não, eu...

— Bem, tem uma loja de esqui logo aqui ao lado. Tenho certeza que podem equipá-la com tudo que precisar.

— Obrigada — disse Dana. *Um bom lugar para se começar.* Desfez a mala e foi para a loja de esqui.

O vendedor falava sem parar. No momento em que ela entrou, ele disse:

— Oi. Sou Chad Donohoe. Bem, você veio ao lugar certo. — Indicou uma fileira de esquis. — Acabamos de receber esses Freeriders. São uns bebês que dão conta mesmo de solavancos e saltos. — Apontou para outra seção. — Ou... esses são os Salomon X-Scream 9's. Estão tendo uma grande saída. No ano passado ficamos sem e não conseguimos mais repô-los. — Percebeu a expressão impaciente de Dana e apressou-se para o grupo seguinte. — Se preferir, temos o Vocal Vertigo G30 ou o Atomic 10.20. — Olhou para Dana, com expectativa. — Qual deles gosta...

— Vim em busca de informação.

Um olhar de decepção atravessou o rosto do vendedor.

— Informação?

— Sim. Julie Winthrop alugava esquis aqui?

Ele examinou Dana mais de perto.

— Sim. Na verdade, ela usava a linha mais cara de esquis da loja, os Volant Ti Power. Adorava-os. Uma coisa terrível o que aconteceu com ela em Eaglecrest.

— A Srta. Winthrop era uma boa esquiadora?

— Boa? Era a melhor. Tinha um console de lareira cheio de prêmios.

— Sabe se ela estava sozinha aqui?

— Pelo que sei, estava. — Ele balançou a cabeça. — O que é surpreendente é que ela conhecia Eaglecrest como a palma da mão. Esquiava aqui todos os anos. A gente imagina que um acidente como aquele jamais poderia ter acontecido com ela, não é?

— É o que eu imaginava — disse Dana, devagar.

O Departamento de Polícia de Juneau ficava a dois quarteirões da Pousada do Cais do Porto.

Dana entrou num pequeno escritório de recepção com três bandeiras: a do Estado do Alasca, a de Juneau e a dos Estados Unidos. Tinha um tapete azul, um sofá azul e uma poltrona azul.

Um funcionário uniformizado perguntou-lhe:

— Posso ajudá-la?

— Eu gostaria de informação sobre a morte de Julie Winthrop.

Ele franziu as sobrancelhas.

— O homem com quem deve falar é Bruce Bowler. Ele é chefe do Resgate Sea Dog. Tem um escritório aqui no segundo andar, mas não se encontra agora.

— Sabe onde posso encontrá-lo?

O policial olhou para o relógio de pulso.

— Nesse momento, talvez ainda o pegue no Hanger On The Wharf. Fica a dois quarteirões daqui, no Passeio da Marina.

— Muito obrigada.

O Hanger On The Wharf era um restaurante enorme, entupido de gente para almoçar ao meio-dia.

A recepcionista disse a Dana:

— Lamento, mas não temos uma mesa para já. Haverá uma espera de 20 minutos se...

— Estou procurando o Sr. Bruce Bowler. Você o conhe...

A recepcionista fez que sim com a cabeça.

— Bruce? Está ali naquela mesa.

Dana olhou. Era um homem de seus 40 e poucos anos, com a expressão agradável num rosto curtido, sentado sozinho.

— Obrigada. — Ela foi até a mesa. — Sr. Bowler?

Ele ergueu os olhos.

— Sim.

— Sou Dana Evans. Preciso de sua ajuda.

Ele sorriu.

— Você está com sorte. Temos um quarto disponível. Vou telefonar para Judy.

Dana olhou para ele, sem entender.

— Como disse?

— Não é você que queria saber sobre a Cozy Log, nossa pousada com quarto e café da manhã?

— Não. Eu queria conversar com você sobre Julie Winthrop.

— Oh. — Ele ficou sem graça. — Desculpe. Por favor, sente-se. Judy e eu temos uma pequena pousada fora da cidade. Achei que estava procurando um quarto. Já almoçou?

— Não, eu...

— Então me faça companhia. — Tinha um sorriso simpático.

— Obrigada.

Depois que ela pediu a comida, Bruce Bowler perguntou:

— O que quer saber sobre Julie Winthrop?

— É sobre a morte dela. Há alguma chance de não ter sido um acidente?

Bruce Bowler franziu as sobrancelhas.

— Está perguntando se ela pode ter se suicidado?

— Não. Estou perguntando se... se alguém poderia tê-la assassinado.

Ele piscou os olhos.

— Assassinado Julie? Nenhuma chance. Foi um acidente.

— Pode me contar o que aconteceu?

— Claro. — Bruce Bowler ficou pensativo por um momento, perguntando-se por onde começar. — Temos três diferentes conjuntos de pistas aqui. As dos iniciantes, Muskeg, Dolly Varden e Sourdough... As mais difíceis, Sluice Box, Mother Lode e Sundance... As realmente duras, Insane, Spruce Chute e Hang Ten... E depois as Quedas Vertiginosas, que são mais abruptas.

— E Julie Winthrop esquiava nas...?

— Nas Quedas Vertiginosas.

— Então ela era uma esquiadora tarimbada?

— Claro que era — respondeu Bruce Bowler. Hesitou. — Por isso é que foi tão surpreendente.

— O quê?

— Bem, temos esqui noturno todas as quintas-feiras das 16 horas às 21 horas. Tínhamos muitos esquiadores naquela noite. Todos estavam de volta às 21 horas, com exceção de Julie. Fomos à sua procura. Encontramos o corpo atirado em cheio contra uma árvore. A pancada deve tê-la matado instantaneamente.

Dana fechou os olhos por um instante, sentindo o horror e a dor do choque.

— Então... ela estava sozinha quando aconteceu o acidente?

— É, estava. Os esquiadores em geral esquiam juntos, mas às vezes os melhores gostam de fazer façanhas arriscadas sozinhos. Temos um limite de área demarcado aqui, e todo mundo que esquia fora desse limite o faz por sua própria conta e risco. Julie Winthrop esquiava fora desse limite, numa pista fechada. Levamos muito tempo para encontrar seu corpo.

— Sr. Bowler, qual o procedimento quando um esquiador desaparece?

— Assim que é dada a informação de que alguém desapareceu, começamos uma busca safada.

— Busca safada?

— Telefonamos aos amigos para saber se o esquiador está com eles. Ligamos para alguns bares. É uma busca rápida e improvisada. Isso para poupar às nossas equipes de resgate o problema de fazer uma busca completa de algum bêbado sentado de porre num bar.

— E se alguém estiver realmente perdido? — perguntou Dana.

— Obtemos uma descrição física do esquiador desaparecido, de sua capacidade de esquiar, e do último lugar em que foi visto. Sempre perguntamos se eles levavam uma câmera.

— Por quê?

— Porque, quando eles as levam, as imagens nos dão uma pista para as áreas pitorescas para onde talvez tenham ido. Verificamos quais planos o esquiador poderia ter tido para o transporte de volta à cidade. Se não encontrarmos nada buscando nas pistas, deduzimos que o esquiador desaparecido está fora do limite da área demarcada de esqui. Notificamos os soldados da Busca e Resgate do Estado do Alasca e eles põem um helicóptero no ar. Há quatro pessoas em cada grupo de busca, e a patrulha aérea civil também participa.

— Isso é muito potencial humano.

— Claro que é. Mas lembre-se... aqui, temos uns 200 hectares de área de esqui, e fazemos uma média de quarenta buscas por ano. A maioria é bem-sucedida. — Bruce Bowler olhou pela janela o frio céu de ardósia. — Eu gostaria que aquela também tivesse sido. — Voltou-se para Dana. — De qualquer modo, a patrulha de esqui faz uma busca diária depois que os teleféricos fecham.

— Soube que Julie Winthrop estava acostumada a esquiar no alto de Eaglecrest.

Ele fez que sim com a cabeça.

— É verdade. Mas mesmo assim não há garantia alguma. Nuvens podem surgir, a pessoa às vezes fica desorientada, ou tem apenas falta de sorte.

— Como encontraram o corpo dela?

— SOS a encontrou.

— SOS?

— É o nosso cão especial. A patrulha de esqui trabalha com labradores e pastores pretos. Os cães são mesmo incríveis. Trabalham a favor do vento, captam o cheiro humano, sobem até a borda da zona do cheiro e fazem o gradeamento pra cima e pra baixo. Mandamos um bombardeiro para o local do acidente, e quando...

— Bombardeiro?

— Nossa máquina de limpar neve. Trouxemos de volta o corpo de Julie Winthrop numa liteira motorizada. A equipe da ambulância de três homens examinou-a com um monitor de eletrocardiograma, depois bateu fotos e chamou um legista. Levaram o corpo para o Hospital Regional Bartlett.

— E ninguém sabe como aconteceu o acidente?

Ele encolheu os ombros.

— Só sabemos que ela colidiu com um gigantesco espruce. Eu vi. Não foi uma visão muito agradável.

Dana olhou um momento para Bruce Bowler.

— Seria possível eu ver o topo de Eaglecrest?

— Por que não? Vamos terminar o almoço, que eu mesmo a levo lá.

FORAM DE JIPE até a sede de dois andares da vigilância, na base da montanha.

Bruce Bowler disse a Dana:

— Este prédio é onde nos encontramos para fazer nossos planos de busca e resgate. Alugamos aqui equipamento de esqui e temos instrutores para quem quiser aulas. Vamos pegar esse teleférico até o topo da montanha.

Entraram na cadeira do teleférico Ptarmigan, que se dirigia para o topo de Eaglecrest. Dana tiritava de frio.

— Eu devia tê-la avisado. Para esse tipo de temperatura, você precisa de roupa de propileno, malhas longas coladas ao corpo e tem de se vestir em camadas.

Dana tremeu.

— Vou me lembrar da próxima vez.

— Foi nessa cadeira que Julie Winthrop subiu. Ela levava a mochila de emergência nas costas.

— Mochila de emergência?

— É. Contém uma pá de avalanche, um sinalizador que transmite sinais até 50 metros e um bastão de sondagem. — Deu um suspiro. — Claro, isso não ajuda nada quando a gente bate numa árvore.

Aproximavam-se do cume. Ao chegarem à plataforma e descerem cautelosos da cadeira teleférica, um homem no topo saudou-os.

— Que o traz aqui, Bruce? Alguém perdido?

— Não. Só estou mostrando as paisagens a uma amiga. Esta é a Srta. Evans.

Trocaram cumprimentos. Dana olhou em volta. Havia uma cabana aconchegante quase perdida nas pesadas nuvens. *Teria Julie Winthrop ido lá antes de esquiar? E será que alguém a tinha seguido? Alguém que planejava matá-la?*

Bruce Bowler virou-se para Dana.

— Este é o ponto mais alto da montanha. Daqui é só morro abaixo.

Dana virou-se e olhou para o implacável solo distante, muito distante, e estremeceu.

— Você parece estar congelando, Srta. Evans. É melhor eu levá-la para baixo.

— Obrigada.

DANA ACABARA DE chegar à Pousada do Cais do Porto, quando ouviu uma batida na porta de seu quarto. Abriu-a. Era um homem de rosto pálido.

— Srta. Evans?

— Sim.

— Oi. Meu nome é Nicholas Verdun. Sou do jornal *Juneau Empire.*

— Sim...?

— Soube que está investigando a morte de Julie Winthrop. Gostaríamos de fazer uma matéria sobre isso.

Um alarme soou na mente de Dana.

— Receio que esteja enganado. Não estou fazendo nenhuma investigação.

O homem olhou para ela, cético.

— Mas me disseram...

— Estamos fazendo um programa sobre esqui em todo o mundo. Esta é apenas uma parada.

Ele ficou ali por um momento.

— Entendo. Desculpe por tê-la incomodado.

Dana ficou observando-o se afastar. *Como soube o que estou fazendo aqui?*

Telefonou logo para o *Juneau Empire.*

— Alô. Queria falar com um dos seus repórteres, Nicholas Verdun... — Ouviu por um momento. — Não tem ninguém com esse nome? Entendo. Obrigada.

Levou dez minutos para arrumar a mala. *Preciso sair daqui e encontrar outro lugar para ficar.* De repente, lembrou-se. *Não era você que queria saber sobre a Cozy Log, nossa pousada com quarto e café da manhã? Está com sorte. Temos um quarto disponível.* Desceu para o saguão e fechou a conta. O funcionário deu-lhe as direções da pousada e desenhou um pequeno mapa.

NO PORÃO DO PRÉDIO governamental, o homem olhando para o mapa digital no computador disse:

— O alvo está deixando a área do centro, rumando para oeste...

A POUSADA COZY LOG — Cama e Café da Manhã — era uma bem-cuidada casa alasquiana de um andar, de toras de madeira, a meia hora de carro de Juneau. *Perfeito.* Dana tocou a campainha da porta da frente e uma mulher alegre, atraente, de seus 30 e poucos anos, abriu-a.

— Olá. Posso ajudá-la?

— Sim. Conheci seu marido e ele disse que vocês tinham um quarto desocupado.

— De fato, temos, sim. Sou Judy Bowler.

— Dana Evans.

— Entre.

Dana entrou e olhou em volta. A pousada consistia numa sala de estar grande, confortável, com uma lareira de pedra, uma sala de jantar onde comiam os pensionistas e dois quartos com banheiros.

— Eu é que faço toda a comida aqui — disse Judy Bowler. — É muito gostosa.

Dana sorriu, afetuosa.

— Estou louca para provar.

Judy Bowler levou-a para o quarto. Era limpo e com aparência caseira. Dana desfez a mala.

Havia um casal hospedado ali, e a conversa foi informal. Nenhum deles reconheceu Dana.

DEPOIS DO ALMOÇO, ela pegou o carro e voltou para o centro da cidade. Entrou no bar da Cliff House e pediu um drinque. Todos os empregados tinham a pele bronzeada e o ar saudável. *Claro.*

— Belo clima — disse ela ao *barman* jovem e louro.

— É. Um tempo fantástico para a gente esquiar.

— Você esquia muito?

Ele sorriu.

— Sempre que posso tirar uma folga.

— Perigoso demais para mim — suspirou Dana. — Uma amiga minha morreu alguns meses atrás.

Ele pôs no tampo do bar o copo que estava polindo.

— Morreu?

— Sim. Julie Winthrop.

A expressão dele obscureceu.

— Ela vinha sempre aqui. Moça simpática.

Dana curvou-se à frente.

— Eu soube que não foi um acidente.

Ele arregalou os olhos.

— Que quer dizer com isso?

— Soube que ela foi assassinada.

— Assassinada! — exclamou ele, incrédulo. — Impossível. Foi um acidente.

Vinte minutos depois, Dana conversava com o *barman* do Hotel Prospector.

— Que tempo maravilhoso.

— É. Um ótimo tempo para esquiar — disse o *barman.*

— Perigoso demais para mim — suspirou Dana. — Uma amiga minha morreu esquiando alguns meses atrás. Talvez você a conhecesse. Julie Winthrop.

— Oh, claro. Eu gostava muito dela. Quer dizer, não era metida a besta como algumas pessoas. Era muito simples.

Dana curvou-se para a frente.

— Eu soube que a morte dela não foi um acidente.

A expressão do *barman* mudou. Ele baixou a voz.

— Sei muito bem que não foi acidente nenhum.

O coração de Dana acelerou-se.

— Sabe?

— Pode apostar. — Ele curvou-se, com um ar conspirador. — Aqueles malditos marcianos...

Ela estava de esquis no alto da montanha Ptarmigan e sentia o vento frio fustigando. Olhou o vale embaixo, tentando decidir por onde retomar, quando de repente sentiu um empurrão de trás e pôs-se a despencar cada vez mais rápido pela encosta, em direção a uma enorme árvore. Pouco antes de atingir a árvore, acordou, aos gritos.

Dana sentou-se na cama, tremendo. *Foi isso que aconteceu* com *Julie Winthrop? Quem a empurrou para a morte?*

Elliot Cromwell estava impaciente.

— Diabos, Matt, quando é que Jeff Connors vai voltar? Precisamos dele.

— Logo. Ele dá sempre notícias.

— E onde está Dana?

— Está no Alasca, Elliot. Por quê?

— Eu gostaria de vê-la de volta aqui. Os índices de audiência dos nossos noticiários da noite caíram.

Matt Baker olhou para ele, perguntando-se se aquele era o verdadeiro motivo da preocupação de Elliot Cromwell.

Pela manhã, Dana vestiu-se e voltou de carro ao centro da cidade.

No aeroporto, à espera de ser chamada para seu voo, reparou num homem sentado a um canto, lançando-lhe olhares de vez em quando. Pareceu-lhe estranhamente conhecido. Usava um terno cinza-escuro, e lembrava alguém. Um homem diferente do que tinha visto no aeroporto de Aspen. Também de terno cinza-escuro. Mas não foram as roupas que despertaram sua lembrança. Era alguma coisa na aparência dos dois. Ambos tinham uma desagradável aura de arrogância. Ele lançava-lhe um olhar beirando o desprezo que lhe provocava calafrios.

Após o embarque de Dana, o homem falou num telefone celular e saiu do aeroporto.

Capítulo 15

QUANDO CHEGOU EM CASA, Dana encontrou uma linda árvore de Natal que a Sra. Daley tinha comprado e decorado.

— Veja esse enfeite — disse a Sra. Daley, orgulhosa. — Foi Kemal quem fez sozinho.

O inquilino do apartamento vizinho assistia à cena no seu aparelho de televisão.

Dana beijou a face da senhora.

— Adoro você, Sra. Daley.

Ela enrubesceu.

— Oh, quanto estardalhaço por uma coisa tão pequena.

— Onde está Kemal?

— No quarto. Tem dois recados para você, Srta. Evans. Telefonar para a Sra. Hudson. Pus o número na sua cômoda. E sua mãe ligou.

— Obrigada.

Quando Dana entrou no quarto de Kemal, encontrou-o no computador. Ergueu os olhos para ela.

— Ei, que bom que está de volta!

— É, estou de volta — disse Dana.

— Legal. Eu estava torcendo para que chegasse antes do Natal.

Dana abraçou-o.

— Claro que ia chegar. Não o perderia por nada neste mundo. Como anda se virando aqui sozinho?

— Joia.

Que bom.

— Você gosta da Sra. Daley?

Ele fez que sim com a cabeça.

— Ela é maneira.

Dana sorriu.

— Eu sei. Tenho que dar uns telefonemas. Volto já.

Primeiro as más notícias, pensou Dana. Ligou para o número da mãe. Não falava com ela desde o incidente em Westport. *Como pôde se casar com um homem daqueles?* Dana ouviu o telefone tocar várias vezes, depois veio a voz gravada da mãe.

— Não estamos em casa no momento, mas se deixar um recado ligaremos logo de volta. Aguarde o sinal.

Dana aguardou.

— Feliz Natal, mãe. — E desligou.

O telefonema seguinte foi para Pamela.

— Dana, que bom que está de volta — exclamou Pamela Hudson. — Vimos no noticiário que Jeff está de licença, mas Roger e eu vamos receber algumas pessoas amanhã para um jantar de Natal, e queremos que você e Kemal venham. Por favor, não me diga que tem outros planos.

— Não. Na verdade, não tenho. E adoraríamos ir. Obrigada, Pamela.

— Maravilha. A gente espera vocês às 17 horas. Informal. — Fez uma pausa. — Como vão as coisas por aí?

— Não sei — disse Dana, com franqueza. — Não sei nem se estão indo a algum lugar.

— Bem, esqueça tudo por ora. Descanse um pouco. A gente se vê amanhã.

QUANDO DANA e Kemal chegaram à casa dos Hudson no dia de Natal, foram recebidos na porta por Cesar. Seu rosto iluminou-se ao ver Dana.

— Srta. Evans! Que prazer em vê-la. — Sorriu para Kemal. — E Mestre Kemal.

— Oi, Cesar — disse Kemal.

Dana entregou-lhe um pacote com um lindo embrulho colorido.

— Feliz Natal, Cesar.

— Não sei o que... — Ele gaguejava. — Eu não... a senhorita é muito bondosa, Srta. Evans!

O amável gigante, como o julgava Dana, corava. Dana entregou-lhe mais dois pacotes.

— Estes são para o Sr. e a Sra. Hudson.

— Sim, Srta. Evans. Vou pôr debaixo da árvore de Natal. O Sr. e a Sra. Hudson estão na sala de visitas. — Ele acompanhou os dois até lá.

— Vocês chegaram! Estamos tão felizes por terem vindo — disse Pamela.

— Nós também — garantiu-lhe Dana.

Pamela olhava para o braço direito de Kemal.

— Dana, Kemal tem um... que maravilha!

Dana abriu um largo sorriso.

— Mas não é? Cortesia do meu patrão. Ele é um grande camarada. Acho que isso mudou toda a vida de Kemal.

— Não sei como lhe dizer o quanto me sinto feliz.

Roger cumprimentou-a com um aceno de cabeça.

— Parabéns, Kemal.

— Obrigado, Sr. Hudson.

Roger Hudson disse a Dana:

— Antes que os outros convidados cheguem, há uma coisa que eu gostaria de mencionar. Lembra-se de eu ter dito que Taylor Winthrop confidenciou a amigos sua retirada da vida pública e depois tornou-se embaixador na Rússia?

— Sim. Suponho que o presidente o pressionou a...

— Foi o que eu pensei. Mas parece que foi Winthrop quem pressionou o presidente para nomeá-lo embaixador. A pergunta é: por quê?

Os outros convidados começaram a chegar. Eram apenas 12 pessoas no jantar, e a noite foi calorosa e festiva.

Após a sobremesa, todos foram para a sala de visitas. Diante da lareira, via-se uma imensa árvore de Natal. Havia presentes para todo mundo, mas Kemal ficou com a parte do leão. Jogos de computador, patins, skate, suéteres e luvas.

O tempo passou rapidamente. A alegria de estar ali, após a tensão dos últimos dias, era imensa. *Só queria que Jeff também estivesse aqui.*

SENTADA À MESA do âncora, Dana Evans esperava baterem 23 horas para o noticiário começar. A seu lado estavam o coapresentador, Richard Melton, e Maury Falstein, na cadeira em geral ocupada por Jeff. Dana tentava não pensar nisso.

Richard Melton dizia a Dana:

— Senti sua falta quando viajou.

Dana sorriu.

— Obrigada, Richard. Também senti sua falta.

— Ficou fora bastante tempo. Está tudo bem?

— Tudo ótimo.

— Vamos comer alguma coisa juntos, depois do jornal.

— Tenho primeiro de ver se está tudo bem com Kemal.

— A gente pode se encontrar em algum lugar.

Precisamos nos encontrar em algum lugar. Acho que estou sendo vigiada. Na seção de aves do Zoológico.

Melton continuou:

— Disseram que você está pesquisando para fazer uma grande matéria. Quer falar disso?

— Não há nada de que falar ainda, Richard.

— Andam dizendo por aí que Cromwell não estava gostando do fato de você ficar tanto tempo fora. Espero que não se meta em apuros com ele.

Quero dar um conselho a você. Não continue procurando problemas, porque vai acabar encontrando. É uma promessa. Dana achava difícil concentrar-se no que Richard Melton dizia.

Bill Kelly desapareceu no mesmo dia depois do incêndio. Nem sequer pegou o contracheque, simplesmente foi embora.

Richard Melton continuava falando.

— Deus é testemunha, não quero trabalhar com outro âncora.

Houve uma testemunha americana do acidente, Ralph Benjamin. Um cego.

— Cinco... quatro... três... dois... — Anastasia Mann apontou o dedo para Dana. A luz vermelha da câmera lampejou.

A voz do locutor do programa retumbou.

— Este é o jornal das 23 horas na WTN com Dana Evans e Richard Melton.

Dana sorriu para a câmera.

— Boa noite. Dana Evans.

— Boa noite. Richard Melton.

Estavam de volta no ar.

— Hoje em Arlington três estudantes do Ginásio Wilson foram presos depois que a polícia vasculhou seus escaninhos, encontrando 200 gramas de maconha e várias armas, entre elas uma pistola roubada. Holly Rapp tem mais informações para vocês de Arlington.

De volta à fita.

Não temos muitos ladrões de obras de arte, e o método de operar é sempre o mesmo. Esse é diferente.

TERMINADA A TRANSMISSÃO, Richard Melton olhou para Dana.

— A gente se encontra mais tarde?

— Esta noite, não, Richard. Preciso fazer uma coisa.

Ele levantou-se.

— Tudo bem. — Dana teve a sensação de que ele ia perguntar-lhe sobre Jeff. Mas Richard disse apenas: — Te vejo amanhã.

Dana levantou-se.

— Boa noite, todo mundo.

Dana saiu do estúdio e foi para seu escritório. Sentou-se, ligou o computador, acessou a internet e recomeçou a busca pela miríade de artigos sobre Taylor Winthrop. Num dos sites de Taylor Winthrop, bateu os olhos num trecho sobre Marcel Falcon, uma autoridade do governo francês, que fora embaixador da OTAN. O artigo dizia que Marcel Falcon negociava um acordo comercial com Taylor Winthrop. No meio das negociações, Falcon abandonara o posto e aposentara-se. *No meio de uma negociação governamental? O que poderia ter acontecido?*

Dana tentou outros sites, porém não encontrou mais nenhuma informação sobre Marcel Falcon. *Muito estranho. Tenho de examinar isso,* decidiu Dana.

ERA MEIA-NOITE quando terminou a pesquisa. Cedo demais para telefonar para a Europa. Voltou então para o apartamento. A Sra. Daley esperava por ela.

— Desculpe ter chegado tão tarde — disse Dana. — Eu...

— Nenhum problema. Vi sua transmissão desta noite. Achei maravilhosa, como sempre, Srta. Evans.

— Obrigada.

A Sra. Daley suspirou.

— Eu só gostaria que as notícias não fossem tão escabrosas. Em que tipo de mundo estamos vivendo?

— É uma boa pergunta. Como está Kemal?

— O pestinha está ótimo. Deixei ele ganhar de mim nas cartas.

Dana sorriu.

— Bom. Obrigada, Sra. Daley. Se quiser chegar mais tarde amanhã...

— Não, não. Chegarei aqui cedo para despachar vocês para a escola e o trabalho.

Dana esperou na porta a Sra. Daley sair. *Uma pedra preciosa,* pensou, agradecida. O telefone celular tocou. Ela correu para atendê-lo.

— Jeff?

— Feliz Natal, minha querida — A voz dele inundou-lhe o corpo, da cabeça aos pés. — Estou ligando muito tarde?

— Nunca é tarde demais. Fale-me de Rachel.

— Já voltou para casa.

Jeff quer dizer que Rachel voltou para a casa dela.

— Tem uma enfermeira aqui, mas Rachel só vai deixá-la ficar até amanhã.

Dana detestava perguntar.

— E depois?

— Os resultados do exame indicam que o câncer se espalhou. Rachel não quer que eu vá embora ainda.

— Entendo. Não quero parecer egoísta, mas não há mais alguém aí que...

— Ela não tem ninguém, querida. Está sozinha e em pânico. Não quer mais ninguém aqui. Francamente, não sei o que Rachel faria se eu fosse embora.

E eu não sei o *que vou fazer* se *você ficar.*

— Eles querem começar a quimioterapia imediatamente.

— Quanto tempo vai levar?

— Ela vai precisar de um tratamento a cada três semanas durante quatro meses.

Quatro meses.

— Matt me pediu que eu tirasse uma licença sem vencimentos. Lamento muito tudo isso, meu bem.

O que queria dizer com aquilo? Lamenta pelo emprego? Lamenta por Rachel? Ou lamenta por nossas vidas estarem se afastando? Como posso ser tão egoísta?, perguntou-se Dana. *A mulher talvez esteja morrendo.*

— Eu também lamento muito — acabou dizendo Dana. — Espero que tudo acabe bem. — *Acabe bem para quem? Para Rachel e Jeff? Para Jeff e eu?*

QUANDO JEFF DESLIGOU o telefone, ergueu os olhos e viu Rachel parada ao lado dele. Usava camisola e robe longos. Estava linda, com uma luz quase translúcida.

— Era Dana?

— Sim — disse Jeff.

Rachel aproximou-se dele.

— Pobre querido. Sei como toda essa história está machucando vocês dois. Eu... eu simplesmente não poderia ter passado por tudo isso sem sua ajuda. Eu precisava de você, Jeff. Preciso de você agora.

DANA CHEGOU AO SEU escritório na manhã seguinte e acessou mais uma vez a internet. Dois textos atraíram-lhe a atenção. Separados eram inócuos, mas juntos sugeriam um mistério.

O primeiro dizia: "Vincent Mancino, ministro do Comércio italiano, renunciou inesperadamente durante as negociações do acordo comercial com Taylor Winthrop, representante dos Estados Unidos. O assistente de Mancino, Ivo Vale, assumiu a pasta."

O segundo texto dizia: "Taylor Winthrop, conselheiro especial da OTAN em Bruxelas, pediu para ser substituído e voltou para casa em Washington."

Marcel Falcon havia renunciado, Vicent Mancino havia renunciado, Taylor Winthrop caíra fora inesperadamente. Estariam em conluio? Coincidência?

Interessante.

O PRIMEIRO TELEFONEMA de Dana foi para Dominick Romano, que trabalhava na Rede Itália-l, em Roma.

— Dana! Que bom ouvir sua voz. O que aconteceu?

— Estou indo para Roma e gostaria de conversar com você.

— *Va bene!* Sobre o quê?

Dana hesitou.

— Prefiro discutir o assunto quando chegar aí.

— Quando você vem?

— Chegarei aí no sábado.

— Vou lhe oferecer uma *pasta* suculenta.

O TELEFONEMA SEGUINTE foi para Jean Somville, que trabalhava em Bruxelas na sede geral da OTAN, na *rue* des Chapeliers.

— Jean? Dana Evans.

— Dana! Não a vejo desde Sarajevo. Que tempos aqueles, hein? Nunca mais vai voltar lá?

Ela fez uma careta.

— Se eu puder evitar, não.

— O que posso fazer por você, *chérie?*

— Vou a Bruxelas nos próximos dias. Vai estar aí?

— Por você? Sem dúvida. Alguma coisa especial acontecendo?

— Não — disse Dana, rápido.

— Certo. Vai só fazer um passeio turístico, hein? — Havia um tom de ceticismo em sua voz.

— Pode-se dizer que é mais ou menos isso — disse Dana.

Ele riu.

— Espero você, ansioso. *Au revoir.*

— *Au revoir.*

— MATT BAKER quer falar com você.

— Diga a ele que já vou, Olivia.

Mais dois telefonemas e Dana seguiu para o escritório de Matt.

Ele disse, sem preâmbulos:

— Talvez tenhamos sorte com alguma coisa. Eu soube ontem à noite de uma coisa que poderia ser uma pista para o que estamos procurando.

Dana sentiu o coração disparar.

— É?

— Tem um homem chamado... — ele consultou um pedaço de papel na escrivaninha. — ... Dieter Zander, em Düsseldorf. Esteve envolvido em algum tipo de negócio com Taylor Winthrop.

Dana ouvia atentamente.

— Não sei de toda a história, mas parece que alguma coisa muito ruim aconteceu entre eles. Tiveram um violento desentendimento e Zander jurou que ia matar Winthrop. Acho que talvez valha a pena você verificar.

— Sem dúvida que vale. Vou pesquisar agora mesmo, Matt.

Conversaram mais alguns minutos e Dana foi embora.

Onde será que posso encontrar mais sobre isso? De repente, lembrou-se de Jack Stone e da Agência Federal de Pesquisa, AFP. *Ele deve saber alguma coisa.* Ela achou o número particular que ele lhe dera e telefonou.

A voz dele surgiu na linha.

— Jack Stone.

— Aqui fala Dana Evans.

— Alô, Srta. Evans. Que posso fazer por você?

— Estou tentando descobrir alguma coisa sobre um homem chamado Zander, em Düsseldorf.

— Dieter Zander?

— Sim. Conhece ele?

— Nós sabemos quem é.

Dana registrou o *nós.*

— Pode me dizer alguma coisa sobre ele?

— Isso tem relação com Taylor Winthrop?

— Sim.

— Taylor Winthrop e Dieter Zander eram sócios numa empresa comercial. Zander foi mandado para a prisão por manipular algumas ações no mercado e, enquanto estava preso, atearam fogo em sua casa, matando a mulher e os três filhos. Ele culpa Taylor Winthrop pelo que aconteceu.

E Taylor Winthrop e a mulher morreram num incêndio. Dana ouvia, chocada.

— Zander continua na prisão?

— Não. Acho que saiu ano passado. Mais alguma coisa?

— Não. Muito, muito obrigada mesmo.

— Isso fica só entre nós.

— Entendo.

A linha caiu.

Agora, há três possibilidades, pensou Dana.

Dieter Zander em Düsseldorf.

Vincent Mancino em Roma.

Marcel Falcon em Bruxelas.

Vou primeiro a Düsseldorf.

— A Sra. Hudson na linha três, Dana — disse Olivia.

— Obrigada. — Dana pegou o telefone. — Pamela?

— Alô, Dana. Sei que é meio em cima da hora, mas um bom amigo nosso acabou de chegar à cidade e Roger e eu vamos lhe oferecer uma festinha na quarta-feira que vem. Sei que Jeff continua fora da cidade, mas adoraríamos que você viesse. Está livre?

— Receio que não, Pamela. Estou de partida amanhã para Düsseldorf.

— Oh. Que pena.

— E, Pamela...

— Sim?

— Jeff talvez fique fora por algum tempo.

Houve um silêncio.

— Espero que esteja tudo bem.

— Sim. Tenho certeza que vai ficar. — *Tinha de ficar.*

Capítulo 16

NA NOITE SEGUINTE, no Aeroporto Dulles, Dana embarcou num jato da Lufthansa para Düsseldorf. Havia telefonado para Steffan Mueller, que trabalhava na Kabel Network, para dizer-lhe que estava a caminho. Tinha a mente cheia do que Matt Baker lhe dissera. *Se Dieter Zander culpou Taylor Winthrop por...*

— *Guten Abend. Ich heisse Herman Friedrich. Ist es das ersten mal das Sie Deutschland besuchen?...*

Dana virou-se para olhar seu parceiro na poltrona ao lado. Elegante, de seus 50 e poucos anos, tinha um tapa-olho e um basto bigode.

— Boa noite — disse Dana.

— Ah, você é americana?

— Sou.

— Muitos americanos vão a Düsseldorf... É uma linda cidade.

— Foi o que me disseram. — *E sua família morrera num incêndio.*

— É sua primeira visita?

— É. — *Teria sido uma coincidência?*

— É linda, linda. Düsseldorf é dividida pelo rio Reno, você sabe, em duas partes. A mais antiga fica na margem direita...

Steffan Mueller pode me dizer mais sobre Dieter Zander.

— ... e a parte moderna fica na margem esquerda. Cinco pontes ligam os dois lados. — Herman Friedrich chegou mais para perto de Dana. — Vai visitar amigos, talvez, em Düsseldorf?

As coisas estão começando a encaixar-se.

Friedrich curvou-se mais para perto.

— Se estiver sozinha, conheço um...

— Como? Oh. Não, vou me encontrar com meu marido lá.

O sorriso de Herman Friedrich desapareceu do rosto.

— *Gut. Er ist ein glücklicher Mann.*

HAVIA UMA FILEIRA de táxis diante do Aeroporto Internacional de Düsseldorf. Dana pegou um para o Breidenbacher Hof, no centro da cidade. Era um elegante hotel antigo, com um saguão luxuosamente decorado.

O recepcionista atrás do balcão disse:

— Estávamos esperando-a, Srta. Evans. Bem-vinda a Düsseldorf.

— Obrigada. — Dana assinou o registro.

O funcionário pegou o telefone e disse algumas palavras:

— *Der Raum sollte betriebsbereit sein. Hast.* — Repôs o receptor e virou-se para Dana. — Desculpe, *Fräulein,* seu quarto ainda não está todo pronto. Por favor, coma alguma coisa por nossa conta. Eu a chamarei assim que a camareira acabar de limpá-lo.

Dana fez que sim com a cabeça.

— Tudo bem.

— Deixe-me lhe mostrar o salão de jantar.

No quarto de Dana, dois especialistas em eletrônica punham uma câmera no relógio da parede.

Meia hora depois, Dana estava no quarto, desfazendo a mala. Seu primeiro telefonema foi para a Kabel Network.

— Cheguei, Steffan — disse Dana.

— Dana! Não acreditei que você viesse mesmo. Que vai fazer no jantar?

— Espero jantar com você.

— E vai. Vamos ao Im Schiffchen. Às 20 horas?

— Perfeito.

JÁ VESTIDA, Dana ia cruzar a porta quando o celular tocou. Apressou-se a tirá-lo da bolsa.

— Alô?

— Alô, querida. Como vai você?

— Estou ótima, Jeff.

— E onde está?

— Na Alemanha. Düsseldorf. Acho que finalmente estou chegando a alguma coisa.

— Dana, tenha cuidado. Deus, queria estar com você.

Eu também, pensou Dana.

— E Rachel, como vai?

— Os tratamentos de quimioterapia estão acabando com ela. São muito violentos.

— Ela vai ficar...? — Não conseguiu terminar a frase.

— Ainda é cedo demais para saber. Se a quimioterapia for eficaz, ela tem uma boa chance de conter o câncer.

— Jeff, por favor, diga a ela o quanto eu sinto.

— Direi. Posso fazer alguma coisa por você?

— Obrigada, estou bem.

— Eu telefono amanhã. Só queria lhe dizer que te amo, doçura.

— Eu amo você, Jeff. Até logo.

— Até logo.

RACHEL SAIU do banheiro. Com um robe, chinelos e uma toalha enrolada como um turbante na cabeça.

— Como vai Dana?

— Muito bem, Rachel. Pediu para lhe dizer que sente por você.

— Ela está muito apaixonada por você.

— Eu estou muito apaixonado por ela.

Rachel aproximou-se dele.

— Você e eu já fomos apaixonados um pelo outro, não fomos, Jeff? O que aconteceu?

Ele encolheu os ombros.

— *A vida.* Ou, eu deveria dizer, *vidas.* Levávamos vidas separadas.

— Eu vivia ocupada demais com a carreira de modelo. — Tentava conter as lágrimas. — Bem, mas não voltarei a ficar, não é?

Ele passou os braços pelos ombros dela.

— Rachel, você vai ficar bem. A quimioterapia vai funcionar.

— Eu sei. Querido, obrigada por ficar comigo aqui. Não sei o que faria sem você.

Jeff não soube o que responder.

O Im Schiffchen era um restaurante elegante numa parte badalada de Düsseldorf. Steffan Mueller entrou e abriu um largo sorriso ao ver Dana.

— Dana! *Mein Gott.* Não a vejo desde Sarajevo.

— Parece uma eternidade, não é?

— O que está fazendo aqui? Veio para o festival?

— Não. Alguém me pediu para procurar um amigo de Winthrop, Steffan. — Um garçom aproximou-se da mesa e eles pediram drinques.

— Quem é o amigo?

— O nome dele é Dieter Zander. Já ouviu falar?

Steffan Mueller assentiu com a cabeça.

— Todo mundo já ouviu falar nele. Virou uma personalidade pública. Esteve envolvido num grande escândalo. É bilionário, mas foi estúpido demais para tentar passar a perna em alguns acionistas e ser apanhado. Devia ter pegado vinte anos, mas mexeu alguns pauzinhos e o deixaram sair em três. Afirma que é inocente.

Dana examinava-o.

— E é?

— Quem pode saber? No julgamento, Zander disse que Taylor Winthrop armou pra cima dele e roubou milhões de dólares. Foi um julgamento interessante. Segundo Dieter Zander, Taylor Winthrop ofereceu-lhe uma sociedade numa mina de zinco, que supostamente valia milhões de dólares. Winthrop usou Zander como testa de ferro e Zander vendeu milhões de dólares de ações. Mas acabaram descobrindo que a mina era salgada.

— Salgada?

— Não tinha zinco. Winthrop ficou com o dinheiro e Zander assumiu a culpa e pegou a cana.

— O júri não acreditou na história de Zander?

— Se tivesse acusado qualquer outro que não Taylor Winthrop, talvez acreditassem nele. Mas Winthrop é uma espécie de semideus. — Steffan olhou para Dana, curioso. — Qual o seu interesse nisso?

Ela disse, esquiva.

— Como falei, um amigo me pediu que procurasse Zander.

Era hora de pedir o jantar.

A comida estava deliciosa. Quando terminou, Dana disse:

— Vou me odiar de manhã. Mas valeu cada mordida.

Ao deixá-la no hotel mais tarde, Steffan perguntou:

— Sabia que o ursinho de pelúcia foi inventado aqui por uma mulher chamada Margarete Steift? O animalzinho fofo se tornou popular em todo o mundo.

Dana ouvia, imaginando aonde aquilo ia levar.

— Aqui na Alemanha, Dana, temos ursos de verdade, e eles são perigosos. Quando se encontrar com Dieter Zander, tenha cuidado. Ele parece um ursinho de pelúcia, mas não é. É um urso de verdade.

A Eletrônica Internacional Zander ocupava um enorme prédio nos arredores industriais de Düsseldorf. Dana abordou uma das três recepcionistas no movimentado saguão.

— Quero ver o Sr. Zander.

— Tem hora marcada?

— Sim. Sou Dana Evans.

— *Gerade ein Moment, bitte.* — A recepcionista falou ao telefone, depois ergueu os olhos para Dana. — *Fräulein,* quando marcou a hora?

— Vários dias atrás — mentiu Dana.

— *Es tut mir leid.* A secretária dele não tem registro algum disso. — Tornou a falar ao telefone e pôs o receptor no lugar. — Não é possível ver o Sr. Zander sem hora marcada.

A recepcionista virou-se para um mensageiro diante do balcão. Um grupo de funcionários aproximava-se da porta. Dana afastou-se do balcão e juntou-se a eles, infiltrando-se no centro. Entraram no elevador.

Quando começou a subir, Dana exclamou:

— Oh, meu Deus. Esqueci qual o andar do Sr. Zander.

— *Vier* — disse uma das mulheres.

— *Danke* — agradeceu Dana. Saltou no quarto andar e aproximou-se de uma escrivaninha com uma moça atrás.

— Vim ver Dieter Zander. Sou Dana Evans.

A mulher franziu as sobrancelhas.

— Mas não tem hora marcada, *Fräulein.*

Dana curvou-se e disse, em voz baixa:

— Diga ao Sr. Zander que vou fazer um programa nacional de televisão nos Estados Unidos sobre ele e sua família se não me receber, e que seria do interesse dele falar comigo *agora.*

A secretária examinava-a, confusa.

— Só um momento. *Bitte.* — Dana viu-a levantar-se, abrir uma porta assinalada PRIVAT e entrar.

Dana olhou o escritório da recepção em volta. Penduradas nas paredes, fotografias emolduradas das fábricas da Eletrônica Zander em todo o mundo. A empresa tinha sucursais nos Estados Unidos, França, Itália... *Países onde haviam ocorrido os assassinatos dos Winthrop.*

A secretária retomou um instante depois.

— O Sr. Zander vai recebê-la — disse ela, com um tom desaprovador. — Mas ele só tem alguns minutos. Isso é muito... muito fora do comum.

— Obrigada — disse Dana.

A secretária levou-a a um grande escritório revestido de lambris de madeira.

— Esta é *Fräulein* Evans.

Dieter Zander estava sentado atrás de uma enorme escrivaninha. Um homem de seus 60 anos, grandalhão, com um rosto astucioso e olhos castanho-claros. Dana lembrou-se da história de Steffan sobre o ursinho de pelúcia.

Ele olhou para Dana e disse:

— Estou reconhecendo-a. Foi a correspondente em Sarajevo.

— Sim.

— Não compreendo o que quer comigo. Falou da minha família com a secretária.

— Posso me sentar?

— *Bitte.*

— Eu queria conversar com o senhor sobre Taylor Winthrop.

A expressão de Zander anuviou-se.

— O que tem ele?

— Estou fazendo uma investigação, Sr. Zander. Acho que Taylor Winthrop e sua família foram assassinados.

Os olhos de Dieter Zander ficaram gélidos.

— Acho melhor sair agora, *Fräulein.*

— O senhor foi sócio dele numa empresa — disse Dana. — E...

— Saia!

— *Herr Zander,* sugiro que seria melhor discutir isso comigo em particular do que o senhor e seus amigos tomarem conhecimento pela televisão. Quero ser imparcial. Quero ouvir o seu lado da história.

Dieter Zander ficou calado por um longo tempo. Quando falou, havia um profundo ressentimento em sua voz.

— Taylor Winthrop era *scheisse.* Oh, inteligente, muito inteligente. Armou uma cilada para mim. E enquanto eu estava na prisão, *Fräulein,* minha mulher e filhos morreram. Se estivesse em casa... eu poderia tê-los salvado. — A voz saiu cheia de dor. — Era verdade que eu odiava aquele homem. Mas *assassinar* Taylor Winthrop? Não. — Deu seu sorriso de ursinho de pelúcia. — *Auf wiedersehen,* Srta. Evans.

DANA TELEFONOU para Matt Baker.

— Matt, estou em Düsseldorf. Você tinha razão. Talvez eu tenha acertado na mosca. Dieter Zander esteve envolvido num acordo empresarial com Taylor Winthrop. Ele afirma que Winthrop o incriminou falsamente e mandou-o para a prisão. A mulher e os filhos de Zander morreram num incêndio enquanto ele estava atrás das grades.

Houve um silêncio de choque.

— Morreram num *incêndio?*

— Isso mesmo — disse Dana.

— Da mesma maneira como morreram Taylor e Madeline.

— Sim. Você devia ter visto o olhar de Zander quando falei de assassinato.

— Tudo se encaixa, não é? Zander tinha um motivo para acabar com toda a família Winthrop. Você teve razão o tempo todo sobre os assassinatos. Mal dá... mal dá para acreditar nisso.

— Parece bom, Matt, mas ainda não temos provas. Tenho mais duas paradas a fazer. Parto para Roma amanhã. Voltarei daqui a um ou dois dias.

— Cuide-se bem.

— Combinado.

Na sede geral da AFP, três homens viam Dana numa tela de televisão embutida na parede, falando ao telefone em seu espaçoso quarto de hotel.

— Tenho mais duas paradas a fazer. Parto para Roma amanhã. Voltarei daqui a um ou dois dias.

Os homens viram Dana desligar o telefone, levantar-se e entrar no banheiro. A cena na tela mudou para uma câmera inserida no olho mágico do pequeno armário de remédios do banheiro. Dana começou a despir-se. Tirou a blusa e o sutiã.

— Cara, olhe só aquelas tetas!

— Espetaculares.

— Espere. Ela está tirando a saia e a calcinha.

— Pessoal, olha aquele rabo! Quero um pedaço dele.

Viram Dana entrar no chuveiro e fechar a porta do boxe. A porta começou a ficar embaçada.

Um dos homens deu um suspiro.

— Só isso, por ora. Filmada às 23 horas.

Os tratamentos de quimioterapia eram um inferno. Adriamycin e Taxotere por via intravenosa, injetadas junto com soro que saía de um pequeno frasco, e o processo levava quatro horas.

O Dr. Young disse a Jeff:

— São momentos muito difíceis para ela. Vai se sentir nauseada e esgotada, além de sofrer perda de cabelos. Para uma mulher, esse às vezes é o efeito colateral mais devastador de todos.

— Certo.

E na tarde seguinte, Jeff disse a Rachel:

— Vista-se. Vamos dar um passeio.

— Jeff, realmente não me sinto em condições de...

— Sem discussão.

Meia hora depois, os dois chegavam a uma loja de perucas, e Rachel experimentava vários modelos, sorria e dizia a Jeff:

— São lindas. Prefere esta longa ou a curta?

— Gosto das duas — disse Jeff. — E quando se encher dessas, volte e troque-as por uma castanha ou ruiva. — Sua voz suavizou-se. — Pessoalmente, gosto do jeito como você é.

Os olhos de Rachel encheram-se de lágrimas.

— E eu gosto do jeito como *você* é...

Capítulo 17

CADA CIDADE TEM SEU próprio ritmo, e Roma não se parece com nenhuma outra do mundo. Uma metrópole moderna enclausurada na história medieval de séculos de glória. Move-se no seu próprio ritmo compassado, pois não tem nenhum motivo para se apressar. O amanhã sempre chega quando bem lhe apraz.

DANA NÃO IA a Roma desde que tinha 12 anos, quando a mãe e o pai a levaram para conhecer a Itália. A aterrissagem no Aeroporto Leonardo da Vinci despertou-lhe uma imensidão de lembranças. O primeiro dia em Roma quando ela explorou o Coliseu, onde os cristãos haviam sido atirados aos leões. Não dormiu por uma semana depois dessa visita.

Foi com os pais ao Vaticano e à Piazza di Spagna, e jogou uma lira na Fontana di Trevi, desejando que a mãe não se divorciasse do pai. Quando aconteceu o divórcio, Dana sentiu-se traída pela fonte.

Viu uma apresentação da ópera *Otelo* nas Termas de Caracala, os banhos romanos, e aquela foi uma noite que jamais esqueceria.

Tomou sorvete na famosa Doney, na Via Veneto, e percorreu as ruas movimentadas do Trastevere. Dana adorou Roma e sua gente. *Quem poderia imaginar que eu voltaria aqui após todos esses anos, à procura de um assassino em série?*

DANA REGISTROU-SE no Hotel Ciceroni, perto da Piazza Navona.

— *Buon giorno* — cumprimentou-a o gerente do hotel. — É uma grande alegria tê-la hospedada conosco, Srta. Evans. Soube que vai ficar uns dois dias, não?

Dana hesitou.

— Ainda não estou bem certa.

Ele sorriu.

— Nenhum problema. Temos uma bela suíte para a senhorita. Se precisar de alguma coisa, é só nos avisar.

A Itália é um país tão amistoso. E Dana pensou em seus antigos vizinhos, Dorothy e Howard Wharton. *Não sei como ouviram falar de mim, mas mandaram um homem de avião até aqui só para me fazer uma proposta de trabalho.*

NUM IMPULSO, DANA decidiu telefonar para os Wharton. Pedira à telefonista que ligasse para a Corporação Italiano Ripristino.

— Por favor, eu gostaria de falar com Howard Wharton.

— Poderia soletrar?

Ela soletrou.

— Obrigado. Um momento.

O momento acabou sendo 5 minutos. A mulher voltou à linha.

— Desculpe-me. Não há ninguém com esse nome aqui.

A única coisa é que temos de estar em Roma amanhã.

DANA TELEFONOU para Dominick Romano, o âncora da televisão Itália-I.

— Sou eu, Dana. Cheguei, Dominick.

— Dana! Que alegria. Quando podemos nos encontrar?

— Diga você.

— Onde está hospedada?

— No Hotel Ciceroni.

— Pegue um táxi e diga ao motorista para levá-la ao Toula. Me encontrarei lá com você em meia hora.

TOULA, NA VIA DELLA LUPA, era um dos mais famosos restaurantes de Roma. Quando Dana chegou, Romano a esperava.

— *Buon giorno.* É bom ver você sem as bombas.

— O mesmo digo eu, Dominick.

— Que guerra fútil. — Ele balançou a cabeça. — Talvez mais que a maioria das guerras. *Bene!* Que veio fazer em Roma?

— Vim ver um homem aqui.

— E qual o nome desse homem de sorte?

— Vincent Mancino.

A expressão no rosto de Dominick Romano alterou-se.

— Por que quer vê-lo?

— Talvez não seja nada, mas estou dando seguimento a uma investigação. Fale-me de Mancino.

Dominick Romano pensou cuidadosamente antes de abrir a boca.

— Mancino foi ministro do Comércio. O contexto em que se fez foi a Máfia. Carrega um porrete bem grande. De qualquer modo, abandonou um cargo muito importante e ninguém sabe por quê. — Romano olhou para Dana, curioso. — Qual é seu interesse nele?

Dana esquivou-se à pergunta.

— Sei que Mancino negociava um acordo comercial governamental com Taylor Winthrop quando se demitiu.

— Sim. Winthrop concluiu as negociações com outra pessoa.

— Há quanto tempo Taylor Winthrop estava em Roma?

Romano pensou por um momento.

— Uns dois meses. Mancino e Winthrop se tornaram bons amigos de copo. — Acrescentou: — Alguma coisa deu errado.

— O quê?

— Quem é que sabe? Circulam todos os tipos de histórias por aqui. Mancino tinha só uma filha, Pia, e ela desapareceu. A mulher dele sofreu um colapso nervoso.

— Que quer dizer com a filha desapareceu? Foi sequestrada?

— Não. Ela simplesmente... como posso dizer... — Romano tentou em vão encontrar a palavra certa — ... desapareceu. Ninguém sabe o que aconteceu com ela. — Deu um suspiro. — Mas de uma coisa tenho certeza: Pia era uma beldade.

— Onde está a mulher de Mancino?

— Dizem que está numa espécie de sanatório.

— Sabe onde fica?

— Não. E nem você deve querer saber. — O garçom aproximou-se da mesa. — Mas conheço este restaurante — disse Dominick Romano. — Gostaria que eu escolhesse por você?

— Sim.

— *Bene.* — Virou-se para o garçom. — *Prima, pasta fagioli. Dopo, abbacchio arrosta com polenta.*

— *Grazie.*

A comida estava estupenda e a conversa ficou leve e informal. Mas, quando os dois se levantaram para ir embora, Romano disse:

— Dana, fique longe de Mancino. Ele não é o tipo de homem que se interroga.

— Mas e se...

— Esqueça-o. Em uma palavra... *omertà.*

— Obrigada, Dominick. Agradeço seu conselho.

Os ESCRITÓRIOS DE Vincent Mancino ficavam num prédio moderno de sua propriedade na Via Sardegna. Sentado à mesa da recepção no saguão de mármore, um guarda corpulento e musculoso ergueu os olhos quando Dana entrou.

— *Buon giorno. Posso aiutarla, signorina?*

— Meu nome é Dana Evans. Eu gostaria de falar com o Sr. Vincent Mancino.

— Tem hora marcada?

— Não.

— Então, sinto muito.

— Diga-lhe que é sobre Taylor Winthrop.

O guarda examinou-a por um momento, depois pegou um telefone e falou. Desligou-o e Dana esperou.

Que será que vou descobrir?

O telefone tocou, o guarda atendeu e ouviu por um instante. Virou-se para Dana.

— Segundo andar. Uma pessoa lá vai recebê-la.

— Obrigada.

— *Prego.*

O ESCRITÓRIO DE Vincent Mancino era pequeno e simples, em nada semelhante ao que Dana imaginava. Mancino sentava-se atrás de uma mesa caindo aos pedaços. Com 60 e poucos anos, era um homem de altura mediana com peito largo, lábios finos, cabelos brancos e nariz adunco. E os olhos mais frios que Dana já vira. Na mesa, a fotografia de uma linda adolescente numa moldura dourada.

Quando Dana entrou no escritório, Mancino perguntou:

— Veio aqui para falar de Taylor Winthrop? — A voz era grossa e rouca.

— Sim. Eu queria falar do...

— Não há nada do que falar, *signorina.* Ele morreu num incêndio. Está ardendo no inferno e sua mulher e os filhos também estão ardendo no inferno.

— Posso me sentar, Sr. Mancino?

Ele ia dizer "não". Mas acabou dizendo:

— *Scusi.* Às vezes, quando fico irritado, esqueço as boas maneiras. *Prego, si accomodi.* Por favor, sente-se.

Dana pegou uma cadeira diante dele.

— O senhor e Taylor Winthrop estavam negociando um acordo comercial entre seus dois governos.

— Sim.

— E ficaram amigos?

— Durante algum tempo, *forse.*

Dana deu uma olhada na foto em cima da mesa.

— É sua filha?

Mancino não respondeu.

— Ela é linda.

— Sim, ela era muito linda.

Dana olhou para ele, aturdida.

— Ela não está viva? — Viu que ele a examinava, tentando decidir o que dizer.

Acabou dizendo:

— Viva? Me diga você. — A voz saiu cheia de paixão. — Levei seu amigo americano, Taylor Winthrop, para minha casa. Ele comungou conosco. Apresentei-o aos meus amigos. Sabe como ele me retribuiu? Engravidou minha linda filha virgem. *Ela só tinha 16 anos.* Ficou com medo de me contar, porque sabia que eu o mataria, por isso fez... fez um *aborto.* — Ele cuspiu a palavra como um anátema. — Winthrop teve medo da publicidade, por isso não mandou Pia a um médico. Não. Ele... ele a mandou a um açougueiro. — Os olhos encheram-se de lágrimas. — Um açougueiro que lhe destruiu o útero. Minha filha de 16 anos, *signorina...* — A voz saiu engasgada. — Taylor Winthrop não apenas destruiu minha filha, ele assassinou meus netos e todos os seus filhos e netos. Aniquilou o futuro da família Mancino. — Sorveu o ar num longo hausto para acalmar-se. — Agora ele e sua família pagaram por esse terrível pecado.

Dana ficou sentada ali, muda.

— Minha filha está num convento, *signorina.* Nunca mais a verei. Sim, fiz um acordo com Taylor Winthrop. — Seus frios olhos azuis vararam os de Dana. — Mas foi um acordo com o diabo.

Então já são dois, pensou Dana. *E ainda faltava encontrar-se com Marcel Falcon.*

No voo da KLM para a Bélgica, Dana percebeu alguém se sentando na poltrona a seu lado. Ergueu os olhos. Era um homem atraente, com a expressão satisfeita, e que pedira obviamente à aeromoça para trocar de lugar.

Olhou para Dana e sorriu.

— Bom dia. Permita que me apresente. Meu nome é David Haynes. — Tinha sotaque de inglês.

— Dana Evans.

Não revelou reconhecimento algum.

— Que lindo dia para voar, não?

— Maravilhoso — concordou Dana.

Ele olhava-a com admiração.

— Vai para Bruxelas a trabalho?

— Trabalho e lazer.

— Tem amigos lá?

— Alguns.

— Sou muito bem relacionado em Bruxelas.

Espere até Jeff ouvir isso, pensou Dana. E aí a lembrança atingiu-lhe mais uma vez. *Ele está com Rachel.*

David Haynes examinava-lhe o rosto.

— Você me parece familiar.

Dana sorriu.

— Eu tenho esse tipo de rosto.

Quando o avião pousou no aeroporto de Bruxelas e Dana desembarcou, um homem dentro do terminal pegou o telefone celular e informou a chegada.

David Haynes perguntou:

— Tem transporte para o seu hotel?

— Não, mas posso...

— Por favor, me permita. — Levou Dana a uma comprida limusine à espera com um motorista. — Vou deixá-la no hotel

— disse a Dana. Deu uma ordem ao chofer e a limusine entrou no tráfego. — É a primeira vez que vem a Bruxelas?

— É.

Estavam diante de uma grande galeria de compras com teto solar.

— Se pretende fazer alguma compra, eu lhe sugeriria aqui... as Galerias St. Hubert — disse David Haynes.

— Parecem lindas.

David Haynes disse ao motorista.

— Pare um instante, Charles. — Virou-se para Dana. — Aí é onde fica a famosa Fonte do Manneken Piso — Era uma estátua de bronze de um menino urinando, posta no alto de um nicho em forma de concha de vieira. — É uma das mais famosas estátuas do mundo.

Enquanto eu estava na prisão, minha mulher e filha morreram. Se eu estivesse livre, poderia tê-las salvado.

David Haynes dizia:

— Se estiver livre esta noite, eu gostaria de...

— Lamento — disse Dana. — Receio que não.

MATT FORA CHAMADO ao escritório de Elliot Cromwell.

— Estamos sem nossos atores principais, Matt. Quando Jeff volta?

— Não sei ao certo, Elliot. Como sabe, ele está envolvido numa situação pessoal com a ex-mulher, e sugeri que tirasse uma licença sem vencimentos.

— Entendo. E quando Dana volta de Bruxelas?

Matt olhou para Elliot Cromwell e pensou: *Eu nunca disse a ele que Dana estava em Bruxelas.*

Capítulo 18

A SEDE DA OTAN, Organização do Tratado do Atlântico Norte, fica no Prédio Leopoldo III e, encimando o telhado, tremula a bandeira belga, com três faixas verticais: preta, amarela e vermelha.

Dana estava certa de que ia encontrar sem dificuldade a informação sobre o prematuro afastamento de Taylor Winthrop do cargo na OTAN e depois voltaria para casa. Mas a OTAN acabou se revelando um pesadelo de sopa de letrinhas. Além dos escritórios de seus 16 países membros, havia os da NAC, EAPC, NACC, ESDI, CJTF, CSCE e no mínimo mais uma dezena de acrônimos.

Ela decidiu ir ao prédio da assessoria de imprensa da OTAN, na *rue* des Chapeliers, e encontrou Jean Somville na sala de imprensa.

Ele levantou-se para cumprimentá-la.

— Dana!

— Como vai, Jean?

— O que a traz a Bruxelas?

— Estou trabalhando numa matéria — disse Dana. — Preciso de alguma informação.

— Ah. Outra matéria sobre a OTAN.

— Em certo aspecto — disse ela, cautelosa. — Taylor Winthrop foi o conselheiro dos Estados Unidos na OTAN, certa ocasião.

— Sim. Fez um excelente trabalho. Era um grande homem. Que grande tragédia ocorreu com aquela família. — Olhou para Dana, curioso. — Mas o que quer saber?

Dana escolheu as palavras com todo o cuidado.

— Ele abandonou o posto em Bruxelas antes do mandato expirar. Eu gostaria de saber qual foi o motivo.

Jean Somville encolheu os ombros.

— É muito simples. Ele terminou o que veio fazer aqui.

Dana sentiu uma aguda sensação de desapontamento.

— Quando Winthrop servia aqui, aconteceu alguma coisa... fora do comum? Houve algum tipo de escândalo relacionado a ele?

Jean Somville olhou-a, surpreso.

— Claro que não! Alguém disse que Taylor Winthrop esteve envolvido em algum escândalo na OTAN?

— Não — apressou-se ela a responder. — Eu soube que houve uma... uma... briga, um desentendimento entre Winthrop e um homem, alguém que trabalha aqui.

Somville franziu o cenho.

— Quer dizer, uma briga de natureza particular?

— É.

Ele franziu os lábios.

— Não sei. Mas posso descobrir.

— Eu ficaria muito grata.

DANA TELEFONOU para Jean Somville no dia seguinte.

— Conseguiu descobrir mais alguma coisa sobre Taylor Winthrop?

— Lamento, Dana. Tentei. Receio que não haja nada a descobrir. — Ela já mais ou menos esperava essa resposta de Jean Somville.

— Em todo caso, obrigada. — Sentiu-se desanimada.

— Nenhum problema. Lamento que tenha perdido a viagem.

— Jean, li que o embaixador francês da OTAN, Marcel Falcon, renunciou inesperadamente e voltou à França. Isso não é fora do comum?

— No meio de um mandato, sim. Acho que sim.

— Por que ele renunciou?

— Não há mistério algum envolvendo isso. Foi por causa de um acidente infeliz. O filho dele foi morto por um motorista que o atropelou e fugiu.

— Um motorista que o atropelou e fugiu? E não o pegaram?

— Ah, sim. Logo depois do acidente, ele se apresentou à polícia.

Outro beco sem saída.

— Entendo — disse Dana.

— O homem se chamava Antonio Persico. E era chofer de Taylor Winthrop.

Ela sentiu um calafrio repentino.

— Oh? Onde está Persico agora?

— Na prisão de St. Gilles, aqui em Bruxelas. — Somville acrescentou, desculpando-se: — Lamento não poder ser mais útil.

DANA RECEBEU UM resumo da matéria através de um fax de Washington. *Antonio Persico, chofer que trabalhava para Taylor Winthrop, foi condenado hoje à prisão perpétua por um tribunal belga ao se confessar culpado pelo atropelamento e morte de Gabriel Falcon, filho do embaixador francês nas Nações Unidas.*

A PRISÃO DE ST. GILLES fica perto do centro de Bruxelas, num antigo prédio branco com torres que o fazem parecer um castelo. Dana telefonou com antecedência e conseguiu uma permissão para entrevistar Antonio Persico. Ao chegar lá, entrou no pátio da prisão e foi escoltada até o escritório do diretor.

— Você veio falar com Persico.

— Sim.

— Muito bem.

Após uma rápida revista, foi levada por um guarda à sala de visitação, onde Antonio Persico a esperava. Era um homem pequeno, dois enormes olhos verdes e um rosto que não parava de se contorcer com tiques nervosos.

Quando ela entrou, as primeiras palavras de Persico foram:

— Graças a Deus alguém finalmente apareceu! Você veio me tirar já daqui.

Dana olhou para ele, intrigada.

— Eu... eu lamento. Receio que não possa fazer isso.

Os olhos de Persico estreitaram-se.

— Então por que veio? Eles prometeram que alguém viria me tirar daqui.

— Vim para falar sobre a morte de Gabriel Falcon.

A voz de Persico elevou-se.

— Não tive nada a ver com aquilo. Sou inocente.

— Mas você confessou.

— Menti.

Dana perguntou:

— Por que mentiria...?

Antonio Persico olhou dentro dos olhos dela e disse, ressentido:

— Recebi dinheiro. Foi Taylor Winthrop quem o matou.

Houve um longo silêncio.

— Conte como foi isso.

As contorções faciais intensificaram-se.

— Aconteceu numa noite de sexta-feira. A esposa do Sr. Winthrop estava em Londres naquele fim de semana. — A voz saía com esforço. — O Sr. Winthrop estava sozinho. Resolveu ir à Ancienne Belgique, uma boate. Eu me ofereci para levá-lo de carro, mas ele disse que ia dirigindo. — Persico interrompeu-se, lembrando.

— Que aconteceu então? — exortou Dana.

— O Sr. Winthrop chegou em casa tarde, muito bêbado. Me disse que um rapaz atravessara correndo na frente do carro. Ele...

ele o atropelou. O Sr. Winthrop não queria um escândalo e por isso não parou. Aí ficou com medo de que alguém pudesse ter visto o acidente, dado o número da placa à polícia, e que logo fossem buscá-lo. Ele tinha imunidade diplomática, mas disse que se a notícia fosse publicada estragaria o plano russo.

Dana franziu as sobrancelhas.

— Plano russo?

— É. Foi o que ele disse.

— O que é o plano russo?

Ele deu de ombros.

— Não sei. Ouvi-o dizendo isso pelo telefone. Parecia um doido. — Persico balançou a cabeça. — Repetia sem parar ao telefone só isto: "O plano russo tem de continuar. Já fomos longe demais para deixar que alguma coisa o detenha agora."

— E não tem nenhuma ideia sobre o que ele falava?

— Não.

— Lembra-se de mais alguma coisa que ele disse?

Persico pensou por um momento.

— Disse alguma coisa como: "Todas as peças se encaixaram." — Olhou para Dana. — Fosse o que fosse, parecia muito importante.

Ela absorvia cada palavra.

— Sr. Persico, por que assumiu a culpa pelo acidente?

O queixo de Persico endureceu.

— Já lhe disse. Fui pago. Taylor Winthrop disse que se eu confessasse me daria 1 milhão de dólares e cuidaria de minha família enquanto eu estivesse na prisão. Disse que podia conseguir uma sentença curta. — Rangia os dentes. — Como um idiota, aceitei. — Mordeu o lábio inferior. — E agora ele está morto e vou passar o resto da vida aqui. — Seus olhos encheram-se de lágrimas.

Dana ficou chocada com o que acabara de ouvir. Acabou perguntando:

— Já contou isso a alguém?

Persico disse, com amargura.

— Claro. Assim que soube da morte de Taylor Winthrop, contei à polícia sobre nosso acordo.

— E?

— Riram na minha cara.

— Sr. Persico. Vou lhe fazer uma pergunta muito importante. Pense com cuidado antes de responder. Algum dia disse a Marcel Falcon que foi Taylor Winthrop quem matou o filho dele?

— Claro. Achei que ele ia me ajudar.

— Quando contou, o que foi que Marcel Falcon disse?

— Suas palavras exatas foram: "Que o resto de sua família junte-se a ele no inferno."

Meu Deus. Agora são três, pensou Dana.

Tenho de falar com Marcel Falcon em Paris.

ERA IMPOSSÍVEL NÃO sentir a magia de Paris, mesmo sobrevoando a cidade e preparando-se para aterrissar. Era a cidade da luz, a cidade dos amantes. Não um lugar para se ir sozinha. Paris causava-lhe uma dolorosa saudade de Jeff.

Na recepção do Hotel Plaza Athénée, Dana conversava com Jean-Paul Hubert, da Televisão Metro 6.

— Marcel Falcon? Claro. Todo mundo sabe quem ele é.

— O que pode me dizer dele?

— É uma personalidade e tanto. Isso que vocês americanos chamam de magnata.

— O que é que ele faz?

— Falcon tem uma enorme empresa farmacêutica. Há alguns anos, foi acusado de forçar empresas menores a sair do ramo, mas como tinha ligações políticas nada lhe aconteceu. O primeiro-ministro francês inclusive o nomeou embaixador na OTAN.

— Mas ele renunciou — disse Dana. — Por quê?

— Ah, é uma história triste. O filho dele foi atropelado e morto em Bruxelas por um motorista embriagado, e Falcon não conseguiu segurar a barra. A mulher teve um colapso nervoso. Hoje está num sanatório. — Jean-Paul olhou para ela e disse, sério: — Dana, se está pensando em fazer uma matéria sobre Falcon, tome cuidado com o que vai escrever. Ele tem fama de ser um homem muito vingativo.

FOI NECESSÁRIO UM DIA para conseguir marcar um encontro com Marcel Falcon.

Quando ela por fim entrou no escritório do ex-embaixador, ele disse:

— Concordei em recebê-la porque sou um admirador seu, *mademoiselle*. Suas transmissões da zona de guerra foram muito corajosas.

— Obrigada.

Marcel Falcon era um homem de aparência imponente, corpulento, com traços fortes e olhos azuis penetrantes.

— Por favor, sente-se. O que posso fazer por você?

— Eu queria lhe perguntar sobre seu filho.

— Ah, sim — disse, o olhar desolado. — Gabriel era um garoto maravilhoso.

— O homem que o atropelou...

— O chofer.

Dana olhou para ele, estupefata.

Pense com cuidado antes de responder. Algum dia você disse a Marcel Falcon que foi Taylor Winthrop o responsável pela morte do filho dele?

— Claro. Achei que ele ia me ajudar.

— Quando lhe contou, o que foi que Marcel Falcon disse?

— Suas palavras exatas foram: "Que o resto de sua família junte-se a ele no inferno."

E agora Marcel Falcon agia como se não soubesse a verdade.

— Sr. Falcon, quando serviu na OTAN, Taylor Winthrop também estava lá. — Observava o rosto de Falcon, à procura da mínima mudança de expressão. Não viu nenhuma.

— Sim. Nós nos conhecemos — disse, num tom casual.

Só isso? Dana se perguntava. *Sim, nós nos conhecemos. O que está escondendo?*

— Sr. Falcon, eu gostaria de falar com sua mulher se...

— Lamento, mas ela viajou de férias.

A mulher teve um colapso nervoso. Hoje está num sanatório em Cannes.

Ou Marcel Falcon se achava num estado de completa autonegação ou professava total ignorância por um motivo mais sinistro.

DANA TELEFONOU para Matt do quarto no Plaza Athénée.

— Dana, quando é que você volta?

— Só tenho mais uma pista a desvendar, Matt. O chofer de Taylor Winthrop me disse que ele falou de algum plano secreto russo que não queria que fosse interrompido. Vou ver se consigo descobrir do que ele falava. Quero conversar com alguns dos sócios dele em Moscou.

— Está bem. Mas Cromwell quer você de volta ao estúdio o mais rápido possível. Tim Drew é nosso correspondente em Moscou. Vou pedir que a receba. Ele pode ser muito útil.

— Obrigada. Não devo ficar mais que um ou dois dias em Moscou.

— Dana?

— Sim?

— Deixe pra lá. Até logo.

Obrigada. Não devo ficar mais que um ou dois dias em *Moscou.*

Dana?

Sim?

Deixe pra lá. Até logo.

Fim da fita.

DANA TELEFONOU para casa.

— Boa noite, Sra. Daley... ou melhor, boa tarde.

— Srta. Evans! Que maravilha ter notícias suas.

— Como está indo tudo?

— Simplesmente esplêndido.

— Como vai Kemal? Algum problema aí?

— Nenhum. Sem dúvida, ele sente sua falta.

— Também sinto falta dele. Pode chamá-lo?

— Ele está tirando um cochilo. Quer que o acorde?

Dana se surpreendeu:

— Tirando um cochilo? No outro dia, quando telefonei, ele estava tirando um cochilo.

— Pois é. O rapazinho chegou em casa do colégio se sentindo tão cansado que achei que um cochilo lhe faria bem.

— Entendo... Bem, diga a ele que o amo. Telefonarei amanhã. Diga também que vou levar um urso da Rússia para ele.

— Um urso? Bem! Ele vai ficar doido de empolgação.

Depois telefonou para Roger Hudson.

— Roger, detesto abusar, mas preciso de um favor.

— Se eu puder fazer alguma coisa...

— Estou de partida para Moscou e quero conversar com Edward Hardy, o embaixador americano lá. Imaginei que você talvez o conhecesse.

— Na verdade, conheço.

— Estou em Paris. Se pudesse passar uma carta de apresentação por fax, eu ficaria muito grata.

— Posso fazer melhor que isso. Vou telefonar para ele e dizer que espere você.

— Obrigada, Roger. Fico muito grata.

ERA VÉSPERA DO ano-novo. Foi um choque lembrar-se que aquele deveria ser o dia do seu casamento. *Logo,* disse Dana a si mesma. *Logo.* Pôs o casaco e saiu.

O porteiro perguntou:

— Táxi, Srta. Evans?

— Não, obrigada. — Não tinha para onde ir. Jean-Paul Hubert viajara para visitar a família. *Esta não é uma cidade para se ficar sozinha,* decidiu Dana.

Pôs-se a andar, tentando não pensar em Jeff e Rachel. Tentando simplesmente não pensar. Passou por uma igrejinha aberta e, num impulso, entrou. O interior abobadado proporcionou-lhe uma sensação de paz. Sentou-se num banco e fez uma oração silenciosa.

À meia-noite, enquanto Dana andava pelas ruas, Paris explodia numa cacofonia de barulho e confetes. Imaginava o que Jeff fazia. *Ele e Rachel estariam fazendo amor? Ele não telefonara. Como pôde esquecer que aquela noite era tão especial?*

No quarto de hotel, perto da cômoda, o telefone celular de Dana, que caíra da bolsa, tocava.

QUANDO VOLTOU PARA o Plaza Athénée, eram 3 horas. Entrou no quarto, despiu-se e enfiou-se na cama. Primeiro o pai, agora Jeff. O abandono entremeava-se por sua vida como um fio escuro numa tapeçaria. *Não vou sentir pena de mim mesma,* jurou. *E pensar que esta ia ser a noite do meu casamento. Oh, Jeff, por que não me telefona?*

Chorou até adormecer.

Capítulo 19

O VOO PARA MOSCOU na Sabena Airlines levou três horas e meia. Dana reparou que a maioria dos passageiros usava roupas quentes, e as prateleiras de bagagem estavam cheias de casacos de pele, chapéus e cachecóis.

Eu devia ter-me agasalhado melhor, pensou. *Bem, só vou ficar em Moscou dois ou três dias.*

Não parava de pensar nas palavras de Antonio Persico: *Winthrop parecia um doido. Repetia sem parar ao telefone: "O plano russo tem de continuar. Já fomos longe demais para deixar que alguma coisa o detenha agora."*

Em *que plano importante Winthrop trabalhava? Que peças se haviam encaixado? E logo depois o presidente o nomeou embaixador em Moscou.*

Quanto mais informação obtenho, menos sentido faz, decidiu Dana.

PARA SUA SURPRESA, o Aeroporto Internacional Sheremetyevo II estava repleto de turistas. *Porque uma pessoa sã visita a Rússia* no *inverno?*, perguntava-se.

Ao chegar à esteira das bagagens, viu um homem parado ali perto que a olhava de esguelha. Sentiu o coração saltar. *Eles sabiam que eu vinha para cá,* pensou. *Como poderiam ter sabido?*

O homem aproximava-se dela.

— Dana Evans? — Tinha um forte sotaque eslovaco.

— Sim...

Abriu um largo sorriso e disse, entusiasmado:

— Sou seu maior fã! Vejo você na televisão o tempo todo.

Dana sentiu uma onda de alívio.

— Oh, sim. Obrigada.

— Será que poderia me deixar muito feliz me dando seu autógrafo?

— Claro.

Ele atirou um pedaço de papel diante de Dana.

— Não tenho caneta.

— Eu tenho. — Ela pegou a caneta de ouro nova e deu-lhe seu autógrafo.

— *Spasiba! Spasiba!*

Quando ia pôr a caneta de volta na bolsa, alguém deu-lhe um tranco e a caneta caiu no piso de concreto. Dana agachou-se e pegou-a. O invólucro rachara.

Espero que tenha conserto, pensou. E olhou-a mais de perto. Um fio fino aparecia pela rachadura. Aturdida, puxou-o delicadamente. Tinha um micro transmissor preso ao fio. Fitou-o, incrédula. *Por isso é que sempre souberam onde eu estava! Mas quem o pôs ali e por quê?* Lembrou-se do cartão que viera junto com a caneta. *Querida Dana, tenha uma viagem segura. A Turma.*

Furiosa, arrancou o fio, atirou-o no chão e esmagou-o com o salto.

Numa sala de laboratório isolada, o marcador de sinal num mapa de repente desapareceu.

— Oh, merda!

— DANA?

Ela voltou-se. Viu o correspondente da WTN em Moscou ali parado.

— Sou Tim Drew. Desculpe o atraso. O tráfego aqui é um pesadelo. — Era um homem alto, de seus 40 e poucos anos, cabelos ruivos e um sorriso simpático. — Estou com um carro esperando lá fora. Matt me disse que você só vai ficar aqui dois dias.

— Isso mesmo.

Os dois pegaram a bagagem de Dana na esteira e seguiram para a rua.

O TRAJETO DE CARRO em Moscou lembrava uma cena de *Dr. Jivago.* Parecia que toda a cidade estava envolta num manto de pura neve branca.

— Mas é tão lindo! — exclamou Dana. — Há quanto tempo mora aqui?

— Dois anos.

— E você gosta?

— É meio assustador. Yeltsin está sempre vendendo gato por lebre, e ninguém sabe o que esperar de Vladimir Putin. Os internos estão dirigindo o manicômio. — Deu uma freada brusca para dar passagem a pedestres imprudentes. — Fez reserva no Hotel Sevastopol?

— Sim. Como é?

— É um dos nossos típicos hotéis da Intourist. Fique certa de que haverá alguém no seu andar de olho em você.

As ruas estavam apinhadas de pessoas envoltas em peles, suéteres e sobretudos grossos. Tim Drew deu uma olhada em Dana.

— É melhor comprar umas roupas mais quentes, senão vai congelar.

— Vou ficar bem. Devo estar voltando amanhã ou depois de amanhã.

Diante deles, viam-se a praça Vermelha e o Kremlin. O Kremlin erguia-se altaneiro numa colina que dominava a margem esquerda do rio Moscova.

— Meu Deus, é impressionante — disse Dana.

— É. Se aquelas paredes falassem, a gente ouviria muitos gritos — continuou Tim Drew. — É um dos prédios mais famosos do mundo. Ocupa um pedaço de terra cobrindo a pequena colina Borovitsky na margem direita e...

Dana parou de ouvir. Pensava: *E se Antonio Persico mentiu? E se inventou a história de Taylor Winthrop matar o garoto? E se mentiu sobre* o *plano nisso?*

— Essa é a saída da praça Vermelha pelo muro leste. A Torre Kutayfa ali é a entrada dos visitantes no muro oeste.

Mas então por que Taylor Winthrop estava tão desesperado em vir para a Rússia? Ser apenas embaixador não teria significado tanto para ele.

Tim Drew dizia:

— Este é o lugar em que se concentrou todo o poder russo por séculos a fio. Ivan o Terrível e Stalin tiveram seus quartéis-generais aí, depois Lenin e Kruschev.

Todas as peças se *encaixaram. Preciso descobrir o que ele queria dizer com isso.*

Haviam parado diante de um hotel enorme.

— Chegamos — disse Tim Drew.

— Obrigada, Tim. — Dana saltou do carro e foi atingida por uma sólida onda de ar congelante.

— Entre logo — gritou ele. — Eu levo suas malas para dentro. Aliás, se estiver livre, gostaria de levá-la para jantar.

— Muito obrigada.

— Tem um clube particular com uma comida muito gostosa. Acho que vai gostar.

— Excelente.

O saguão do Hotel Sevastopol era grande, ornado e cheio de gente. Vários funcionários trabalhavam atrás do balcão da recepção. Dana aproximou-se de um deles.

O funcionário ergueu os olhos.

— *Da?*

— Sou Dana Evans. Tenho uma reserva.

O homem olhou-a por um momento e disse, nervoso:

— Ah, sim. Srta. Evans. — Entregou-lhe um cartão de registro. — Pode preencher esta ficha, por favor? E vou precisar de seu passaporte.

Quando ela começou a escrever, o funcionário olhou para um homem parado num canto do outro lado do saguão e assentiu com a cabeça. Dana entregou-lhe o cartão.

— Vou pedir que a acompanhem até o quarto — disse o recepcionista.

— Obrigada.

O QUARTO TINHA um vago ar do refinamento e da elegância de tempos passados, e a mobília parecia envelhecida, gasta, e cheirava a mofo.

Uma mulher atarracada, usando um uniforme largo, entrou com as malas. Dana deu-lhe uma gorjeta. Ela grunhiu e saiu. Dana pegou o telefone e ligou para 252-2451.

— Embaixada americana.

— Gabinete do embaixador Hardy, por favor.

— Um momento.

— Gabinete do embaixador Hardy.

— Alô. Aqui é Dana Evans. Posso falar com o embaixador?

— Poderia me dizer do que se trata?

— É... é um assunto pessoal.

— Só um momento, por favor.

Trinta segundos depois, o embaixador Hardy estava ao telefone.

— Srta. Evans?

— Sim.

— Bem-vinda a Moscou.

— Obrigada.

— Roger Hudson telefonou para dizer que ia chegar. Que posso fazer por você?

— Será que eu podia dar um pulo aí para vê-lo?

— Claro. Eu... Espere um momento. — Houve uma breve pausa e o embaixador voltou à linha. — Que tal amanhã de manhã? Às 10 horas?

— Para mim está ótimo. Muito obrigada.

— Até amanhã.

Dana olhou pela janela a multidão apertando os passos no frio de rachar e pensou: *Tim estava certo. É melhor eu comprar algumas roupas mais quentes.*

A LOJA DE DEPARTAMENTOS GUM ficava a dois quarteirões do hotel. Era um enorme empório, estocado com produtos baratos que variavam de roupas a material pesado.

Dana aproximou-se da seção feminina, onde viu casacões grossos pendurados em araras. Escolheu um de lã vermelha e um cachecol da mesma cor para combinar. Levou vinte minutos para encontrar um funcionário capaz de realizar a transação.

QUANDO VOLTOU AO quarto do hotel, o celular pôs-se a tocar. Era Jeff.

— Alô, querida. Tentei lhe telefonar na véspera do ano-novo, mas você não atendeu o celular, e eu não sabia onde encontrá-la.

— Lamento, Jeff. — *Então ele não esqueceu! Graças a Deus.*

— Onde você está?

— Em Moscou.

— Está tudo bem, querida?

— Ótimo. Jeff, fale-me de Rachel.

— É cedo demais para dizer alguma coisa. Eles vão tentar uma nova terapia amanhã. Ainda é muito experimental. O resultado sairá em poucos dias.

— Espero que dê certo — disse Dana.

— Está frio aí?

Dana riu.

— Você não pode imaginar. Sou uma pedra de gelo humana.

— Eu queria estar aí para derreter você.

Conversaram por mais uns cinco minutos, e Dana ouviu a voz de Rachel chamando Jeff.

— Tenho de ir, querida. Rachel precisa de mim.

Eu também preciso de você, pensou.

— Eu te amo.

— Eu amo você.

A EMBAIXADA AMERICANA no bulevar Novinsky, 19-23, era um prédio antigo, em péssimas condições, com guardas russos a postos em guaritas do lado de fora. Uma longa fila de pessoas esperava pacientemente. Dana passou a fila e deu o nome a um guarda. Ele olhou a lista de serviço e fez-lhe um sinal para entrar.

Dentro do saguão, ela viu um fuzileiro naval americano a postos numa guarita à prova de bala. Uma sentinela de uniforme revistou o conteúdo de sua bolsa.

— Tudo bem.

— Obrigada. — Dana foi até a escrivaninha. — Dana Evans.

Um homem de pé junto à mesa disse:

— O embaixador está à sua espera, Srta. Evans. Venha comigo, por favor.

Ela acompanhou-o, subiu alguns degraus de mármore e entrou numa antessala ao fim de um longo corredor. Quando entrou, uma mulher atraente de 40 e poucos anos sorriu e exclamou:

— Srta. Evans, é um grande prazer. Sou Lee Hopkins, secretária do embaixador. Pode entrar.

Dana dirigiu-se ao escritório interno. O embaixador Edward Hardy levantou-se quando ela se aproximou da mesa.

— Bom dia, Srta. Evans.

— Bom dia, embaixador. Obrigada por me receber.

O embaixador era um homem alto e afetado, com a simpática atitude de um político.

— É um enorme prazer conhecê-la. Posso lhe servir alguma coisa?

— Não, obrigada.

— Por favor, sente-se.

Dana sentou-se.

— Fiquei encantado quando Roger Hudson me disse que esperasse sua visita. Chegou numa época interessante.

— É?

— Detesto dizer isso, mas, aqui entre nós dois, receio que este país esteja em queda livre. — Suspirou. — Para falar com toda franqueza, Srta. Evans, não faço a mínima ideia do que vai acontecer em seguida aqui. É um país com o dobro do tamanho dos Estados Unidos, com 800 anos de história, e a gente o vê escoando pelo esgoto. Os criminosos estão governando a Rússia.

Dana olhou-o, curiosa.

— Que quer dizer?

O embaixador recostou-se na cadeira.

— A lei aqui diz que nenhum membro da Duma, a câmara baixa do Parlamento, pode ser processado por crime algum. O resultado é que a Duma está cheia de homens procurados por todos os tipos de delitos... gângsteres que já cumpriram tempo na prisão e criminosos em vias de cometer crimes. Nenhum deles pode ser tocado.

— Isso é incrível — disse Dana.

— Pois é. — Ele examinou-a por algum tempo. — Bem, em que posso ajudá-la, Srta. Evans?

— Eu queria lhe fazer algumas perguntas sobre Taylor Winthrop. Estou fazendo uma matéria sobre a família.

O embaixador Hardy balançou a cabeça, pesaroso.

— Parece uma tragédia grega, não?

— Sim. — *Mais uma vez a mesma frase.*

O embaixador Hardy olhou para Dana, curioso.

— O mundo ouviu essa história repetidas vezes. Acho que não há muito mais o que dizer.

— Quero contá-la de um ângulo mais pessoal — disse Dana, cuidadosa. — Quero saber como era mesmo Taylor Winthrop, que tipo de homem era ele, quem eram seus amigos aqui, se tinha inimigos...

— Inimigos? — Ele pareceu surpreso. — Não. Todo mundo adorava Taylor. Provavelmente, foi o melhor embaixador que já tivemos aqui.

— Trabalhou com ele?

— Sim. Fui vice-presidente da missão durante um ano.

— Embaixador Hardy, sabe se Taylor Winthrop trabalhava em alguma coisa em que... — interrompeu-se, sem saber como pôr em palavras — ... todas as peças tinham se encaixado?

O embaixador Hardy franziu o cenho.

— Refere-se a algum acordo comercial ou governamental?

— Não sei ao certo a que me refiro — confessou Dana.

O embaixador Hardy pensou por um momento.

— Eu também não. Não, não faço a mínima ideia do que poderia ser.

Ela perguntou:

— Algumas das pessoas que trabalham hoje aqui na embaixada... também trabalharam para ele?

— Ah, sim. Na verdade, minha secretária Lee era secretária de Taylor.

— O senhor se incomodaria se eu falasse com ela?

— De modo algum. Aliás, vou lhe dar uma lista das pessoas que poderiam ser úteis.

— Ah, seria maravilhoso. Obrigada.

Ele levantou-se.

— Tome cuidado enquanto estiver aqui, Srta. Evans. Tem havido muitos crimes nas ruas.

— Foi o que me disseram.

— Não beba água da torneira. Nem os russos bebem. Oh, e quando comer fora especifique sempre *chisti stol*... quer dizer, mesa limpa... do contrário vai encontrar sua mesa cheia de tira-gostos que não quer. Quando fizer compras, a Arbat é o melhor lugar. As lojas lá têm de tudo. E seja cuidadosa nos táxis. Pegue os mais velhos, caindo aos pedaços. Os artistas dos golpes sujos dirigem os novos.

— Obrigada. — Dana sorriu. — Vou me lembrar.

CINCO MINUTOS DEPOIS, Dana conversava com Lee Hopkins, a secretária do embaixador, as duas sozinhas numa pequena sala fechada.

— Quanto tempo trabalhou para o embaixador Winthrop?

— Um ano e meio. Por que quer saber?

— O embaixador Winthrop fez algum inimigo quando esteve aqui?

Lee Hopkins olhou para Dana, surpresa.

— Inimigos?

— Sim. Num trabalho desses, imagino que seja preciso dizer "não" a pessoas que podem ficar ressentidas. Tenho certeza que o embaixador Winthrop não podia agradar a todos.

Lee Hopkins balançou a cabeça.

— Não sei o que está procurando, Srta. Evans, mas, se pretende escrever coisas ruins sobre Taylor Winthrop, veio buscar ajuda com a pessoa errada. Ele era o homem mais bondoso e atencioso que já conheci.

Lá vamos nós mais uma vez, pensou Dana.

Nas duas horas seguintes, Dana conversou com mais cinco pessoas que haviam trabalhado na embaixada durante a gestão de Taylor Winthrop.

Ele era um homem brilhante...

Ele gostava mesmo das pessoas...

Desviava de seu caminho para nos ajudar...

Inimigos? Não Taylor Winthrop...

Estou perdendo meu tempo, pensou. Foi mais uma vez procurar o embaixador Hardy.

— Conseguiu o que queria? — perguntou ele. Parecia menos amistoso.

Dana hesitou.

— Não exatamente — respondeu, com honestidade.

Ele se curvou.

— E acho que não vai conseguir, Srta. Evans. Não se estiver à procura de coisas negativas sobre Taylor Winthrop. Você aborreceu todo mundo aqui. Eles adoravam o homem. Eu também. Não tente desenterrar esqueletos que não existem. Se foi para isso que veio aqui, pode partir.

— Obrigada — disse Dana. — Eu vou.

Não tinha a menor intenção de partir.

O Clube Nacional VIB ficava bem diante do Kremlin e da praça Manej e era um restaurante e cassino privado. Tim Drew a esperava ali quando ela chegou.

— Bem-vinda — disse. — Acho que vai gostar daqui. Este restaurante recebe a nata dos badaladores e poderosos da alta sociedade moscovita. Se uma bomba caísse aqui, acho que o governo se dissolveria.

O jantar foi delicioso. Começaram com *blinis* e caviar, seguido de *borscht,* esturjão da Geórgia com molho de castanha-d'água, estrogonofe com arroz *s'louhom,* e, de sobremesa, *tartelettes vatrushki* de queijo.

— Mas é esplêndida mesmo — disse Dana. — Bem que me disseram que a comida russa é fantástica.

— É — confirmou Tim Drew. — Mas isso não é a Rússia. É um pequeno oásis especial.

— Como é viver aqui? — perguntou Dana.

Tim Drew pensou por um momento.

— É como estar parado junto a um vulcão, esperando que entre em erupção. A gente nunca sabe o que vai acontecer. Os caras no poder estão roubando bilhões do país e a população está passando fome. Foi isso que desencadeou a última revolução. Deus sabe o que vai acontecer agora. Para ser justo, esse é apenas um lado da história. A cultura aqui é incrível. Eles têm o Teatro Bolshoi, o grande Hermitage, o Museu Pushkin, o balé russo, o Circo de Moscou... a lista continua, infindável. A Rússia produz mais livros que o resto do mundo junto, e o russo médio lê três vezes mais livros por ano que o cidadão médio nos Estados Unidos.

— Talvez estejam lendo os livros errados — disse Dana, desanimada.

— É possível. Nesse momento, as pessoas se acham colhidas no meio do capitalismo e do comunismo, e nenhum dos dois está funcionando. A administração pública é péssima, os custos estão inflacionados e o crime cresce por todo o país. — Ele olhou para Dana. — Espero não estar deixando você deprimida.

— Não. Me diga uma coisa, Tim, você conheceu Taylor Winthrop?

— Entrevistei-o algumas vezes.

— Por acaso ouviu alguma coisa sobre um grande projeto em que ele estava envolvido?

— Ele estava envolvido em muitos projetos. Afinal, era nosso embaixador.

— Não estou falando disso. Refiro-me a alguma coisa diferente. Algo muito complicado... em que todas as peças tinham que se encaixar.

Tim Drew pensou por um momento.

— Nada me vem à cabeça.

— Conhece alguém aqui com quem mantinha muito contato?

— Acho que algumas de suas contrapartes russas. Você poderia falar com eles.

— Certo — disse Dana. — Vou falar.

O garçom trouxe a conta. Tim Drew passou os olhos pelas comandas e ergueu-os para Dana.

— Isso é típico. Há três cobranças a mais colocadas na conta. E não adianta se dar o trabalho de pedir que as especifiquem. — Ele pagou a conta.

Quando já estavam na rua, Tim Drew perguntou a Dana:

— Você anda armada?

Ela lançou-lhe um olhar de surpresa.

— Claro que não. Por quê?

— Isto é Moscou. Nunca se sabe. — Teve uma ideia. — Já sei. Vamos dar uma parada no caminho.

Os dois entraram num táxi e Tim Drew deu um endereço ao motorista. Cinco minutos depois, pararam diante de uma loja de armas e desceram do táxi.

Dana olhou o interior da loja e disse:

— Não vou andar por aí com uma arma.

— Eu sei. Só entre um instante comigo. — Os balcões da loja estavam cheios de todo tipo de arma imaginável.

Ela olhou em volta.

— Qualquer pessoa pode entrar e comprar uma arma aqui?

— Só precisam do dinheiro — disse Tim Drew.

O homem atrás do balcão resmungou alguma coisa em russo para Tim, que lhe disse o que queria.

— *Da.* — Enfiou a mão debaixo do balcão e retirou-a com um objeto pequeno, preto e cilíndrico.

— Para que serve isso? — perguntou Dana.

— É para você. Um aerossol de pimenta. — Pegou-o. — Basta apertar este botão aqui em cima, que os bandidos vão sentir dores demais para incomodá-la.

— Não sei se... — disse.

— Confie em mim. Guarde-o. — Entregou-lhe o objeto, pagou e os dois saíram. — Gostaria de conhecer uma boate de Moscou? — perguntou Tim Drew.

— Parece interessante.

— Ótimo. Vamos.

A BOATE VOO NOTURNO na rua Tverskaya era suntuosa, com uma decoração trabalhada, e estava cheia de russos bem-vestidos jantando, bebendo e dançando.

— Não dá a impressão de haver algum problema econômico aqui — comentou Dana.

— Não, porque eles mantêm os mendigos na rua.

Às 2 horas, Dana voltou para o hotel, exausta. Tinha sido um dia muito longo. Sentada a uma mesa no saguão, uma mulher registrava os movimentos dos hóspedes.

Quando Dana entrou, olhou pela janela. Viu uma cena de cartão-postal: neve suave caindo à luz do luar.

Amanhã, pensou, decidida, *vou saber por que vim aqui.*

O BARULHO DO JATO acima foi tão alto que pareceu que o avião poderia atingir o prédio. O homem levantou-se de um salto da escrivaninha, pegou um binóculo e foi até a janela. A cauda da aeronave que se afastava rápido descia como se preparando para pousar no pequeno aeroporto a 1 quilômetro dali. Tudo na paisagem, a não ser as pistas de decolagem, estava coberto de neve até onde a vista alcançava. Era inverno e na Sibéria.

— Pois bem — disse ele ao assistente — , os chineses são os primeiros a chegar. — O comentário não pedia resposta. — Eu soube que nosso amigo, Ling Wong, não vai voltar. Quando retornou do nosso último encontro, de mãos vazias, não teve uma feliz volta ao lar. Muito triste. Era um homem decente.

Nesse momento, um segundo jato rugiu acima. Ele não reconheceu a origem. Depois que aterrissou, ele focou as poderosas lunetas do binóculo nos homens saindo da cabine e descendo para a pista. Alguns deles não fizeram o mínimo esforço para ocultar as pistolas automáticas que levavam.

— Chegaram os palestinos.

Outro jato bramiu acima. *Ainda faltam doze,* ele pensou. *Quando começarmos as negociações amanhã, será o maior leilão até agora.*

Voltou-se mais uma vez para o assistente.

— Escreva um memorando.

MEMORANDO CONFIDENCIAL PARA TODO O PESSOAL DA OPERAÇÃO (DESTRUIR APÓS RECEBIMENTO)

CONTINUAR ESTREITA VIGILÂNCIA DO OBJETO ALVO. INFORMAR ATIVIDADES E FICAR A POSTOS PARA POSSÍVEL ELIMINAÇÃO.

Capítulo 20

AO ACORDAR, DANA telefonou para Tim Drew.

— Soube mais alguma coisa do embaixador Hardy? — perguntou ele.

— Não. Acho que o ofendi. Tim, preciso falar com você.

— Está bem. Tome um táxi e me encontre no Clube Boyrsky, na rua Treatilny Proyez, 140.

— *Onde?* Eu nunca...

— O motorista sabe. Pegue um carro velho.

— Certo.

Dana saiu do hotel ao encontro de um vento gelado e uivante. Sentiu-se feliz por estar usando seu novo casaco de lã vermelha. Uma placa com mostrador num prédio do outro lado da rua informou-lhe que fazia 29 graus. *Meu Deus,* pensou. *Em Fahrenheit, isso é mais ou menos 20 graus abaixo de zero.*

Viu um reluzente táxi novinho em folha parado diante do hotel. Ela recuou e esperou até um passageiro entrar nele. O táxi seguinte parecia velho. Ela entrou. O motorista lançou-lhe um olhar interrogativo pelo espelho retrovisor.

Dana disse, devagar:

— Quero ir para o número 140 da rua Treat... — Hesitou. — ... rilny... — Respirou fundo. — ... Proyez...

O motorista retrucou, impaciente:

— Quer ir ao Clube Boyrsky?

— *Da.*

O táxi arrancou. Passaram por avenidas com tráfego intenso e pedestres descuidados atravessando apressados as ruas geladas. A cidade parecia sobreposta por uma camada de pátina fosca e cinzenta. *E não é só o tempo,* pensou Dana.

O CLUBE BOYRSKY acabou se revelando um ambiente moderno e confortável, com poltronas e sofás de couro. Tim Drew a esperava numa poltrona junto à janela.

— Vejo que encontrou logo.

— O motorista falava inglês — disse, sentando-se.

— Você teve sorte. Alguns deles não falam nem russo, pois vêm de muitas províncias distantes e diferentes. É impressionante que este país consiga sequer funcionar. Me faz lembrar de um dinossauro agonizante. Sabe como são grandes as dimensões da Rússia?

— Não exatamente.

— É duas vezes maior que os Estados Unidos. Tem 13 fusos horários e fronteiras com 14 países. *Quatorze países.*

— É impressionante — disse Dana. — Tim, quero falar com alguns russos que faziam transações com Taylor Winthrop.

— Isso inclui quase todo mundo no governo russo.

— Eu sei. Mas deve haver alguns russos de quem ele era mais próximo que outros. O presidente...

— Talvez alguém num escalão mais baixo — disse Tim Drew; indiferente. — Eu diria que, de todas as pessoas com quem ele lidava, provavelmente era mais íntimo de Sasha Shdanoff.

— Quem é Sasha Shdanoff?

— O comissário do Departamento Internacional de Desenvolvimento Econômico. Acho que Winthrop convivia com ele tanto em termos sociais quanto oficiais. — Olhou atentamente para Dana. — O que está procurando, Dana?

— Não sei ao certo — respondeu ela, honestamente. — Não sei ao certo.

O Departamento Internacional de Desenvolvimento Econômico era um enorme prédio de tijolos vermelhos na rua Ozernaya e ocupava um quarteirão inteiro. Dentro da principal entrada, havia dois policiais russos uniformizados junto à porta e um terceiro sentado atrás de uma escrivaninha.

Dana dirigiu-se até a mesa. O guarda ergueu os olhos.

— *Dobry dyen* — disse ela.

— *Zdrastvuytye. Ne...*

Dana interrompeu-o.

— Desculpe-me. Vim aqui falar com o comissário Shdanoff. Sou Dana Evans. Trabalho para a Rede Washington Tribune.

O guarda conferiu uma folha de papel diante dele e balançou a cabeça.

— Tem hora marcada?

— Não, mas...

— Então terá de marcar uma hora. É americana?

— Sim.

O guarda folheou alguns formulários em sua mesa e entregou-lhe um.

— Preencha isto, por favor.

— Pois não. Seria possível ver o comissário ainda esta tarde?

Ele piscou os olhos.

— *Ya ne ponimayu.* Vocês americanos estão sempre apressados. Em que hotel está?

— No Sevastopol. Só preciso de alguns minutos...

Ele fez uma anotação.

— Alguém entrará em contato com você. *Dobry dyen.*

— Mas... — Ela percebeu a expressão do guarda. — *Dobry dyen.*

DANA FICOU NO quarto do hotel a tarde toda esperando um telefonema. Às 18 horas, ligou para Tim Drew.

— Foi ver Shdanoff? — perguntou ele.

— Não. Eles vão telefonar para mim.

— Não fique ansiosa, Dana. Está lidando com uma burocracia de outro planeta.

NO INÍCIO DA MANHÃ seguinte, Dana voltou ao Departamento Internacional de Desenvolvimento Econômico. Encontrou o mesmo guarda à mesa.

— *Dobry dyen* — ela disse.

Ele ergueu os olhos, impassível.

— *Dobry dyen.*

O comissário Shdanoff recebeu meu recado ontem?

— Seu nome?

— Dana Evans.

— Você deixou um recado ontem?

— Deixei — disse ela, desanimada. — Com você.

O guarda fez que sim com a cabeça.

— Então ele recebeu. Todos os recados são recebidos.

— Posso falar com a secretária do comissário Shdanoff?

— Tem hora marcada?

Dana respirou fundo.

— Não.

O guarda deu de ombros.

— *Izvinitye, nyet.*

— Onde posso...?

— Alguém vai lhe telefonar.

A CAMINHO DE VOLTA para o hotel, Dana passou pela Detsky Mir, uma loja de departamentos infantil, entrou e olhou em volta. Viu uma seção dedicada a jogos. Num canto, havia uma prateleira de jogos de computador. *Kemal vai gostar de um daqueles,* pensou. Comprou um jogo e ficou surpresa com o preço caro. Voltou para o hotel a fim de esperar o telefonema. Às 18 horas, perdeu as esperanças. Já ia descer para jantar quando o telefone tocou.

— Dana? — Era Tim Drew.

— Sim, Tim.

— Não teve sorte ainda?

— Receio que não.

— Bem, enquanto estiver em Moscou, não deve perder o que é maravilhoso aqui. O balé é hoje à noite. Vão apresentar *Giselle.* Está interessada?

— Muitíssimo, obrigada.

— Passo aí para pegá-la daqui a uma hora.

O BALÉ REALIZOU-SE no Palácio dos Congressos, com seis mil lugares, dentro do Kremlin. Foi uma noite mágica. A música era linda, a dança fantástica e o primeiro ato passou voando.

Quando as luzes se acenderam para o intervalo, Tim levantou-se.

— Siga-me. Rápido.

Um bando de pessoas punha-se a subir correndo a escadaria.

— O que está acontecendo?

— Você vai ver.

Ao chegarem ao último andar, foram saudados pela visão de meia dúzia de mesas cheias de tigelas com caviar e vodca no gelo. Os que haviam chegado ali primeiro serviam-se apressados.

Dana voltou-se para Tim.

— Eles sabem mesmo como fazer um espetáculo aqui.

— Assim é como vive a classe alta. Lembre-se que 30 por cento da população vive abaixo da linha de pobreza.

Dana e Tim foram para junto das janelas, afastando-se da multidão.

As luzes começaram a piscar.

— Hora do segundo ato.

O segundo ato foi encantador, mas a mente de Dana não parou de repassar trechos de conversas.

Taylor Winthrop era scheisse. *Inteligente, muito inteligente. Ele armou uma cilada para mim...*

Foi um acidente infeliz. Gabriel era um rapaz maravilhoso...

Taylor Winthrop acabou com o futuro da família Mancino...

Quando o balé terminou e os dois entraram no carro, Tim Drew perguntou:

— Gostaria de tomar uma saideira no meu apartamento?

Ela virou-se para olhá-lo de frente. Atraente, inteligente e charmoso. Mas não era Jeff. O que acabou dizendo foi:

— Obrigada, Tim. Mas não.

— Oh. — Foi visível a decepção de Tim. — Quem sabe amanhã?

— Eu adoraria, mas tenho de estar pronta de manhã bem cedo. — E *estou loucamente apaixonada por outra pessoa.*

BEM CEDO NA MANHÃ seguinte, Dana chegava mais uma vez no Departamento Internacional de Desenvolvimento Econômico. O mesmo guarda estava atrás da escrivaninha.

— *Dobry dyen.*

— *Dobry dyen.*

— Sou Dana Evans. Se não der para eu ver o comissário, posso ver o assistente dele?

— Tem hora marcada?

— Não. Eu...

Ele entregou-lhe um formulário.

— Preencha isto...

ASSIM QUE DANA chegou de volta ao quarto do hotel, o celular começou a tocar, e seu coração a disparou.

— Dana...

— Jeff!

Os dois gostariam de dizer tanta coisa um ao outro. Mas Rachel se interpunha entre eles como uma sombra fantasmagórica, e a doença dela não lhes permitia dizer o que de mais importante passava por suas mentes. A conversa foi contida.

O TELEFONEMA DO escritório do comissário Shdanoff chegou de forma inesperada às 8 horas. Uma voz com um forte sotaque disse:

— Dana Evans?

— Sim.

— Aqui é Yerik Karbava, assistente do comissário Shdanoff. Você gostaria de vê-lo?

— Sim! — Ela ficou esperando que o assistente lhe perguntasse se tinha hora marcada. Mas, em vez disso, disse apenas:

— Esteja no Departamento Internacional de Desenvolvimento Econômico daqui a exatamente uma hora.

— Está bem. Muito obrigada... — A linha caiu.

UMA HORA DEPOIS, ela entrava mais uma vez no saguão do imenso prédio de tijolos. Foi até o mesmo guarda sentado atrás da escrivaninha.

— Ele ergueu os olhos.

— *Dobry dyen.*

Ela forçou um sorriso.

— *Dobry dyen.* Sou Dana Evans, e vim ver o comissário Shdanoff.

Ele encolheu os ombros.

— Lamento. Sem hora marcada...

Dana conteve a irritação.

— Tenho hora marcada.

Ele olhou-a, cético.

— *Da?* — Pegou um telefone e falou por um momento. Virou-se para ela. — Terceiro andar — disse, relutante. — Alguém a receberá lá.

O escritório do comissário Shdanoff era enorme, velho, e parecia ter sido decorado no início da década de 1920. Dentro da sala, dois homens sentados levantaram-se assim que ela entrou. O mais velho apresentou-se:

— Sou o comissário Shdanoff.

Sasha Shdanoff aparentava 50 e poucos anos. Era baixo e compacto, com ralos cabelos grisalhos, o rosto redondo, pálido, e olhos castanhos inquietos que não paravam de lançar-se por toda a sala como se estivessem à procura de alguma coisa. Ele falava com um sotaque pesado. Usava um terno marrom largo e sapatos pretos surrados. Indicou o segundo homem.

— Este é meu irmão, Boris Shdanoff.

Boris Shdanoff sorriu.

— Como vai, Srta. Evans?

Era completamente diferente do irmão. Parecia dez anos mais moço, com um nariz aquilino e queixo firme. Usava um terno Armani com uma gravata cinza Hermes. E quase não tinha sotaque.

Sasha Shdanoff disse, orgulhoso:

— Boris está de visita, veio dos Estados Unidos. É adido da embaixada russa no Congresso, em Washington.

— Tenho admirado seu trabalho, Srta. Evans — disse Boris Shdanoff.

— Obrigada.

— Que posso fazer por você? — perguntou Sasha Shdanoff. — Está com algum tipo de problema?

— Não, em absoluto — respondeu ela. — Eu queria fazer algumas perguntas sobre Taylor Winthrop.

Ele lançou-lhe um olhar perplexo.

— Que quer saber sobre Taylor Winthrop?

— Sei que trabalhou com ele, e que se viam de vez em quando, socialmente.

Sasha Shdanoff disse, cauteloso:

— *Da.*

— Eu queria que me desse sua opinião pessoal sobre ele.

— Que posso dizer? Acho que foi um bom embaixador para o seu país.

— Sei que ele era muito popular aqui e...

Boris Shdanoff interrompeu-a.

— Ah, sim. As embaixadas em Moscou dão muitas festas e Taylor Winthrop estava sempre...

Sasha Shdanoff censurou o irmão.

— *Dovolno!* — Voltou-se para Dana. — O embaixador às vezes ia às festas de embaixada. Gostava de pessoas. O povo russo gostava dele.

Boris Shdanoff interrompeu-o mais uma vez.

— Na verdade, ele me disse que, se pudesse...

Sasha Shdanoff cortou-o, irritado.

— *Molchat!* — Virou-se para Dana. — Como eu dizia, Srta. Evans, ele foi um excelente embaixador.

Ela olhou para Boris Shdanoff. Era óbvio que tentava dizer-lhe alguma coisa. Voltou-se para o comissário.

— O embaixador Winthrop envolveu-se em algum tipo de problema quando serviu aqui?

Sasha Shdanoff franziu as sobrancelhas.

— Problema? Não. — Evitava os olhos dela.

Está mentindo, pensou Dana. Insistiu:

— Comissário, sabe de algum motivo que levaria alguém a assassinar Taylor Winthrop e sua família?

Sasha Shdanoff arregalou os olhos.

— *Assassinar?* Os Winthrops? *Nyet. Nyet.*

— Não lhe vem nada mesmo à mente?

Boris Shdanoff disse:

— Na verdade...

Sasha Shdanoff cortou-o de chofre.

— Não havia motivo algum. Ele era um grande embaixador. — Tirou um cigarro de uma cigarreira de prata, e Boris apressou-se a acendê-lo para o irmão. — Há mais alguma coisa que gostaria de saber?

Dana olhou para os dois. *Eles estão ocultando alguma coisa,* pensou, *mas o quê? A coisa toda está caminhando por um labirinto sem saída.*

— Não. — Deu uma olhada em Boris ao dizer, devagar: — Se lembrar de alguma coisa, estarei no Hotel Sevastopol até amanhã de manhã.

Boris Shdanoff perguntou:

— Vai voltar para casa?

— Sim. Meu avião parte amanhã à tarde.

— Eu... — Boris Shdanoff começou a dizer alguma coisa, olhou para o irmão e calou-se.

— Até logo — disse Dana.

— *Proshchayte.*

— *Proshchayte.*

AO VOLTAR PARA seu quarto, telefonou para Matt Baker.

— Alguma coisa está acontecendo aqui, Matt, mas não consigo descobrir o que é, droga. Tenho a sensação de que poderia ficar meses em Moscou e não obter nenhuma informação útil. Voltarei para casa amanhã.

Alguma coisa está acontecendo aqui, Matt, mas não *consigo descobrir* o *que* é, *droga. Tenho a sensação de que poderia ficar meses em Moscou e não obter nenhuma informação útil. Voltarei para casa amanhã.*

Fim da fita.

O AEROPORTO SHEREMETYEVO II estava lotado aquela noite. Esperando o avião, Dana teve a mesma sensação desagradável de estar sendo observada, mas não conseguiu localizar ninguém em particular. *Eles estão em algum lugar lá fora.* E essa percepção a fez estremecer.

Capítulo 21

A Sra. Daley e Kemal foram ao Aeroporto Dulles esperar Dana. Ela não se dera conta da falta que sentia de Kemal. Ao vê-lo, envolveu-o num abraço apertado.

— Oi, Dana. Que bom ter você de volta. Trouxe um urso russo pra mim? — perguntou Kemal.

— Eu trouxe, mas o danado escapou.

Kemal abriu um largo sorriso.

— Vai ficar em casa agora?

— Pode apostar que sim — disse, carinhosa.

A Sra. Daley sorriu.

— Que boa notícia, Srta. Evans. Estamos tão felizes com sua volta.

— Também estou muito feliz por estar de volta.

No carro, seguindo para o apartamento, Dana perguntou:

— Como sente seu braço novo agora, Kemal? Está se acostumando com ele?

— É legal.

— Que bom. E como está se saindo na escola?

— Não estou mais no buraco.

— Nem mais brigas?

— Não.

— Que maravilha, querido. — Examinou-o por um momento. Parecia de algum modo diferente, quase submisso. Como se houvesse acontecido alguma coisa que tivesse mudado sua atitude. Mas, fosse o que fosse, ele sem dúvida parecia uma criança feliz.

Quando chegaram ao apartamento, Dana disse:

— Tenho de ir ao estúdio, mas voltarei logo e vamos jantar juntos. Vamos ao McDonald's. — *Aonde íamos com Jeff.*

Ao ENTRAR NO IMENSO prédio da WTN, teve a sensação de ter estado ausente um século. A caminho do escritório de Matt, foi cumprimentada por vários colegas.

— Que bom vê-la de volta, Dana. Sentimos sua falta.

— Que bom estar de volta.

— Ora, vejam quem está aqui. Fez boa viagem?

— Esplêndida. Obrigada.

— Este lugar não é o mesmo sem você.

Quando entrou no escritório de Matt, ele disse:

— Você emagreceu. Está horrível.

— Obrigada, Matt.

— Sente-se.

Ela pegou uma cadeira.

— Não tem dormido bem? — perguntou Matt.

— Não muito.

— Por falar nisso, nossos índices de audiência despencaram desde que você viajou.

— Fico lisonjeada.

— Elliot ficaria feliz se desistisse dessa matéria. Anda preocupado com você. — Não comentou como ele próprio andava preocupado com Dana.

Conversaram durante meia hora.

Quando Dana voltou à sua sala, Olivia cumprimentou-a:

— Bem-vinda. Faz... — O telefone tocou. Ela atendeu. — Escritório da Srta. Evans... Só um momento, por favor. — Olhou para Dana. — Pamela Hudson na linha um.

— Eu atendo. — Dana entrou em sua sala e pegou o telefone. — Pamela.

— Dana, você está de volta! Ficamos tão preocupados. A Rússia não é um dos lugares mais seguros para se estar nos tempos atuais.

— Eu sei. — Ela riu. — Um amigo comprou um aerossol de pimenta pra mim.

— Sentimos sua falta. Roger e eu gostaríamos que viesse tomar chá conosco esta tarde. Você está livre?

— Sim.

— Três horas?

— Perfeito.

O resto da manhã foi consumido com preparativos para as transmissões dos noticiários da noite.

ÀS 15 HORAS, Cesar cumprimentava-a na porta.

— Srta. Evans! — Um largo sorriso estendeu-se de um lado ao outro do rosto. — Que alegria vê-la de volta. Bem-vinda ao lar.

— Obrigada, Cesar. Como tem passado?

— Tudo ótimo, obrigado.

— O Sr. e a Sra...

— Sim. Estão à sua espera. Posso levar seu casaco?

Quando entrou na sala de estar, Roger e Pamela exclamaram ao mesmo tempo:

— Dana!

Pamela Hudson deu-lhe um abraço.

— A filha pródiga está de volta.

— Está com a aparência cansada — disse Roger Hudson.

— Parece ser o consenso geral.

— Sente-se, sente-se.

Uma empregada entrou trazendo uma bandeja com chá, biscoitos, bolinhos e croissants. Pamela serviu o chá.

Sentaram-se e Roger disse:

— Bem, conte-nos o que está acontecendo.

— O que está acontecendo é que receio não ter chegado a lugar algum. Sinto-me totalmente frustrada. — Ela respirou fundo. — Conheci um homem chamado Dieter Zander que disse ter sido vítima de uma cilada armada por Taylor Winthrop que o mandou para a prisão. Enquanto esteve lá, sua família foi aniquilada num incêndio. Culpa Winthrop pela morte deles.

Pamela disse:

— Então ele tinha um motivo para matar toda a família Winthrop.

— Isso mesmo. Mas tem mais — disse Dana. — Falei com um homem chamado Marcel Falcon na França. O filho dele foi morto por atropelamento e o motorista fugiu. O chofer de Taylor Winthrop se confessou culpado, mas agora afirma que quem dirigia era Taylor Winthrop.

Roger disse, pensativo:

— Falcon fazia parte da Comissão da OTAN em Bruxelas.

— Certo. E o chofer lhe disse que foi Taylor Winthrop quem matou o filho dele.

— Entendo. O que também lhe dá um motivo.

— Exatamente. Já ouviu falar de Vincent Mancino?

Roger Hudson pensou por um momento.

— Não.

— Ele é da Máfia. Taylor Winthrop engravidou a filha dele e mandou-a a um charlatão que lhe fez um aborto malfeito. A filha hoje vive num convento e a mãe num sanatório.

— Meu Deus.

— A questão é que todos os três têm fortes motivos para vingança. — Dana deu um suspiro de frustração. — Mas não posso provar nada.

Roger lançou um olhar pensativo a Dana.

— Então Taylor Winthrop foi mesmo culpado de todas essas coisas terríveis.

— Quanto a isso, não há a menor dúvida, Roger. Qualquer um deles que estiver por trás dos assassinatos orquestrou todos brilhantemente. Não deixou pistas... nenhuma. Cada assassinato teve um diferente *modus operandi,* por isso não há nenhum padrão óbvio. Cada detalhe foi cuidadosamente planejado. Nada foi deixado ao acaso. Não existe sequer uma testemunha para nenhuma das mortes.

Pamela disse, pensativa:

— Sei que pode parecer meio forçado, mas... há alguma possibilidade de todos eles terem se juntado para conseguir vingança?

Dana balançou a cabeça.

— Não acredito que tenha havido conluio. Os homens com quem conversei são muito poderosos. Acho que cada um ia querer se vingar sozinho. Só um deles é culpado.

Mas qual?

Dana, de repente, olhou para o relógio de pulso.

— Por favor, me desculpem. Prometi levar Kemal ao McDonald's, e se me apressar posso fazer isso antes de voltar ao trabalho.

— Claro, querida — disse Pamela. — Entendemos perfeitamente. Obrigada por aparecer.

Dana levantou-se.

— E obrigada a vocês dois pelo delicioso chá e apoio moral.

Ao levar Kemal para a escola na segunda-feira, Dana disse:

— Deixei de fazer isso por algum tempo, mas agora estou de volta.

— Fico feliz — disse Kemal, bocejando.

Dana percebeu que ele não parara de bocejar desde que acordara.

— Você dormiu bem ontem à noite, Kemal? — perguntou.

— Acho que sim. — Bocejou mais uma vez.

— Que faz na escola? — perguntou Dana.

— Quer dizer, além da história terrível e do inglês chato?

— Sim.

— Jogo futebol.

— Não está fazendo coisas *demais*, não é Kemal?

— Nããão.

Ela deu uma olhada na frágil figura a seu lado. Parecia que toda a energia tinha se esvaído do menino. Estava estranhamente quieto. Dana se perguntou se não devia levá-lo a um médico. Talvez se informasse sobre algumas vitaminas que lhe dessem energia. Conferiu as horas no relógio de pulso. A reunião de produção dos noticiários da noite ia ser dali a uma hora e meia.

A MANHÃ TRANSCORREU rápida, era gostoso sentir-se de volta ao seu mundo. Quando retornou ao escritório, Dana encontrou um envelope lacrado na mesa com seu nome. Abriu-o. A carta dentro dizia:

"Srta. Evans: Tenho a informação que deseja. Fiz uma reserva em seu nome no Hotel Soyuz, em Moscou. Venha imediatamente. Não diga a ninguém sobre isso."

Não era assinada. Dana leu mais uma vez a carta, sem acreditar. *Tenho a informação que deseja.*

Claro que era algum tipo de ardil. Se alguém na Rússia tinha a resposta que ela procurava, por que, fosse quem fosse, não lhe dera quando ainda estava lá? Dana pensou no encontro que teve com o comissário Sasha Shdanoff e o irmão dele, Boris. Boris parecia ansioso por falar com ela, e Sasha não parou de cortá-lo. Ela ficou sentada ali, à mesa, pensando. Como o bilhete tinha chegado até lá? Será que estava sendo vigiada?

Vou esquecer isso, decidiu. Enfiou a carta na bolsa. *Vou rasgá-la quando chegar em casa.*

DANA PASSOU A noite com Kemal. Achara que ele ficaria fascinado com o novo jogo de computador que tinha comprado em Moscou, mas ele mostrou-se indiferente. Às 21 horas, pôs-se a fechar os olhos.

— Estou com sono, Dana. Vou pra cama.

— Tudo bem, querido. — Viu-o entrar no quarto e pensou: *Ele mudou muito. Parece outro garoto. Bem, de agora em diante vamos ficar juntos. Se alguma coisa o estiver aborrecendo, vou descobrir o que é.* Estava na hora de partir para o estúdio.

NO APARTAMENTO vizinho, o inquilino olhou o aparelho de televisão e disse no microfone de um gravador.

— O alvo foi para o estúdio de televisão fazer sua transmissão. O garoto foi para a cama. A governanta está costurando.

— ESTAMOS AO VIVO! — A luz vermelha da câmera acendeu.

A voz do locutor saiu estrondosa.

— Boa noite. Começa agora o jornal das 23 horas na WTN com Dana Evans e Richard Melton.

Dana sorriu para a câmera.

— Boa noite. Com vocês, Dana Evans.

Sentado a seu lado, Richard Melton disse:

— E Richard Melton.

Ela começou:

— Iniciamos nosso jornal esta noite com uma terrível tragédia na Malásia...

Meu lugar é aqui, pensou, *não correndo pelo mundo afora em alguma caça ao ganso selvagem.*

O noticiário transcorreu bem. Quando retornou ao apartamento, Dana encontrou Kemal dormindo. Após dar boa-noite à Sra. Daley, também foi se deitar, mas não conseguiu dormir.

Tenho a informação que deseja. Fiz uma reserva em seu nome no Hotel Soyuz, em Moscou. Venha imediatamente. Não diga a ninguém sobre isso.

É uma cilada. Voltar a Moscou seria uma loucura, pensou. *Mas e se for verdade? Quem ia se dar todo esse trabalho? E por quê? A carta só podia ter vindo de Boris Shdanoff. E se ele realmente souber de alguma coisa?* Passou a noite toda acordada.

ASSIM QUE SE LEVANTOU de manhã, telefonou para Roger Hudson.

— Roger... — Contou-lhe sobre o bilhete.

— Meu Deus. Não sei o que dizer. — Parecia empolgado. — Esse bilhete talvez queira dizer que alguém está disposto a falar a verdade sobre o que aconteceu aos Winthrop.

— Eu sei.

— Dana, poderia ser perigoso. Não gosto disso.

— Se eu não for, jamais descobriremos a verdade.

Ele hesitou.

— Acho que tem razão.

Ele disse, relutante:

— Muito bem. Quero que me mantenha informado o tempo todo.

— Prometo, Roger.

DANA ESTAVA NA Agência de Viagens Corniche, comprando uma passagem de ida e volta para Moscou. Era sexta-feira. *Espero não ter ido longe demais,* pensou. Deixou um recado para Matt, contando-lhe o que estava acontecendo.

Quando voltou para o apartamento, disse à Sra. Daley:

— Receio que terei de me ausentar mais uma vez. São só dois dias. Cuide bem de Kemal.

— Não precisa se preocupar com nada, Srta. Evans. Ficaremos bem.

O INQUILINO NO apartamento vizinho afastou-se do aparelho de televisão e deu um telefonema apressado.

Ao embarcar no avião da Aeroflot para Moscou, Dana pensou: *É um* déjà vu. *Talvez eu devesse ter ouvido Roger. Pode ser uma armadilha. Mas se a resposta estiver em Moscou, vou descobri-la.* Acomodou-se para o longo voo.

Quando o avião pousou no agora conhecido Aeroporto Sheremetyevo II, Dana foi pegar a maleta e saiu ao encontro de uma cegante tempestade de neve. Havia uma longa fila de viajantes à espera de táxis. Ela ficou ali no vento frio, agradecida pelo casaco quente. Quarenta e cinco minutos depois, quando chegou afinal sua vez, um homem corpulento tentou com um tranco passar-lhe à frente.

— *Nyet!* — disse Dana com firmeza. — Este é o meu táxi. — E entrou.

O motorista disse:

— *Da?*

— Quero ir ao Hotel Soyuz.

Ele voltou-se para olhá-la de frente e perguntou, num inglês estropiado:

— Tem certeza de querer ir para lá?

— Por quê? Que quer dizer? — perguntou ela, sem entender.

— É um hotel muito não bom.

Dana sentiu um frêmito de alarme. *Tenho certeza? Tarde demais para desistir agora.* O motorista esperava uma resposta.

— Sim. Eu... tenho certeza.

O motorista encolheu os ombros, engrenou o táxi e partiu, entrando no tráfego movido a neve.

E se não tiver reserva alguma no hotel? E *se tudo isso não passar* de *alguma brincadeira estúpida?*, pensou Dana.

O Hotel Soyuz localizava-se num distrito operário nas imediações de Moscou, na rua Levoberezhnaya. Era um prédio velho, nada convidativo nem atraente, com a pintura marrom no exterior descascada.

— Quer que eu espere? — perguntou o taxista.

Dana hesitou por apenas um instante.

— Não. — Pagou, saltou do táxi, e o vento gelado impeliu-a para dentro de um pequeno saguão mal cuidado. Sentada atrás do balcão, uma velha lia uma revista. Ergueu os olhos, surpresa, quando Dana entrou. Ela aproximou-se do balcão.

— *Da?*

— Creio que tenho uma reserva. Dana Evans. — Prendia a respiração.

A mulher fez que sim com a cabeça, devagar.

— Dana Evans, sim. — Virou-se para trás e pegou uma chave de um escaninho. — Quarto andar, quarto 402. — Entregou-a a Dana.

— Onde me registro?

A mulher balançou a cabeça.

— Sem registro. Você paga agora. Um dia.

Dana teve uma nova sensação de alarme. Um hotel na Rússia onde estrangeiros não tinham que se registrar? Alguma coisa estava errada.

A mulher disse:

— Quinhentos rublos.

— Vou precisar trocar algum dinheiro — disse Dana. — Depois.

— Não. Agora. Aceito dólares.

— Tudo bem. — Ela enfiou a mão na bolsa e pegou um punhado de notas.

A mulher fez que sim com a cabeça, estendeu a mão e puxou seis delas.

Acho que eu poderia ter comprado o *hotel com isso.* Dana olhou em volta e perguntou:

— Onde fica o elevador?

— Sem elevador.

— Oh. — Era óbvio que um carregador estava fora de questão. Dana pegou a mala e começou a subir a escada.

O quarto era ainda pior do que imaginava. Pequeno, bagunçado, as cortinas rasgadas e a cama desfeita. Como Boris ia entrar em contato com ela? *Isso talvez seja um embuste,* pensou Dana, *mas por que alguém ia se dar todo aquele trabalho?*

Sentou-se na beira da cama e olhou pela janela embaçada, suja, a vista da rua movimentada embaixo.

Fui uma maldita estúpida, pensou. *Talvez fique sentada aqui durante dias e nada...*

Ouviu uma leve batida na porta. Dana respirou fundo e levantou-se. Ia desvendar o mistério agora ou descobrir que não havia mistério algum. Foi até a porta e abriu-a. Ninguém no corredor. No chão, um envelope. Dana pegou-o e levou-o para dentro. O pedaço de papel dizia: "*VDNKh 21 horas*". Dana examinou-o, tentando ver algum sentido naquilo. Abriu a maleta e pegou o guia de Moscou que comprara. Ali estava, VDNKh. O texto dizia: "*Exposição das realizações econômicas da URSS*", e dava um endereço.

Às 20 horas Dana fazia sinal para um táxi.

— *VDNKh*... o parque? — Não sabia ao certo a pronúncia.

O motorista virou-se e olhou para ela.

— *VDNKh?* Tudo fechado.

— Oh.

— Ainda quer ir até lá?

— Sim.

O motorista encolheu os ombros e o táxi avançou.

O ENORME PARQUE ficava no setor nordeste de Moscou. Segundo o guia, as suntuosas exposições haviam sido planejadas como um monumento à glória soviética, mas quando a economia entrou em recessão cortaram-se os financiamentos e o parque se transformou num monumento decadente ao dogma soviético. Os grandiosos pavilhões desmoronavam e o parque estava deserto.

Saltou do táxi e pegou um punhado de dinheiro americano.

— Isso é...

— *Da.* — Ele pegou as moedas e um momento depois desapareceu.

Dana olhou em volta. Estava sozinha no parque enregelante e varrido pelo vento. Dirigiu-se a um banco próximo e sentou-se à espera de Boris. Lembrou-se de quando tinha esperado no Zoológico por Joan Sinisi. *E se Boris...*

Uma voz por trás assustou-a.

— *Horoshiy vyecherniy.*

Dana virou-se e seus olhos arregalaram-se de surpresa. Esperara Boris Shdanoff. Em vez dele, via o comissário Sasha Shdanoff.

— Comissário! Não esperava que...

— Você vai me seguir — disse ele de chofre. Sasha Shdanoff pôs-se a andar rapidamente pelo parque. Ela hesitou um instante, depois apertou o passo atrás dele. O comissário entrou num café de aparência rústica na borda do parque e sentou-se num reservado. Só havia um outro casal em todo o café. Dana atravessou-o até o reservado e sentou-se diante de Sasha Shdanoff.

Uma garçonete desmazelada com um avental sujo aproximou-se.

— *Da?*

— *Dva cofe, pozhalooysta* — disse Shdanoff. Voltou-se de novo para Dana. — Eu não tinha certeza de que viria, mas você é muito persistente. Isso às vezes pode ser muito perigoso.

— Você disse no bilhete que poderia me dizer o que quero saber.

— Sim. — O café chegou. Ele sorveu um gole e ficou calado por um momento. — Quer saber se Taylor Winthrop e sua família foram assassinados.

O coração de Dana começou a bater mais rápido.

— Foram?

— Foram. — Isso chegou como um arrepiante sussurro.

Ela sentiu um estremecimento repentino.

— Quem...

Ele ergueu a mão para detê-la.

— Vou lhe contar, mas primeiro precisa fazer alguma coisa por mim.

Dana olhou para ele e perguntou, cautelosa.

— Tire-me da Rússia. Não estou mais seguro aqui.

— Por que simplesmente não vai para o aeroporto e embarca num avião? Pelo que sei, viajar para o exterior não é mais proibido.

— Cara Srta. Evans, você é ingênua. Muito ingênua. É verdade que as coisas não são mais como nos velhos dias do comunismo, mas se eu tentasse fazer o que sugere eles me matariam antes mesmo que eu chegasse ao aeroporto. Estou correndo grande perigo. Preciso de sua ajuda.

Ela precisou de alguns instantes para absorver as palavras dele. Lançou-lhe um olhar desanimado.

— Não posso tirar você... não saberia por onde começar.

— Mas precisa. Precisa encontrar um meio. Minha vida está em perigo.

Dana ficou pensativa por um momento.

— Posso falar com o embaixador americano e...

— Não! — A voz de Sasha Shdanoff foi incisiva.

— Mas é o único meio...

— Seu embaixador tem ouvidos de traidor. Ninguém deve saber disso, além de você e de quem for ajudá-la. Seu embaixador não pode me ajudar.

De repente, sentiu-se deprimida. Não via nenhum meio possível de tirar clandestinamente da Rússia um comissário russo. *Eu não conseguiria tirar nem sequer um gato deste país.* E outro pensamento também a invadiu. Toda essa coisa era na certa um ardil. Sasha Shdanoff não só tinha informação alguma. Usava-a para tentar chegar aos Estados Unidos. Aquela viagem de nada lhe servira.

— Receio não poder ajudá-lo, comissário Shdanoff. — Levantou-se, furiosa.

— Espere! Você quer prova? Eu lhe darei a prova.

— Que tipo de prova?

Ele levou um longo tempo para responder. Quando falou, disse as palavras devagar.

— Está me obrigando a fazer uma coisa que não tenho o menor desejo de fazer. — Levantou-se. — Venha comigo.

TRINTA MINUTOS DEPOIS, subiam a escada pela entrada privada nos fundos dos escritórios de Shdanoff, no Departamento Internacional de Desenvolvimento Econômico.

— Eu poderia ser executado pelo que estou prestes a lhe dizer — disse Sasha Shdanoff quando chegaram. — Mas não me resta outra opção. — Fez um gesto de impotência. — Porque serei assassinado se ficar aqui.

Dana viu Shdanoff dirigir-se a um grande cofre embutido na parede. Girou a combinação de números, abriu o cofre e tirou um livro grosso. Levou-o para sua escrivaninha. Na capa do livro, lia-se em letras vermelhas: *"Klassifitsirovann'gy"*.

— Isto é informação classificada como altamente confidencial — disse o comissário Shdanoff a Dana. Ele abriu o livro.

Ela olhava-o atenta enquanto ele virava as páginas devagar. Cada página continha fotografias de bombardeiros, veículos de lançamento espacial, mísseis antibalísticos, mísseis ar-terra, armas automáticas, tanques e submarinos.

— Esse é o arsenal completo da Rússia. — Parecia enorme, mortal. — Nesse momento, a Rússia tem mais de mil mísseis balísticos intercontinentais, mais de duas mil ogivas atômicas e setenta bombardeiros estratégicos. — Ele apontava várias armas enquanto passava as páginas. — Este é o Awl... Acrid... Apphid... Anab... Archer... Nosso arsenal nuclear rivaliza com o dos Estados Unidos.

— É muito, muito impressionante.

— As Forças Armadas russas passam por graves problemas, Srta. Evans. Enfrentamos uma crise. Não há dinheiro para pagar os soldados, e o moral anda muito baixo. O presente oferece pouca esperança, e o futuro parece pior, por isso os militares estão sendo obrigados a se voltarem para o passado.

— Eu... receio não entender como isso...

— Quando a Rússia era uma verdadeira superpotência, construíamos mais armas do que até mesmo os Estados Unidos. Essas armas estão guardadas aqui. Há dezenas de países famintos por elas. Valem bilhões.

Dana disse, paciente:

— Comissário, entendo o problema, mas...

— Este não é o problema.

Dana lançou-lhe um olhar, aturdida.

— Não? Então qual é?

Shdanoff escolheu cuidadosamente suas palavras seguintes.

— Já ouviu falar de Krasnoyarsk-26?

Dana balançou a cabeça.

— Não.

— Não me surpreende. Não existe em nenhum mapa, e as pessoas que vivem lá também não existem oficialmente.

— De que está falando?

— Você vai ver. Amanhã a levarei lá. Vai me encontrar no mesmo café ao meio-dia. — Pôs a mão no braço de Dana e apertou-o com força. — Não deve contar isso a ninguém. — Ele a machucava. — Entendeu?

— Sim.

— *Orobopeno.* Combinado.

NO DIA SEGUINTE ao meio-dia, Dana chegou ao pequeno café no Parque VDNKh. Entrou e sentou-se no mesmo reservado, à espera. Meia hora depois, Shdanoff ainda não havia chegado. *Que aconteceu agora?*, perguntou-se, ansiosa.

— *Dobry dyen.* — Sasha Shdanoff tinha parado diante do reservado. — Venha. Precisamos fazer compras.

— Compras? — perguntou ela, incrédula.

— Venha.

Dana seguiu-o dentro do parque.

— Compras para quê?

— Para você.

— Eu não preciso...

Shdanoff fez sinal para um táxi e seguiram num tenso silêncio até um shopping. Desceram e Shdanoff pagou ao motorista.

— Aqui — disse Sasha Shdanoff.

Entraram no prédio e passaram por umas dez lojas. Quando chegaram diante de uma com a vitrine cheia de lingerie sexy, provocativa, Shdanoff parou.

— Aqui. — Ele levou Dana até o interior.

Dana olhou em volta acessórios obscenos.

— Que estamos fazendo aqui?

— Você vai trocar de roupa.

Uma vendedora aproximou-se deles e houve um rápido diálogo em russo. A vendedora fez que sim com a cabeça e alguns minutos depois voltou com uma minissaia rosa-shocking e uma blusa listrada, bem justa e curta.

Shdanoff aprovou com um movimento da cabeça.

— *Da.* — Virou-se para Dana. — Ponha essas roupas.

Dana recuou.

— Não! Não vou vestir isso. Que acha...

— Você precisa. — A voz era firme.

— Por quê?

— Você verá.

Dana pensou: *Esse homem deve ser algum tipo de maníaco sexual. Por que diabos tenho de vestir isso!*

Shdanoff observava-a.

— Então?

Ela respirou fundo.

— Está bem. — Foi até uma cabine minúscula e pôs a roupa. Quando saiu, deu uma olhada num espelho e suspirou. — Pareço uma prostituta.

— Ainda não — informou Shdanoff. — Vamos ter de pôr alguma maquiagem carregada em você.

— Comissário...

— Venha.

As roupas de Dana foram postas numa sacola de papel. Ela vestiu o casaco de lã, tentando esconder o traje o máximo possível. Seguiram mais uma vez pelo shopping. Os passantes lançavam olhares a Dana, e homens davam-lhe sorrisos insinuantes. Um operário piscou os olhos para ela. Sentia-se degradada.

— Aqui!

Pararam diante de um salão de beleza. Sasha Shdanoff entrou. Dana hesitou, seguindo-o depois. Ele foi até o balcão.

— *Ano tyomnyj* — disse.

A esteticista mostrou-lhe um tubo de batom vermelho vivo e um estojo de blush.

— *Savirshehnstva* — disse Shdanoff. Voltou-se para Dana. — Ponha em você. Pesado.

Ela chegara ao limite.

— Não, obrigada. Não sei que tipo de jogo está armando, comissário, mas não vou participar dele. Já...

Shdanoff varou-lhe os olhos com os dele.

— Asseguro-lhe que não é um jogo, Srta. Evans. Krasnoyarsk-26 é uma cidade fechada. Sou um dos poucos que têm acesso a ela. Permitem a pouquíssimos de nós levarmos prostitutas durante o dia. É o único meio possível que tenho para fazê-la passar pelos guardas. Isso e uma excelente vodca como pagamento por sua entrada. Está interessada, ou não?

Cidade fechada? Guardas? Até onde iremos com isso?

— Estou — disse ela, relutantemente decidida. — Estou interessada.

Capítulo 22

UM JATO MILITAR ESPERAVA-OS numa área privada do Aeroporto Sheremetyevo II. Dana ficou surpresa ao constatar que ela e Shdanoff eram os únicos passageiros.

— Para onde estamos indo? — perguntou.

Sasha Shdanoff deu-lhe um sorriso sinistro.

— Para a Sibéria.

Sibéria. Dana sentiu um nó no estômago.

— Oh.

O voo levou três horas. Ela tentou puxar conversa, esperando ter uma ideia do que ia enfrentar, mas Shdanoff ficou sentado na poltrona calado e com a expressão carrancuda.

Quando o avião pousou no pequeno aeroporto que lhe pareceu ficar no meio de lugar nenhum, um sedã Lada 2110 esperava-os no macadame congelado. Dana olhou em volta para a paisagem mais desolada que já tinha visto.

— Este lugar onde vamos fica longe daqui? — *E será que vou voltar?*

— É uma distância curta. Precisamos ter muito cuidado.

Ter muito cuidado com o quê?

Um curto trajeto aos solavancos levou-os ao que pareceu uma pequena estação de trem. Na plataforma havia uns seis guardas uniformizados e com grossos agasalhos.

Quando Dana e Shdanoff se aproximaram, os guardas lançaram olhares amorosos e impertinentes ao traje indecoroso de Dana. Um deles apontou para ela e deu um sorrisinho afetado.

— *Ti vezuchi!*

— *Kakaya krasivaya zhenshina!*

Shdanoff deu um sorriso aberto e disse alguma coisa em russo que fez os guardas rirem.

Não quero saber, ela decidiu.

Shdanoff embarcou no trem e Dana seguiu-o, mais confusa que nunca. *Para onde poderia ir um trem no meio daquela tundra deserta e congelada?* Dentro do vagão a temperatura era enregelante.

A locomotiva pôs-se em movimento e, passados alguns minutos, entrou num túnel iluminado que varava o coração de uma montanha. Dana olhou a rocha dos dois lados, a centímetros de distância, e teve a sensação de que mergulhava em algum sonho misterioso, surrealista.

Virou-se para Shdanoff.

— Poderia, por favor, me dizer para onde estamos indo?

O trem deu um tranco e parou.

— Já chegamos.

Desembarcaram e seguiram em direção a um prédio de formas estranhas a uns 100 metros adiante. Diante do prédio, erguiam-se duas cercas de arame farpado proibitivas ao olhar, patrulhadas por soldados armados até os dentes. Quando Dana e Sasha Shdanoff se aproximaram dos portões, os soldados os saudaram.

Shdanoff sussurrou:

— Ponha o braço no meu, me beije e ria.

Jeff jamais acreditará nisso, pensou ela. Envolveu o braço no de Shdanoff, beijou-o na face e forçou um sorriso falso.

Os portões abriram-se e os dois cruzaram a entrada de braços dados. Os soldados lançaram olhares invejosos ao comissário Shdanoff entrando com sua bela prostituta. Para espanto de Dana, o prédio onde haviam entrado ficava acima de uma estação que descia para o subsolo. Entraram no compartimento do elevador e a porta fechou-se com estrépito.

Ao descerem, Dana perguntou:

— Para onde estamos indo?

— Descendo por dentro da montanha. — O elevador ganhava velocidade.

— Qual a distância para baixo da montanha?

— Cento e oitenta metros.

Dana olhou para ele, incrédula.

— Vamos descer 180 metros para baixo de uma montanha? Por quê? O que tem lá?

— Você vai ver.

Minutos depois, o elevador começou a diminuir a velocidade, parou e as portas abriram-se automaticamente.

— Chegamos, Srta. Evans — disse o comissário Shdanoff.

Mas que lugar é este?

Os dois saíram do elevador e não haviam andado mais de 6 metros quando Dana parou, em choque. Viu-se seguindo pela rua de uma cidade moderna, com lojas, restaurantes e teatros. Homens e mulheres andavam pelas calçadas e, de repente, ela percebeu que usava um sobretudo. Começou a sentir-se aquecida. Virou-se para Shdanoff:

— Estamos debaixo de uma montanha?

— Isso mesmo.

— Mas... — Ela admirou a incrível paisagem que se estendia diante de si. — Não entendo. Que lugar é este?

— Eu lhe disse. Krasnoyarsk-26.

— É um daqueles abrigos antiaéreos?

— Ao contrário — disse Shdanoff, enigmático.

Dana olhou mais uma vez os prédios modernos em volta.

— Comissário, qual o sentido deste lugar?

Ele lançou-lhe um olhar longo, intenso.

— Você ficaria em melhor situação se não soubesse o que estou prestes a lhe dizer.

Dana teve uma vívida sensação de alarme.

— Conhece alguma coisa sobre plutônio?

— Não muito.

— Plutônio é o combustível de uma ogiva nuclear, o ingrediente básico nas armas atômicas. O único propósito da existência de Krasnoyarsk-26 é fazer plutônio. Cem mil cientistas e técnicos vivem e trabalham aqui, Srta. Evans. No início, recebiam o que existia de mais excelente em comida, roupas e moradia. Mas todos estão aqui com uma restrição.

— Sim?

— Têm de concordar em jamais deixar Krasnoyarsk-26.

— Quer dizer...

— Não podem sair. Para sempre. São obrigados a desligar-se completamente do resto do mundo exterior.

Dana olhou para as pessoas nas ruas aquecidas e pensou consigo mesma.

Isso não pode ser real.

— Onde eles fazem o plutônio?

— Vou lhe mostrar. — Um bonde elétrico aproximava-se. — Venha.

Shdanoff entrou no bonde e Dana seguiu-o. Percorreram a movimentada rua principal e, no fim dela, entraram num labirinto de túneis mal-iluminados.

Ela pensou no incrível trabalho e em todos os anos que deviam ter sido consumidos na construção daquela cidade. Em alguns minutos, as luzes começaram a ficar mais fortes e o bonde parou.

Estavam diante da entrada de um enorme laboratório intensamente iluminado.

— Saltamos aqui.

Dana seguiu Shdanoff e olhou em volta, assombrada. Na imensa gruta, alojavam-se três reatores gigantescos. Dois estavam desativados, mas o terceiro operava e cercado por um ocupado quadro de técnicos.

Shdanoff disse:

— As máquinas nesta sala podem produzir plutônio para fazer uma bomba atômica a cada três dias. — Indicou uma em funcionamento. — Aquele reator continua produzindo meia tonelada de plutônio por ano, o suficiente para fazer uma centena de bombas. O plutônio armazenado na sala seguinte vale o resgate de um czar.

— Comissário, se eles têm todo esse plutônio, por que continuam fazendo mais? — perguntou Dana.

— É o que vocês americanos chamam de *Ardil-22*, um dilema insolúvel — disse Shdanoff, com um sorriso forçado. — Não podem desligar o reator porque o plutônio fornece a energia para a cidade em cima. Se interromperem o funcionamento dele, não haverá mais luz nem calor, e as pessoas lá em cima logo morrerão congeladas.

— Isso é terrível — disse Dana. — Se...

— Espere. O que tenho a lhe dizer é pior ainda. Devido à situação da economia russa, não há mais dinheiro para pagar os cientistas e técnicos que trabalham aqui. Eles não recebem há meses. As lindas casas que ganharam anos atrás estão se deteriorando, e não há dinheiro para consertá-las. Todos os luxos desapareceram. As pessoas aqui começaram a ficar desesperadas. Entende o paradoxo? A quantidade de plutônio estocada aqui vale indizíveis bilhões de dólares, mas as pessoas que o criaram nada mais têm e estão começando a ficar famintas.

— Acha que eles poderiam vender parte do plutônio a outros países? — perguntou Dana, devagar.

Ele fez que sim com a cabeça.

— Antes de Taylor Winthrop se tornar embaixador na Rússia, amigos lhe contaram sobre Krasnoyarsk-26 e perguntaram se ele queria fazer um acordo. Após conversar com alguns cientistas aqui, que se sentiam traídos por seu governo, Winthrop ficou doido para fazer um acordo. Mas era complicado, e ele tinha de esperar até que todas as peças se encaixassem.

Ele parecia um doido. Disse alguma coisa como: "Todas as peças se encaixaram."

Dana respirava com dificuldade.

— Logo depois disso, Taylor Winthrop tornou-se embaixador americano na URSS. Ele e seu sócio colaboraram com alguns dos cientistas rebeldes e começaram a contrabandear plutônio para uma dezena de países, entre eles Líbia, Irã, Iraque, Paquistão, Coreia do Norte e China.

Afinal todas as peças se encaixaram! Ser embaixador era importante para Taylor Winthrop só porque ele tinha de ficar perto para controlar a operação.

O comissário continuava.

— Era fácil, Srta. Evans, porque um volume de plutônio do tamanho de uma bola de tênis é suficiente para fazer uma bomba atômica. Taylor Winthrop e seu parceiro estavam fazendo bilhões de dólares. Administravam tudo com muita inteligência e competência, ninguém suspeitava de nada. — Ele parecia ressentido. — A Rússia se tornou uma loja de guloseimas, só que em vez de comprar guloseimas, podem-se comprar bombas atômicas, tanques, aviões de caça e sistemas de mísseis.

Dana tentava digerir tudo que ouvia.

— Por que Taylor Winthrop foi assassinado?

— Ele ficou ganancioso e decidiu criar um negócio só para si. Quando o sócio descobriu o que estava fazendo, mandou assassiná-lo.

— Mas... mas por que assassinar toda a família?

— Depois que Taylor Winthrop e a mulher morreram no incêndio, o filho Paul tentou chantagear o sócio, por isso ele mandou matá-lo. E depois decidiu não correr risco algum de que os outros filhos viessem a saber do negócio do plutônio, portanto mandou assassinar todos. Fez de um jeito que as mortes parecessem acidentes.

Dana olhou para ele, horrorizada.

— Quem era o sócio de Taylor Winthrop?

O comissário Shdanoff balançou a cabeça.

— Já sabe bastante por ora, Srta. Evans. Eu lhe direi o nome quando me tirar da Rússia. — Conferiu as horas em seu relógio de pulso. — Agora precisamos partir.

Dana voltou-se para dar uma última olhada no reator que não podia ser desligado, a expelir plutônio letal 24 horas por dia.

— O governo dos Estados Unidos sabe da existência de Krasnoyarsk-26?

Shdanoff fez que sim com a cabeça.

— Oh, sim. Têm pavor disso. O Departamento de Estado vem trabalhando freneticamente conosco para transformar esses reatores em alguma coisa menos letal. Enquanto isso... — Deu de ombros.

No elevador, o comissário Shdanoff perguntou:

— Conhece a Agência Federal de Pesquisas, AFP?

Dana olhou para ele e respondeu, cautelosa:

— Conheço.

— Eles também estão envolvidos nisso.

— Como? — E nesse momento a compreensão atingiu-a. *Por isso é que o general Booster não parou de me avisar para que me afastasse.*

Chegaram à superfície e saíram do elevador. Shdanoff disse:

— Tenho um apartamento aqui. Vamos para lá.

Quando se puseram a seguir pela rua, Dana reparou numa mulher vestida igual a ela agarrada aos braços de um homem.

— Aquela mulher... — começou a dizer.

— Já lhe expliquei. Alguns homens têm permissão para usar prostitutas durante o dia. Mas à noite elas têm de ir para um alojamento vigiado. Não podem saber nada do que se passa no subsolo.

Ao seguirem pela rua, Dana percebeu que a maioria das vitrines das lojas estava vazia.

Os luxos desapareceram. O Estado não tem mais dinheiro para pagar os dentistas e técnicos que trabalham aqui. Eles não recebem há meses. Olhou para um prédio alto na esquina e viu que em vez de um relógio havia um grande instrumento instalado no topo.

— Que é aquilo? — perguntou.

— Um medidor Geiser, um alarme para o caso de ocorrer alguma coisa errada com os reatores. — Viraram numa rua lateral cheia de prédios de apartamentos. — Meu apartamento é aqui. Precisamos ficar lá por algum tempo para que ninguém desconfie. A FSB investiga todo mundo.

— A FSB?

— É. Era chamada de KGB. Eles mudaram o nome. Mas só isso.

O apartamento era grande e luxuoso antes, mas havia se tornado decadente. Tinha as cortinas rasgadas, os tapetes gastos e a mobília precisava de restauração.

Dana sentou-se, pensando no que Sasha Shdanoff lhe dissera sobre a AFP. E em Jeff, que havia dito: *A agência é uma fachada. A verdadeira função da AFP é espionar os serviços secretos estrangeiros.* Taylor Winthrop foi durante um período presidente da AFP, trabalhando com Victor Booster.

Se eu fosse você, ficaria o mais longe possível do general Booster.

E em seu encontro com Booster. *Vocês, porras de jornalistas, não podem deixar os mortos em paz?* O general Booster tinha uma enorme organização secreta para levar a cabo os assassinatos.

E Jack Stone estava tentando protegê-la. *Tenha cuidado.* Se *Victor Booster soubesse apenas que falei com você...*

Os espiões da AFP estavam em toda parte e Dana sentiu-se de repente nua.

Sasha Shdanoff deu uma olhada no relógio de pulso.

— É hora de partir. Ainda não sabe como vai fazer para me tirar do país?

— Sim — disse Dana, devagar. — Acho que sei como conseguir isso. Preciso de um pouco de tempo.

QUANDO O AVIÃO tornou a pousar em Moscou, dois carros os esperavam. Shdanoff entregou-lhe um pedaço de papel.

— Vou ficar com uma amiga nos Apartamentos Chiaka. Ninguém sabe que estou lá. É o que a gente chama de uma "casa segura". Aqui está o endereço. Não posso voltar para minha casa. Esteja nesse endereço às 20 horas. Preciso conhecer seu plano.

Dana fez que sim com a cabeça.

— Está bem. Tenho de dar um telefonema.

QUANDO DANA VOLTOU ao saguão do Hotel Soyuz, a mulher atrás do balcão arregalou os olhos. *Não a culpo,* pensou. *Preciso tirar logo esta roupa horrível.*

Já no quarto, vestiu suas próprias roupas antes de dar um telefonema. Rezava, ouvindo-o chamar na outra ponta. *Por favor, estejam em casa. Por favor, estejam* em *casa.* Aí ouviu a abençoada voz de Cesar.

— Residência dos Hudson.

— Cesar, o Sr. Hudson está? — Percebeu que prendia a respiração.

— Srta. Evans! Que bom ouvir sua voz. Sim, o Sr. Hudson está aqui. Um momento, por favor.

Dana sentiu o corpo tremer de alívio. Se havia alguém que pudesse ajudá-la a levar Sasha Shdanoff para os Estados Unidos, Roger Hudson era a pessoa capaz de fazê-lo.

Momentos depois, ouvia a voz dele na linha.

— Dana?

— Roger, oh, graças a Deus encontrei você!

— Que foi que houve? Você está bem? Onde está?

— Estou em Moscou. Descobri por que Taylor Winthrop e sua família foram assassinados.

— *Como?* Meu Deus. Como você...?

— Conto-lhe tudo quando estivermos juntos. Roger, detesto ter de abusar mais uma vez, mas estou com um problema. Tem uma importante autoridade russa que quer fugir para os Estados Unidos. Chama-se Sasha Shdanoff. Ele corre risco de vida aqui. Sabe as respostas de tudo que aconteceu. Temos de tirá-lo daqui, e rápido! Você pode ajudar?

— Dana, nenhum de nós devia envolver-se numa coisa dessas. Vamos ficar em apuros.

— Temos de aproveitar essa chance. Não temos outra opção. É muito importante. Precisa ser feito.

— Não estou gostando nada dessa história, Dana.

— Lamento arrastá-lo para isso, mas não tenho ninguém mais a quem recorrer.

— Maldição, e... — Interrompeu-se. — Está bem. O melhor a fazer agora é levá-lo para a embaixada americana. Ele vai ficar seguro lá até bolarmos um plano de trazê-lo para os Estados Unidos.

— Ele não quer ir à embaixada. Não confia neles.

— Não tem outro jeito. Vou telefonar para o embaixador numa linha segura e lhe dizer que consiga proteção. Onde Shdanoff está agora?

— Esperando nos Apartamentos Chiaka. Na casa de uma amiga. Vou me encontrar com ele lá.

— Muito bem. Dana, quando você o pegar, vá direto para a embaixada. Não pare em lugar algum no caminho.

Dana sentiu uma onda de alívio.

— Obrigada, Roger. Quer dizer, *muito obrigada mesmo.*

— Tenha cuidado, Dana.

— Pode deixar.

— A gente se fala mais tarde.

Obrigada, Roger. Quer dizer, muito obrigada mesmo.
Tenha cuidado, Dana.
Pode deixar.
A gente se fala mais tarde.

Fim da fita.

ÀS 19H30, DANA SAIU sem ser vista pela entrada de serviço do Hotel Soyuz. Tomou uma viela e foi açoitada pelo vento gelado. Fechou o casacão bem junto de si, mas o vento atingia-lhe os ossos. Andou dois quarteirões, certificando-se de que não estava sendo seguida. Na primeira esquina movimentada, fez sinal para um táxi e disse ao motorista o endereço que Sasha Shdanoff tinha lhe dado. Quinze minutos depois, o táxi parava num prédio de apartamentos sem identificação.

— Eu espero? — perguntou o motorista.

— Não. — Na certa, o comissário Shdanoff teria um carro. Dana tirou alguns dólares da bolsa, estendeu a mão, o motorista grunhiu e pegou todos. Viu-o afastar-se e entrou no prédio. O saguão estava deserto. Ela olhou o pedaço de papel na mão, apartamento 2BE. Aproximou-se de um lance de escada em péssimo estado e subiu para o segundo andar. Ninguém por perto. Um longo corredor diante de si.

Pôs-se a atravessá-lo, devagar, verificando os números nas portas. 5BE... 4BE... 3BE... encontrou a porta do 2BE entreaberta.

Ficou tensa. Com cuidado, abriu-a com um empurrão e entrou. O apartamento estava escuro.

— Comissário...? — Esperou. Ninguém respondeu. — Comissário Shdanoff? — Um silêncio pesado. Viu um quarto adiante e dirigiu-se para lá. — Comissário Shdanoff?

Quando entrou no quarto escuro, tropeçou num objeto volumoso e caiu no chão. Estava deitada em alguma coisa macia e úmida. Cheia de náuseas, esforçou-se para levantar-se. Apalpou a parede até encontrar um interruptor. Apertou-o e o quarto inundou-se de luz. Dana tinha as mãos cobertas de sangue. No chão, estendia-se o objeto em que tropeçara: o corpo de Sasha Shdanoff. Estava deitado de costas, com o peito ensopado de sangue e a garganta cortada de uma orelha à outra.

Dana gritou. Ao fazer isso, olhou para a cama e viu o corpo ensanguentado de uma mulher de meia-idade com um saco de plástico envolto na cabeça. Sentiu um arrepio varrê-la da cabeça aos pés.

Histérica, saiu e desceu correndo a escada do prédio.

PARADO DIANTE da janela de um apartamento no prédio do outro lado da rua, ele carregava um pente de trinta disparos num fuzil AR-7 com silenciador. Usava um visor 3-6, aferido para até 65 metros. Movia-se com a graça fácil e a calma de um profissional. Era uma tarefa simples. A mulher devia sair do prédio a qualquer minuto. Ele sorriu com a ideia de como ela devia ter entrado em pânico ao encontrar os dois corpos ensanguentados. Agora era a sua vez.

A porta do prédio de apartamentos defronte abriu-se e ele ergueu cuidadosamente o fuzil, apoiando-o no ombro. Pelo visor, viu o rosto de Dana ao sair correndo para a rua, olhando frenética em volta, tentando decidir que lado tomar. Mirou com extremo cuidado para certificar-se de que ela ficasse no centro exato do visor e apertou delicadamente o gatilho.

Nesse instante, um ônibus parou diante do prédio, e a saraivada de balas atingiu a parte de cima do veículo, arrancando parte do teto. O franco-atirador olhou para baixo, incrédulo. Algumas balas haviam ricocheteado e entrado na alvenaria do prédio, mas o alvo saíra ileso. Pessoas saltavam em debandada do ônibus, aos gritos. Ele sabia que tinha de dar o fora dali. A mulher corria pela rua. *Não se preocupe. Os outros cuidarão dela.*

AS RUAS ESTAVAM geladas e o vento uivava, mas Dana nem percebeu. Achava-se em pânico total. Dois quarteirões adiante, chegou a um hotel e entrou correndo no saguão.

— Telefone? — disse ao recepcionista atrás do balcão.

Ele olhou para as mãos ensanguentadas de Dana e recuou.

— Telefone? — Ela quase gritava.

Nervoso, o recepcionista apontou para uma cabine telefônica num canto do saguão. Dana correu para dentro dela. Da bolsa, tirou um cartão telefônico e, com dedos trêmulos, ligou para a telefonista.

— Quero fazer uma chamada para os Estados Unidos. — As mãos tremiam. Entre dentes, tiritando, deu à telefonista o número do cartão, o de Roger Hudson, e esperou. Após o que pareceu uma eternidade, Dana ouviu a voz de Cesar.

— Residência dos Hudson.

— Cesar! Preciso falar com o Sr. Hudson. — A voz saiu engasgada.

— Srta. Evans?

— Depressa, Cesar, depressa!

Um minuto depois, ouvia a voz de Roger Hudson.

— Dana?

— Roger! — Lágrimas escorriam-lhe pelas faces. — Ele... ele está morto. Eles o as... assassinaram e à sua amiga.

— *Como?* Meu Deus, Dana. Não sei o que... Você está ferida?

— Não... mas eles estão tentando me matar.

— Agora, escute com muita atenção. Tem um avião da Air France que parte para Washington à meia-noite. Vou conseguir uma reserva para você nele. Não se deixe ser seguida até o aeroporto. Não tome um táxi aí. Vá direto para o Hotel Metropol. O hotel tem ônibus diretos que saem regularmente vão até o aeroporto. Pegue um. Misture-se à multidão. Estarei à sua espera quando chegar a Washington. Pelo amor de Deus, se cuide!

— Vou me cuidar, Roger. Obr... obrigada.

Desligou o telefone. Ficou ali parada por um instante, incapaz de mover-se. Não conseguia tirar da mente as sangrentas imagens de Shdanoff e sua amiga. Sorveu um longo hausto de ar, retirou-se da cabine, passou pelo recepcionista desconfiado e saiu para a noite congelante.

Um táxi parou na curva perto dela, e o motorista disse-lhe algo em russo.

— *Nyet* — respondeu Dana. Pôs-se a correr pela rua. Precisava primeiro voltar ao seu hotel.

DEPOIS QUE DESLIGOU o telefone, Roger Hudson foi correndo ao quarto onde Pamela se vestia para o jantar.

— Dana acabou de ligar de Moscou. Descobriu por que os Winthrop foram assassinados. Ela está em apuros.

Pamela disse:

— Então temos de cuidar dela já. — Ficou pensativa por um momento e acrescentou em seguida: — Roger... diga-lhes que façam parecer um acidente.

Capítulo 23

Em Raven Hill na Inglaterra, uma placa de proibida a entrada em letras vermelhas e uma alta cerca de ferro excluíam o mundo dos hectares florestais da sucursal da AFP no Reino Unido. Atrás da base estreitamente vigiada, uma série de antenas rastreadoras por satélite monitorava as comunicações a cabo e de ondas curtas que passavam pela Grã-Bretanha. Numa casa de concreto no centro do complexo industrial, quatro homens olhavam com atenção uma grande tela.

— Amplie a imagem dela, Scotty.

Eles viram quando a imagem da televisão transferiu-se de um apartamento em Brighton enquanto a antena se movia. Um momento depois, surgiu na tela grande uma imagem de Dana entrando em seu quarto no Hotel Soyuz.

— Ela voltou. — Viram-na lavar apressada as mãos ensanguentadas e começar a despir-se.

— Ei, lá vamos nós de novo — disse um dos homens, abrindo um largo sorriso.

Ficaram todos de olhos grudados em Dana tirando a roupa.

— Cara, com certeza eu gostaria de dar uma bimbada naquilo.

Outro homem entrou esbaforido na sala.

— Acho que não, a não ser que você agora esteja metido em necrofilia, Charlie.

— De que é que está falando?

— Ela vai sofrer um acidente fatal.

DANA TERMINOU de vestir-se e conferiu as horas no relógio de pulso. Ainda tinha muito tempo para pegar o ônibus do Metropol para o aeroporto. Com ansiedade cada vez maior, desceu correndo a escada até o saguão. A mulher gorda não estava em nenhum lugar à vista.

Saiu para a rua. Parecia impossível, mas o frio ficara ainda mais intenso. O vento era um misterioso e implacável espírito feminino com seus lamentos uivantes. Um táxi parou diante dela.

— *Taksi?*

Não tome um táxi aí. Vá direto para o *Hotel Metropol. O hotel tem ônibus diretos que saem regularmente e vão até o aeroporto.*

— *Nyet.*

Saiu andando pela rua glacial. Multidões passavam aos empurrões por ela, apressando-se para o calor de suas casas ou escritórios. Ao aproximar-se de uma esquina movimentada, esperando para atravessar, ela sentiu um violento tranco por trás e saiu voando para a rua diante de um caminhão que vinha em sua direção. Escorregou num pedaço de gelo e caiu de costas, erguendo os olhos horrorizada enquanto o imenso caminhão acelerava para cima dela.

No último segundo, o motorista de rosto lívido conseguiu girar o volante para que o meio exato na parte mais alta debaixo do caminhão passasse acima de Dana. Ela ficou deitada ali na escuridão por um momento, os ouvidos ensurdecidos pelo rugido do motor, e as correntes estrondosas batendo nos imensos pneus.

De repente, voltou a ver o céu. O caminhão tinha passado. Sentou-se, grogue. Pessoas ajudaram-na a levantar-se. Ela olhou em volta à procura de quem a empurrara, mas podia ter sido qualquer um na multidão. Inspirou profundamente e tentou recuperar o controle. Pessoas a cercavam e gritavam-lhe em russo. Começaram a pressioná-la, fazendo com que entrasse em pânico.

— Hotel Metropol? — disse Dana, esperançosa.

Um grupo de rapazes tinha se aproximado.

— Claro. A gente leva você até lá.

O SAGUÃO DO METROPOL estava abençoadamente quente, cheio de turistas e homens de negócios. *Misture-se às multidões. Estarei a sua espera quando chegar a Washington.*

Dana perguntou a um mensageiro:

— A que horas sai o próximo ônibus para o aeroporto?

— Em trinta minutos, *gaspazha.*

— Obrigada.

Sentou-se numa poltrona, ofegante, tentando varrer o horror induzível da mente. Sentia-se tomada de pavor. Quem estava tentando matá-la e por quê? E Kemal estava seguro?

O mensageiro se aproximou e avisou que o ônibus tinha chegado.

Foi a primeira a entrar. Ocupou um assento nos fundos e examinou os rostos dos passageiros. Havia turistas de meia dúzia de países; europeus, asiáticos, africanos e alguns americanos. Um homem num assento da outra fileira a fitava.

Ele parece conhecido, pensou Dana. *Será que está me seguindo?* Começou a sentir falta de ar.

Uma hora depois, quando o ônibus parou no Sheremetyevo II, Dana foi a última a desembarcar. Entrou correndo no prédio do terminal e foi para o balcão da Air France.

— Posso ajudá-la?

— Tem uma reserva para Dana Evans? — perguntou, prendendo a respiração. *Diga sim, diga sim, diga sim...*

A funcionária folheou alguns papéis.

— Sim. Aqui está sua passagem. Paga com antecedência.

Abençoado Roger.

— Obrigada.

— O avião está no horário. É o voo 220. Partirá dentro de uma hora e dez minutos.

— Tem algum salão de espera onde eu possa descansar? — E Dana quase acrescentou: *Com um monte de gente?*

— No fim do corredor, à direita.

— Obrigada.

O salão estava cheio. Nada ali parecia fora do comum ou ameaçador. Dana sentou-se numa poltrona. Em pouco tempo, estaria a caminho dos Estados Unidos e da segurança.

— TODOS OS PASSAGEIROS do voo 220 da Air France para Washington devem se dirigir agora para o Portão 3. Por favor, tenham à mão seus passaportes e tíquetes de embarque.

Dana levantou-se e foi para o Portão 3. Um homem que a vigiava de um balcão da Aeroflot falou no telefone celular.

— O alvo está se dirigindo para o portão de embarque.

ROGER HUDSON pegou o telefone e ligou para um número.

— Ela está no voo 220 Air France. Quero que a peguem no aeroporto.

— Como deseja que a gente a liquide, senhor?

— Eu sugeriria um acidente de atropelamento e fuga.

ELES SEGUIAM POR um céu de brigadeiro, num voo suave e regular, a 13.500m. Não havia uma única poltrona vazia no avião. Um americano sentara-se junto a Dana.

— Gregory Price — ele se apresentou. — Trabalho no ramo de madeiras. — De seus 40 anos tinha um longo rosto aquilino, luminosos olhos cinzentos e um bigode. — Mas que país esse que acabamos de deixar, hein?

O único propósito da existência de *Krasnoyarsk-26 é fazer plutônio, o ingrediente básico nas armas atômicas.*

— Com certeza, os russos são diferentes, mas a gente se acostuma com eles depois de algum tempo.

Cem mil cientistas e *técnicos moram* e *trabalham aqui.*

— Claro que não cozinham como os franceses. Quando venho para cá a negócios, trago meu próprio pacote de guloseimas.

Não podem sair. Não podem receber visitantes. São obrigados a desligar-se completamente do resto do mundo exterior.

— Estava na Rússia a negócios?

Dana voltou para o presente.

— Férias.

Ele lançou-lhe um olhar surpreso.

— Mas é uma péssima época para tirar férias na Rússia.

Quando a comissária de bordo atravessou o corredor com um cardápio, ela começou a recusar delicadamente, mas então percebeu que estava faminta. Não se lembrava da última vez em que comera.

Gregory Price ofereceu-lhe:

— Se quiser uma dose de conhaque, tenho um autêntico aqui comigo, senhorita.

— Não, obrigada. — Deu uma olhada no relógio de pulso. Iam aterrissar em menos de uma hora.

QUANDO O VOO 220 da Air France pousou no Aeroporto Dulles, quatro homens olhavam com atenção a aeromoça abrir a porta do avião e os passageiros começarem a descer. Ficaram ali, confiantes, sabendo que não havia como ela escapar.

Um deles disse:

— Trouxe a hipodérmica?

— Sim.

— Leve-a para o Parque de Rock Creek. O chefe quer um atropelamento e fuga.

— Certo.

Voltaram os olhos para a porta. Passageiros desciam em grupos do avião, com grossas roupas de lã, parkas, protetores para os ouvidos, cachecóis e luvas. Por fim, cessou o fluxo de passageiros. Um dos homens franziu as sobrancelhas.

— Vou lá ver o que a está detendo.

Foi até o avião e entrou. A tripulação trabalhava ocupada na limpeza. O homem atravessou o corredor entre as poltronas. Abriu as portas dos banheiros. Vazios. Avançou às pressas de volta para a entrada e perguntou a uma comissária de bordo:

— Onde Dana Evans estava sentada?

A comissária de bordo pareceu surpresa.

— Dana Evans? Quer dizer, a apresentadora da TV?

— É.

— Ela não estava neste voo. Quem dera que estivesse. *Eu adoraria* tê-la conhecido pessoalmente.

GREGORY PRICE dizia a Dana:

— Sabe o que é fantástico no ramo de madeiras, senhorita? Seu produto cresce sozinho. Sim, basta ficar sentado por perto e ver a Mãe Natureza fazer tudo por você.

Uma voz chegou pelo alto-falante.

— Vamos aterrissar no Aeroporto O'Hare de Chicago dentro de alguns minutos. Por favor, queiram apertar o cinto de segurança e pôr o encosto da poltrona na vertical.

A mulher do outro lado do corredor disse, com cinismo:

— É, ponha o encosto bem na vertical. Eu é que não ia querer estar inclinada quando morresse.

A palavra "morrer" provocou-lhe um sobressalto. Podia ouvir o barulho das balas ricocheteando na parede do hotel e sentir a mão forte atirando-a na direção do caminhão que se aproximava. Estremeceu ao pensar nas duas escapadas por um triz por que passara.

Horas antes, sentada no salão de espera do Aeroporto Sheremetyevo II, dissera a si mesma que tudo ia acabar bem. *Os mocinhos vão vencer.* Mas alguma coisa relacionada a uma conversa que teve com alguém a incomodava. A pessoa dissera alguma coisa inquietante, mas que fugira de sua mente. Teria sido numa conversa com Matt? Tim Drew? O comissário Shdanoff? Quanto mais Dana tentava se lembrar, mais aquilo escapava dela.

Uma comissária de bordo anunciou no alto-falante:

— O voo 220 da Air France está pronto para partir para Washington, capital. Por favor, tenham à mão seus passaportes e tíquetes de embarque.

Dana levantou-se e dirigiu-se para o portão. Quando começou a mostrar o tíquete ao guarda, lembrou-se de repente da sua última conversa com Sasha Shdanoff.

Ninguém sabe que estou aqui. É o que a gente chama de uma "casa segura".

Roger Hudson foi o único a quem Dana disse onde ficava o esconderijo de Sasha Shdanoff. E logo depois disso Shdanoff fora assassinado. Desde o início Roger Hudson tinha feito alusões sutis a alguma ligação sombria entre Taylor Winthrop e a Rússia.

Quando estive em Moscou havia um rumor de que Winthrop estava envolvido em algum tipo de acordo secreto com os russos...

Pouco antes de *Taylor Winthrop tornar-se nosso embaixador na Rússia, ele disse a amigos íntimos que estava* se *retirando definitivamente da vida pública...*

Foi Winthrop quem pressionou o presidente para nomeá-lo embaixador...

Ela havia contado a Roger e Pamela todos os seus passos. Eles a haviam espionado o tempo todo. E só poderia haver uma razão: Roger Hudson era o sócio misterioso de Taylor Winthrop.

Quando o voo da American Airlines pousou no Aeroporto O'Hare em Chicago, Dana esforçou-se por ver pela janela alguma coisa suspeita. Nada. Tudo tranquilo. Respirou fundo e iniciou a descida. Tinha os nervos em fogo. Conseguiu manter o máximo de passageiros à sua volta enquanto entrava no terminal, ficando com a multidão conversadora. Precisava dar um telefonema urgente. Durante o voo, uma coisa terrível lhe ocorrera, que fazia seu próprio perigo parecer insignificante. Kemal. E se estivesse em perigo por causa dela? Não podia suportar a ideia de que alguma coisa acontecesse a ele. Precisava de alguém para protegê-lo. Imediatamente pensou em Jack Stone. Ele trabalhava numa organização poderosa o bastante para dar o tipo de proteção que ela e Kemal precisavam, e tinha certeza que ele conseguiria arranjar. Fora solidário com ela desde o início. *Ele não é realmente um deles.*

Estou tentando ficar fora do circuito. Posso ajudá-la melhor assim, se entende o que quero dizer.

Dana dirigiu-se para um canto deserto do terminal, procurou na bolsa e pegou o número particular que Jack Stone tinha lhe dado. Telefonou para ele, que respondeu de imediato.

— Jack Stone.

— É Dana Evans. Estou em apuros. Preciso de ajuda.

— O que está acontecendo?

Dana percebeu preocupação em sua voz.

— Não posso falar disso agora, mas algumas pessoas estão atrás de mim, tentando me matar.

— *Quem?*

— Não sei. Mas é com meu filho que estou preocupada. Pode me ajudar a conseguir alguém para protegê-lo?

Ele respondeu no mesmo instante.

— Verei o que posso fazer. Ele está em casa agora?

— Está.

— Vou mandar alguém lá. Mas, e você? Disse que tem alguém querendo matá-la?

— Tem. Eles... já tentaram duas vezes.

Houve um silêncio momentâneo.

— Vou dar uma examinada e ver o que posso fazer. Onde você está?

— No terminal da American Airlines no O'Hare, e não sei se posso sair daqui.

— Fique onde está. Vou arranjar alguém para protegê-la. Enquanto isso, deixe de se preocupar com Kemal.

Dana sentiu uma onda de profundo alívio.

— Obrigada. Obrigada? — desligou o telefone.

Em seu escritório na AFP, Jack Stone repôs o receptor no lugar. Apertou o botão do interfone.

— O alvo acabou de ligar. Está no terminal da American Airlines no O'Hare. Agarre-a.

— Sim, senhor.

Jack Stone perguntou:

— Quando o general Booster volta do Extremo Oriente?

— Esta tarde.

— Bem, vamos acabar logo com esse inferno antes que ele descubra o que está acontecendo.

Capítulo 24

O CELULAR DE DANA tocou.

— Jeff!

— Alô, querida. — E o som de sua voz parecia uma manta em volta dela, aquecendo-a.

— Oh, Jeff! — Dana percebeu que tremia.

— Como você está?

Como estou? Fugindo para salvar minha vida. Mas não podia dizer-lhe isso. Ele não tinha como ajudá-la, não naquele momento. Era tarde demais.

— Es... estou bem, querido.

— Onde está agora, sua viajante do mundo?

— Em Chicago. Volto para Washington amanhã. — *Quando vai ficar comigo?* — Como... vai Rachel?

— Parece que está se recuperando bem.

— Sinto sua falta.

A porta do quarto de Rachel abriu-se e ela entrou na sala de estar. Pôs-se a chamar por Jeff e parou ao ver que ele estava ao telefone.

— Sinto sua falta mais do que pode imaginar — disse Jeff.

— Oh, eu o amo tanto. — Um homem por perto parecia encará-la. O coração de Dana começou a martelar. — Querido, se... se alguma coisa me acontecer... lembre-se sempre que eu...

Jeff alarmou-se no mesmo instante.

— Que quer dizer com se alguma coisa lhe acontecer?

— Nada. Eu... não posso falar disso agora, mas... tenho certeza que tudo vai acabar bem.

— Dana, não pode deixar que nada lhe aconteça! Preciso de você. Eu te amo mais que qualquer pessoa que já amei em toda a minha vida. Não suportaria perder você.

Rachel ouviu por um momento mais longo, depois voltou em silêncio para o quarto e fechou a porta.

Dana e Jeff continuaram conversado mais uns dez minutos. Quando Dana por fim desligou, sentiu-se melhor. *Fico feliz por ter tido uma chance de me despedir.* Ergueu os olhos e viu o homem encarando-a. *É impossível que um dos homens de Jack Stone tenha chegado tão rápido. Preciso sair daqui.* Sentiu o pânico avolumar-se.

O VIZINHO DE DANA bateu na porta de seu apartamento. A Sra. Daley abriu-a.

— Alô.

— Mantenha Kemal em casa. Vamos precisar dele.

— Vou cuidar disso. — A Sra. Daley fechou a porta e chamou Kemal. — Seu mingau de aveia está quase pronto, querido.

Entrou na cozinha, pegou o mingau no fogão e abriu uma gaveta embaixo, no armário, cheia de invólucros de drogas rotulados "BuSpar". Espalhadas no fundo da gaveta, havia dezenas de embalagens vazias. A Sra. Daley abriu dois novos invólucros, hesitou e acrescentou em seguida um terceiro. Misturou o pó no mingau, polvilhou com um pouco de açúcar e levou-o para a sala de jantar. Kemal saiu do quarto.

— Que bom que veio, meu amor. O mingau está quente.

— Não estou com muita fome.

— Você precisa comer, Kemal. — A voz foi incisiva, de uma maneira que o assustou. — Não quer que a Srta. Dana fique decepcionada com você, quer?

— Não.

— Ótimo. Aposto que pode limpar o prato pela Srta. Dana.

Kemal sentou-se e começou a comer.

Ele deve dormir por umas seis horas, calculou a Sra. Daley. *Depois vou ver o que querem que eu faça com ele.*

DANA DISPAROU PELO aeroporto até passar por uma loja de roupas. *Preciso esconder minha identidade.* Entrou e olhou em volta. Tudo parecia normal. Os fregueses ocupavam-se com a compra de artigos e os vendedores cuidavam deles. Nesse momento, Dana olhou para fora da loja e sentiu um arrepio da cabeça aos pés. Dois homens haviam se colocado em cada lado da entrada. Um deles com um *walkie-talkie.*

Como descobriram que ela estava em Chicago? Dana tentava controlar o pânico. Virou-se para a vendedora:

— Tem outra saída aqui?

A vendedora balançou a cabeça.

— Lamento, senhorita. Mas é só para funcionários.

Tinha a garganta seca. Deu mais uma olhada nos homens. *Preciso fugir,* pensou Dana, desesperada. *Tem de haver um jeito.*

De repente, pegou um vestido da prateleira e pôs-se a dirigir-se para a entrada.

— Espere aí! — chamou a vendedora. — Não pode...

Dana aproximava-se da porta e os dois homens começaram a avançar em sua direção. Quando ela cruzou, o sensor da etiqueta do vestido disparou um alarme. Um guarda da loja chegou correndo. Os dois homens se entreolharam e recuaram.

— Só um minuto, senhorita — disse o guarda. — Terá de entrar na loja comigo.

— Por quê? — protestou Dana.

— Porque furto é contra a lei. — O guarda pegou o braço de Dana e puxou-a de volta para dentro da loja. Os homens ficaram do lado de fora, frustrados.

Dana sorriu para o guarda.

— Tudo bem. Reconheço. Eu estava furtando. Leve-me em cana.

Os fregueses começavam a parar para ver o que acontecia. O gerente aproximou-se correndo.

— O que foi que houve?

— Peguei esta mulher tentando roubar este vestido...

— Bem, receio que teremos de chamar a polí... — Ele virou-se e reconheceu Dana. — Meu Deus! É Dana Evans.

Sussurros ondularam-se pelo bando de gente cada vez maior.

— É Dana Evans...

— Vemos você no noticiário toda noite...

— Lembra das suas transmissões da guerra...?

O gerente disse:

— Mil desculpas, Srta. Evans. É óbvio que deve ter havido um engano.

— Não, não — apressou-se a dizer Dana. — Eu ia furtar mesmo. — Estendeu as mãos. — Podem me prender.

O gerente sorriu.

— Mas nem em sonho. Pode ficar com o vestido, Srta. Evans, com os nossos cumprimentos. Muito nos lisonjeia que tenha gostado dele.

Dana arregalou os olhos para ele.

— Não vai me prender?

Ele abriu um sorriso de um lado a outro do rosto.

— Vou-lhe fazer uma proposta. Troco o vestido por um autógrafo. Somos grandes fãs seus.

Uma das mulheres parada ali exclamou:

— Eu também!

— Pode me dar um autógrafo?

Mais pessoas aproximavam-se.

— Olhe! É Dana Evans.

— Pode me dar seu autógrafo, Srta. Evans?

— Meu marido e eu não perdíamos uma só noite quando você estava em Sarajevo.

— Você fez mesmo a guerra parecer viva.

— Eu também gostaria de um autógrafo.

Parada ali, ela sentia o desespero intensificar-se a cada segundo. Os dois homens continuavam lá fora, à espera.

A mente de Dana disparava. Ela virou-se para a multidão e sorriu.

— Já sei o que vou fazer. Vamos lá para fora, no ar livre, que darei um autógrafo a cada um de vocês.

Ouviram-se gritinhos de excitação.

Dana entregou o vestido ao gerente.

— Guarde-o. Obrigada. — Foi avançando para a porta, seguida pelos fãs. Os dois homens do lado de fora recuaram, confusos, quando o bando de gente acotovelou-se perto deles.

Dana virou-se para os fãs:

— Quem é o primeiro? — Todos a comprimiam, estendendo canetas e pedaços de papel.

Diante deles, os homens pareciam sem graça. Enquanto assinava os autógrafos, Dana continuou movendo-se para a saída do terminal. A multidão seguia atrás. Um táxi parou na curva, deixando um passageiro.

Dana virou-se para a multidão.

— Obrigada. Agora tenho de ir embora. — Entrou de um salto no carro e, um instante depois, o táxi desaparecia no tráfego.

Jack Stone falava ao telefone com Roger Hudson.

— Sr. Hudson, ela conseguiu escapar da gente, mas...

— Porra! Não quero saber disso. Quero ela fora de cena... *já!*

— Não se preocupe, senhor. Temos o número da placa. Ela não pode ir muito longe.

— Não me decepcionem mais uma vez. — Roger Hudson bateu-lhe o telefone na cara.

A Carson Pirie Scott & Company, no coração do centro comercial e de diversões de Chicago, estava cheia de compradores. No balcão de lenços de cabeça, uma vendedora terminava de embrulhar um pacote para Dana.

— Vai pagar em dinheiro ou cheque?

— Dinheiro. — *Era um absurdo deixar uma pista escrita.*

Ela pegou o pacote e já ia quase chegando à saída quando parou, cheia de medo. Viu dois homens diferentes parados diante da porta com *walkie-talkies.* Olhou para eles, a boca de repente seca. Voltou-se e correu de volta até o balcão.

A vendedora perguntou:

— Precisa de mais alguma coisa, senhorita?

— Não. Eu... — Olhou em volta, desesperada. — Tem outra porta de saída aqui?

— Ah, sim, temos várias entradas.

Não adianta, pensou Dana. *Devem estar todas vigiadas.* Desta vez, não ia conseguir escapar.

Reparou numa compradora com um casacão verde surrado, olhando para um lenço num mostruário de vidro.

— Lindos, não? — exclamou Dana.

A mulher sorriu.

— São mesmo.

Os homens do lado de fora olhavam atentos as duas conversando. Entreolharam-se e encolheram os ombros. Tinham todas as saídas cobertas.

Dentro, Dana dizia:

— Eu gostaria deste casaco que está usando. É exatamente da minha cor preferida.

— Receio que esta coisa velha esteja muito gasta. O seu é muito bonito.

Os dois homens diante da porta não tiravam os olhos das duas.

— A droga do frio está de rachar — queixou-se um deles. — Tomara que a maldita saia logo dali e a gente acabe logo com isso.

O companheiro fez que sim com a cabeça.

— Ela não tem como conseguir... — Interrompeu-se quando viu as duas mulheres na loja começarem a trocar os casacos. Abriu um largo sorriso. — Nossa, veja como ela está tentando se livrar. As duas estão trocando os casacos. Que grande imbecil.

As duas mulheres desapareceram por um momento atrás do cabide de roupas. Um dos homens falou no *walkie-talkie.*

— O alvo trocou seu casacão vermelho por um verde... Espere aí. Ela está indo para a saída quatro. Pegue-a lá.

Na saída quatro, dois homens a esperavam. Momentos depois, um deles falou no celular.

— Pegamos ela. Traga o carro.

Viram quando ela saiu pela porta, para o ar frio. Apertou o casacão verde em volta do corpo e seguiu pela rua. Eles a cercaram. Ao chegar a uma esquina, quando ela ia fazer sinal para chamar um táxi, os homens agarraram-lhe os braços.

— Você não precisa de táxi. Temos um carro bonito à espera.

Ela olhou para eles, atônita.

— Quem são vocês? De que estão falando?

Um dos homens a encarava.

— Você não é Dana Evans.

— Bem, claro que não.

Os homens entreolharam-se, soltaram a mulher e correram de volta para a loja. Um deles apertou o botão do *walkie-talkie.*

— Alvo errado. Alvo errado. Está me ouvindo?

Quando todos entraram juntos na loja, Dana já havia desaparecido.

ELA TINHA SIDO tomada por um pesadelo vivo, colhida num mundo hostil, com inimigos desconhecidos tentando matá-la. Enredara-se numa teia de horror, quase paralisada de medo. Quando desceu do táxi, pôs-se a andar rápido, tentando não correr e chamar a atenção para si, sem a menor ideia do lugar a que se dirigia. Passou por uma loja com uma placa: Sede de Trajes de Época, Fantasias, Perucas e Maquiagem.

— Posso ajudá-la?

Sim. Chame a polícia. Diga a eles que alguém está tentando me matar.

— Senhorita?

— Hã... sim. Eu gostaria de experimentar uma peruca loura.

— Por aqui, por favor.

Momentos depois, Dana via sua imagem como loura no espelho.

— É impressionante como muda sua aparência.

Espero.

Fora da loja, ela acenou para um táxi.

— Aeroporto O'Hare. — *Preciso chegar a Kemal.*

QUANDO O TELEFONE tocou, Rachel atendeu.

— Alô... Dr. Young? O resultado final do teste?

Jeff viu a repentina tensão em seu rosto.

— Pode me dizer pelo telefone. Só um minuto. — Ela olhou para Jeff, respirou fundo e levou o telefone para o quarto.

Ele ouviu a voz dela, enfraquecida.

— Vá em frente, doutor.

Houve um silêncio que durou três longos minutos, e quando Jeff, preocupado, ia levantar-se para ir até o quarto, Rachel saiu, com um brilho no rosto que ele nunca vira antes.

— Funcionou! — Ela estava quase sem ar de tanta emoção. — Jeff, o câncer regrediu. A nova terapia deu certo!

— Graças a Deus! Mas isso é maravilhoso, Rachel.

— Ele quer que eu fique aqui por mais algumas semanas, mas a crise passou — disse Rachel, a voz cheia de vitorioso entusiasmo.

— Vamos sair para comemorar — disse Jeff. — Fico com você até...

— Não.

— Não... o quê?

— Não preciso mais de você, Jeff.

— Eu sei, e fico feliz por nós...

— Você não entende. Quero que vá embora.

Ele olhou para ela, surpreso.

— Por quê...?

— Meu doce e querido Jeff. Não quero magoá-lo, mas agora que a doença regrediu, significa que vou voltar a trabalhar. É a minha vida. É o que sou. Vou telefonar e ver quais os trabalhos em oferta. Eu me senti presa numa armadilha aqui com você. Obrigada por me ajudar, Jeff. Realmente sou muito grata a você. Mas chegou a hora de nos despedirmos. Tenho certeza que Dana sente a sua falta. Sendo assim, por que simplesmente não vai embora, querido?

Jeff encarou-a alguns instantes e fez que sim com a cabeça.

— Está bem.

Rachel viu-o entrar o quarto e começar a arrumar a mala. Vinte minutos depois, quando ele saiu com a mala na mão, encontrou-a falando ao telefone.

— ... e voltei ao mundo real, Betty. Já posso começar a trabalhar daqui a algumas semanas... Eu sei. Não é maravilhoso?

Jeff ficou parado ali, esperando para despedir-se. Rachel deu-lhe um aceno com a mão e voltou para o telefone.

— Vou lhe dizer o que eu quero... me arranje uma filmagem num país tropical...

Rachel viu Jeff cruzar a porta. Devagar, deixou o telefone cair. Foi até a janela e olhou o único homem que amara em toda a vida sair dela para sempre.

As palavras do Dr. Youg ainda lhe soavam na cabeça.

— Srta. Stevens, lamento muito, mas tenho más notícias. O tratamento não funcionou... Ocorreu uma metástase do câncer... muito disseminada. Receio que seja terminal... talvez apenas mais um ou dois meses...

Rachel lembrou-se do diretor de Hollywood, Roderick Marshall, dizendo-lhe: "Fico feliz que tenha vindo. Vou fazer de você uma grande estrela." E quando o excruciante rio vermelho de dor começou mais uma vez a destruir seu corpo, ela pensou: *Roderick Marshall teria se orgulhado de mim.*

QUANDO O AVIÃO de Dana aterrissou, o Aeroporto Dulles em Washington estava apinhado de passageiros à espera da bagagem. Ela passou pelas esteiras, saiu direto na rua e tomou um dos táxis diante da entrada. Não viu nenhum homem com aparência suspeita, mas seus nervos uivavam. Pegou o estojo de maquiagem na bolsa e olhou no pequeno espelho para tranquilizar-se. A peruca loura dava-lhe uma aparência completamente diferente. *Terá de funcionar por ora,* pensou. *Preciso chegar a Kemal.*

KEMAL ABRIU OS OLHOS devagar, despertado pelo barulho de vozes que chegavam através da porta do escritório que era o seu quarto. Sentia-se grogue.

— O garoto continua dormindo — ouviu a Sra. Daley dizer. — Eu o droguei.

Um homem respondeu:

— Vamos ter de acordá-lo.

A voz de um segundo homem disse:

— Talvez fosse melhor se o levássemos dormindo.

— Podia liquidar ele aqui mesmo — disse a Sra. Daley. — E depois se livrar do corpo.

Kemal de repente ficou totalmente desperto.

— Temos de mantê-lo vivo por algum tempo. Eles vão usá-lo como isca para agarrar a tal de Evans.

Kemal sentou-se, prestando atenção, o coração martelando.

— Onde ela está?

— Não sabemos ao certo. Mas sabemos que ela deve estar vindo para cá a fim de pegar o garoto.

Kemal saltou da cama. Ficou parado por um momento, rígido de medo. A mulher em quem confiava queria matá-lo. *Pizda! Não ia ser assim tão fácil,* jurou a si mesmo. *Eles não conseguiram me matar em Sarajevo. Não vão me matar aqui.* Pôs-se freneticamente a vestir suas roupas. Quando pegou o braço artificial na cadeira, a prótese escorregou-lhe da mão e caiu no chão com o que lhe pareceu uma queda estrondosa. Ficou imóvel. Os homens do lado de fora continuavam conversando. Não tinham ouvido o barulho. Kemal prendeu o braço e acabou de vestir-se depressa.

Abriu a janela e foi golpeado por uma lufada de ar gelado. Seu sobretudo estava no outro quarto. Saiu pelo parapeito da janela só com um paletó fino, os dentes tiritando. Uma escada de incêndio percorria o prédio de cima a baixo, e ele agarrou-se a ela, cuidadosamente, para abaixar-se e ficar fora da visão pela janela da sala de estar.

Ao chegar à calçada, olhou para o relógio de pulso. Eram 14h45. De algum modo, tinha dormido mais da metade do dia. Pôs-se a correr.

— Vamos amarrar o garoto, só para o caso de...

Um dos homens abriu a porta do quarto e olhou em volta, surpreso.

— Ei, ele fugiu!

Os dois homens e a Sra. Daley correram apressados até a janela aberta, a tempo de ver Kemal disparando a toda velocidade pela rua.

— Peguem ele!

KEMAL CORRIA COMO num pesadelo; as pernas ficando cada vez mais fracas e elásticas passo após passo. Cada respiração era uma facada no peito. *Se eu conseguir chegar à escola antes de fecharem os portões às 15 horas,* pensou, *ficarei seguro. Eles não vão ousar me machucar com todos os outros garotos* em *volta.*

O sinal de trânsito à frente mudou para vermelho. Kemal ignorou-o, lançou-se como uma flecha e atravessou a rua, esquivando-se de carros, alheio ao barulho das buzinas e ao rangido de freios dos automóveis. Chegou ao outro lado da rua e continuou correndo.

A Srta. Kelly pode chamar a polícia, e eles vão proteger Dana.

Começava a ficar sem fôlego, e sentia um aperto no peito. Deu mais uma olhada no relógio: 14h55. Ergueu os olhos. Viu a escola logo adiante. *Faltam só mais dois quarteirões para chegar.*

Estou a salvo, pensou Kemal. *Ainda não acabaram as aulas.* Um minuto depois, chegava ao portão da frente. Parou diante dele e fitou, incrédulo. *Estava trancado.* De repente, por detrás, sentiu um pulso de ferro no ombro.

— Hoje é sábado, idiota.

— PARE AQUI — DISSE DANA. O táxi estava a dois quarteirões de seu apartamento. Ela viu-o se afastando. Seguiu a pé devagar, o corpo tenso, cada sentido alerta, vistoriando minuciosamente as ruas com os olhos, à procura de qualquer coisa fora do comum. Tinha certeza que Kemal estava a salvo. Jack Stone o protegeria.

Quando chegou à esquina de seu prédio, evitou a entrada da frente e entrou na viela paralela que levava aos fundos. Tudo deserto. Entrou pela porta de serviço e subiu a escada sem fazer barulho. Chegou ao segundo andar, começou a atravessar o corredor e de repente parou. A porta de seu apartamento estava aberta. Dana foi instantaneamente inundada pelo medo. Avançou rápido para a porta e entrou correndo.

— Kemal!

Ninguém. Dana lançou-se com ímpeto pelo apartamento, frenética, imaginando o que poderia ter acontecido. *Onde estava Jack Stone? Onde estava Kemal?* Na cozinha, a gaveta de um armário estava caída no chão e o conteúdo se espalhara. Havia dezenas de pequenas embalagens, algumas cheias, outras vazias. Curiosa, ela pegou uma e examinou-a. O rótulo dizia: *Comprimidos BuSpar 15mg, com NDC* D087 D822-32 *assinalado.*

Que era aquilo? A Sra. Daley vinha tomando drogas ou dando-as para Kemal? Poderia ter alguma coisa a ver com a mudança de comportamento dele? Dana pôs uma das embalagens no bolso do sobretudo.

Cheia de pavor, saiu do apartamento. Fez o mesmo caminho de volta, saindo na viela e seguindo para a rua. Ao virar a esquina, um homem escondido atrás de uma árvore falou num *walkie-talkie* ao comparsa na esquina defronte.

Diante de Dana, ficava a Farmácia Washington. Ela entrou.

— Ah, Srta. Evans. Posso ajudá-la? — perguntou o farmacêutico.

— Sim, Coquina. Estou curiosa sobre isso. — Tirou da bolsa o saquinho.

O farmacêutico deu uma olhada.

— BuSpar. É um agente ansiolítico. Cristal branco, solúvel em água.

— Para que serve? — perguntou Dana.

— É um relaxante. Tem um efeito calmante. Claro, quando tomado em doses maiores pode causar sonolência e fadiga.

Ele está dormindo. Quer que eu o acorde?

Quando chegou da escola, se sentia tão cansado que achei que uma soneca lhe faria bem...

Então aquilo explicava o que vinha acontecendo. E foi Pamela Hudson quem tinha enviado a Sra. Daley.

E o pus nas mãos daquela megera, pensou Dana. Sentiu náuseas no estômago. Olhou para o farmacêutico.

— Obrigada, Coquina.

— Foi um prazer, Srta. Evans.

Dana saiu pela porta direto na rua. Os dois homens se aproximavam dela.

— Srta. Evans, poderíamos lhe falar um min...

Dana virou-se e correu. Os homens vinham em sua cola. Chegou à esquina da rua Dois. Um policial no meio do cruzamento dirigia o tráfego intenso.

Dana correu para a rua em direção a ele.

— Ei! Volte, senhorita.

Dana continuou aproximando-se.

— Está atravessando o sinal vermelho! Não me ouviu? Volte!

Os dois homens esperavam na esquina, olhando com atenção.

— É surda? — gritou o policial.

— Feche a matraca! — Deu um tapa com força na face do policial. O guarda, furioso, segurou-lhe o braço.

— Está presa, dona.

Empurrou-a de volta à calçada, mantendo-a segura, enquanto falava pelo rádio.

— Preciso de um preto e branco.

Os dois homens parados se entreolharam, sem saber o que fazer.

Dana lançou-lhes um olhar do outro lado e sorriu. Ouviu-se o som de uma sirene próxima e, alguns instantes depois, um carro de polícia parou diante deles.

Impotentes, os dois homens olharam quando a puseram no banco de trás da radiopatrulha e o carro afastou-se.

Na delegacia de polícia, Dana perguntou:

— Tenho direito a um telefonema, certo?

— Certo — respondeu o sargento, que lhe entregou um telefone. Ela fez uma chamada.

A uns dez quarteirões dali, o homem que segurava Kemal pela gola da camisa empurrava-o em direção a uma limusine que esperava na curva, o motor ligado.

— Por favor! Por favor, me solte — implorou Kemal.

— Feche o bico, garoto.

Quatro fuzileiros navais passavam naquele momento.

— Não quero ir pro beco com você — berrou Kemal.

O homem lançou-lhe um olhar perplexo.

— Como?

— Por favor, não me obrigue a ir pro beco. — Kemal virou-se para os fuzileiros. — Ele quer me pagar cinco dólares pra ir ao beco com ele. Eu não quero ir.

Os fuzileiros pararam, encarando o homem.

— Por que, seu pervertido imundo...

O homem recuou.

— Não. Espere um minuto. Vocês não entendem...

Um dos fuzileiros disse, sorrindo abertamente.

— Entendemos, sim, meu chapa. Tire as mãos do garoto. — Cercaram o homem. Ele ergueu as mãos para defender-se, Kemal aproveitou e saiu correndo a toda.

Um garoto de entrega de encomendas descia de uma bicicleta e dirigia-se para uma casa. Kemal saltou na bicicleta e afastou-se, pedalando furiosamente. O homem viu, frustrado, quando ele contornou a esquina e desapareceu.

NA DELEGACIA DE POLÍCIA, a porta da cela abriu-se com um rangido.

— Está livre para sair, Srta Evans. Foi libertada sob fiança.

Matt! O telefonema funcionou, pensou Dana, alegre. *Ele não perdeu tempo.*

Quando pisou no saguão da recepção, parou em choque. Um dos homens a esperava ali.

Sorriu para ela e disse:

— Está livre, irmã. Vamos.

Agarrou-a com força pelo braço e pôs-se a conduzi-la para a rua. Quando saíram, o homem parou, aturdido. Diante da delegacia, uma equipe completa da WTE.

— Olhe para cá, Dana...

— Dana, é verdade que você deu um tapa na cara de um policial...?

— Ele a molestou...?

— Vai abrir processo...?

O homem foi se encolhendo e afastando, cobrindo o rosto.

— Qual o problema? — chamou Dana. — Não quer que tirem sua foto?

Ele fugiu.

Matt Baker surgiu ao lado de Dana.

— Vamos dar o fora dessa barulheira infernal.

NO PRÉDIO DA WTE, Elliot Cromwell, Matt Baker e Abbe Lasmann ouviam em chocado silêncio, já há meia hora, a história de Dana.

— ... e a AFP também está envolvida. Por isso é que o general Booster tentou me impedir de investigar.

— Estou aturdido — disse Elliot Cromwell. — Como todos nós pudemos ter nos enganado tanto e por tanto tempo a respeito de Taylor Winthrop? Acho que devíamos informar à Casa Branca sobre o que está acontecendo. Vamos pedir a eles que comuniquem ao procurador-geral e ao FBI.

— Elliot, até agora só temos minha palavra contra a de Roger Hudson — disse Dana. — Em quem você acha que vão acreditar?

Abbe Lasmann perguntou:

— Não temos nenhuma prova?

— O irmão de Shdanoff está vivo. Tenho certeza que falará. Assim que puxarmos o primeiro fio, toda a história se desenredará.

Matt Baker inspirou fundo e lançou um olhar de admiração a Dana.

— Quando você sai em busca de uma matéria, sai mesmo em busca de uma matéria.

— Matt, que vamos fazer em relação a Kemal? Não sei onde procurar.

— Não se preocupe — disse Matt, implacável. — Vamos encontrá-lo. Enquanto isso, temos de arranjar um lugar para você se esconder onde ninguém a possa encontrar.

Abbe Lasmann ofereceu-se.

— Pode usar meu apartamento. Ninguém vai procurar você lá.

— Obrigada. — Dana virou-se para Matt. — Sobre Kemal...

— Vamos pôr o FBI nisso já. Mandarei o motorista levar você ao apartamento de Abbe. Agora a coisa está sob nosso controle, Dana. Tudo vai ficar bem. Telefono para você assim que souber de alguma coisa.

KEMAL PEDALAVA pelas ruas cobertas de gelo, ansioso, olhando para trás sem parar. Nenhum sinal do homem que o agarrara. *Preciso chegar até Dana,* pensava, desesperadamente. *Não posso deixar que eles a machuquem.* O problema era que o estúdio ficava no outro extremo do centro da cidade.

Quando chegou a um ponto de ônibus, desceu da bicicleta e largou-a na grama. Ao ver um ônibus se aproximando, apalpou os bolsos e se deu conta de que não tinha um tostão.

Virou-se para um passante.

— Com licença, poderia me dar um...

— Suma daqui, garoto.

Kemal tentou uma mulher que se aproximava.

— Com licença, preciso de dinheiro para a passagem e... — A mulher apertou o passo e afastou-se.

Kemal ficou ali no frio, sem sobretudo, tremendo. Ninguém parecia ligar. *Tenho de arranjar o dinheiro da passagem,* pensou.

Arrancou o braço artificial e estendeu-o no gramado. Quando o homem seguinte passou, Kemal mostrou o braço aleijado e disse:

— Com licença, senhor. Poderia me dar o dinheiro para uma passagem de ônibus?

O homem parou.

— Claro, filho — e deu um dólar a Kemal.

— Obrigado.

Quando o homem se afastou, Kemal pôs rápido o braço de volta. Um ônibus aproximava-se, a apenas um quarteirão do ponto. *Consegui*, ele pensou, jubiloso. Nesse momento, sentiu uma fisgada na nuca. Ao começar a voltar-se para ver o que ocorrera, tudo ficou obscuro. Dentro de sua cabeça, uma voz gritava: *Não! Não!* Kemal desabou no chão, inconsciente. Os passantes iam-se juntando.

— Que foi que houve?

— Ele desmaiou?

— Ele está bem?

— Meu filho é diabético — disse o homem. — Vou cuidar dele. — Levantou Kemal e carregou-o para uma limusine à espera.

O APARTAMENTO DE Abbe Lasmann ficava na parte noroeste de Washington. Era grande e confortavelmente decorado com móveis e tapetes brancos. Sozinha no apartamento, andando de um lado para o outro em pânico, Dana esperava o telefone tocar. *Kemal deve estar bem. Não há motivo algum para o machucarem. Ele vai ficar ótimo. Onde está? Por que não consigo encontrá-lo?*

Quando o telefone tocou, assustou-a. Ela pegou-o num salto.

— Alô.

Caiu a ligação.

Tocou mais uma vez e Dana percebeu que era o celular. Sentiu uma repentina sensação de alívio. Apertou o botão.

— Jeff?

A voz de Roger Hudson saiu com toda a calma:

— Temos andado à sua procura, Dana. Estou com Kemal aqui.

Ela ficou imobilizada, sem poder falar. Acabou sussurrando.

— Roger...

— Receio não poder controlar os homens aqui por muito mais tempo. Eles querem cortar o braço bom de Kemal. Devo deixar que façam isso?

— Não! — Foi um grito estridente. — Que... que é que você quer?

— Só quero falar com você — disse Roger Hudson, ponderado. — Quero que venha até aqui em casa, e que venha sozinha. Se trouxer alguém, não me responsabilizarei pelo que acontecer a Kemal.

— Roger...

— Espero-a aqui em meia hora. — A ligação caiu.

Dana ficou ali, entorpecida de medo. *Nada pode acontecer a Kemal. Nada pode acontecer a Kemal.* Socou as teclas do número do telefone de Matt Baker. A voz gravada dele surgiu no aparelho.

— Você ligou para o escritório de Matt Baker. No momento não estou, mas deixe um recado que ligarei de volta o mais rápido possível.

Veio o ruído de um sinal eletrônico.

— Matt, eu... eu acabei de receber um telefonema de Roger Hudson. Ele está com Kemal preso em sua casa. Leve a polícia. *Depressa!*

Dana desligou o celular e dirigiu-se à porta.

ABBE LASMANN PUNHA algumas cartas na mesa de Matt Baker quando viu a luz de recados piscando na secretária dele. Apertou o botão para ouvir a gravação de Dana. Ficou ali um momento, prestando atenção. Depois sorriu e apertou o botão APAGAR MENSAGENS.

ASSIM QUE O AVIÃO pousou no Aeroporto Dulles, Jeff telefonou para Dana. Durante todo o voo, não tirara da cabeça aquele tom estranho na voz dela, aquele perturbador "Se alguma coisa me acontecer". O telefone celular dela continuava tocando, e nada. Em seguida, Jeff tentou o apartamento. Nenhuma resposta. Decidiu entrar num táxi e deu ao motorista o endereço da WTN.

Quando ia entrar no escritório de Matt, Abbe lhe disse:

— Ora, Jeff! Que bom vê-lo de novo.

— Obrigado, Abbe. — E entrou no escritório de Matt Baker.

— Então está de volta — disse Matt. — Como vai Rachel?

A pergunta desviou Jeff por um instante.

— Vai bem — disse ele, desligado. — Onde está Dana? Não está respondendo ao celular, nem ninguém atendeu no apartamento.

— Meu Deus, você não sabe o que ela tem sofrido, sabe?

— Me diga — disse Jeff, veemente.

No escritório da recepção, Abbe encostou o ouvido na porta fechada. Só conseguia ouvir trechos da conversa. "...atentados contra a vida dela... Sasha Shdanoff... Krasnoyarsk-26... Kemal... Roger Hudson..."

Abbe tinha ouvido o bastante. Foi correndo à sua mesa e pegou o telefone. Um instante depois, falava com Roger Hudson.

Dentro do escritório, Jeff ouvia atento tudo que Matt lhe dizia, estupidificado.

— Não dá para acreditar nisso...

— É tudo verdade — garantiu-lhe Matt Baker. — Dana está no apartamento de Abbe. Vou mandar Abbe telefonar para lá de novo. — Apertou o botão do telefone interno, mas, antes que pudesse falar ouviu a voz de Abbe.

— ... e Jeff Connors está aqui. À procura de Dana. Acho que seria melhor você tirá-la do meu apartamento. Eles na certa devem ir para lá... Certo. Cuidarei disso, Sr. Hudson. Se...

Abbe ouviu um ruído e voltou-se. Parados no limiar da porta, Jeff Connors e Matt Baker a encaravam, chocados.

— Sua filha da mãe... — disse Matt.

Jeff virou-se para Matt , frenético.

— Tenho de chegar correndo à casa de Hudson. Preciso de um carro.

Matt Baker olhou pela janela.

— Jamais chegará lá a tempo. O tráfego está um caos.

Do heliporto no telhado, ouviram o som do helicóptero WTN pousar. Os dois homens entreolharam-se.

Capítulo 25

Dana conseguiu parar um táxi diante do apartamento de Abbe Lasmann, mas o percurso até a casa de Hudson parecia durar uma eternidade. O tráfego nas ruas escorregadias era horrendo. A ideia de que se atrasaria e chegaria tarde demais aterrorizava-a.

— Depressa — implorou ao motorista.

Ele lançou-lhe um olhar pelo espelho retrovisor.

— Senhora, não sou um avião.

Dana recostou-se, cheia de ansiedade, pensando no que a aguardava adiante. A essa altura Matt teria recebido seu recado e chamado a polícia. *Quando eu chegar lá, a polícia também deverá estar. Se ainda não estiver, posso ganhar tempo até chegarem.* Abriu a bolsa. Ainda guardava a lata de aerossol de pimenta. *Que bom.* Não pretendia dar moleza a Roger e Pamela.

À medida que o táxi se aproximava da casa dos Hudson, Dana lançava olhares pela janela, à procura de alguma atividade policial. Nada. Quando chegaram e subiram a entrada para carros ela viu tudo deserto. O medo a sufocava.

Lembrou da primeira vez em que tinha ido ali. Como Roger e Pamela lhe haviam parecido maravilhosos. E no entanto eram monstros traidores, assassinos. Tinham Kemal. Um ódio superpoderoso inundou-a.

— Quer que eu espere? — perguntava-lhe o motorista do táxi.

— Não. — Dana pagou, subiu os degraus diante da casa e tocou a campainha, o coração disparado.

Cesar abriu a porta. Quando a viu, seu rosto iluminou-se.

— Srta. Evans.

E com um ímpeto de emoção, Dana percebeu que tinha um aliado. Estendeu-lhe a mão.

— Cesar.

Ele tomou-a em sua manzorra.

— Fico feliz em vê-la, Srta. Evans — disse Cesar.

— Eu fico feliz em *vê-lo*. — E dizia-o com sinceridade. Tinha certeza que Cesar a ajudaria. A única questão era saber quando se aproximar dele. Olhou em volta. — Cesar...

— O Sr. Hudson a espera no escritório, Srta. Evans.

— Certo.

Dana seguiu Cesar pelo longo corredor, lembrando as coisas incríveis que haviam acontecido desde que entrara pela primeira vez naquele saguão. Chegaram ao escritório. Sentado à sua mesa, Roger juntava alguns papéis.

— Srta. Evans — disse Cesar.

Roger ergueu os olhos. Dana viu Cesar afastar-se. Sentiu-se tentada a chamá-lo de volta.

— Bem, Dana. Entre.

Ela entrou, olhou para Roger e foi tomada por uma fúria cegante.

— Onde está Kemal?

— Ah, aquele garoto tão querido — disse Roger.

— A polícia está vindo para cá, Roger. Se você fizer qualquer coisa a algum de nós...

— Oh, não creio que devamos nos preocupar com a polícia, Dana. — Aproximou-se dela e, antes que soubesse o que ele fazia, já lhe arrancara a bolsa e começava a vasculhá-la. — Pamela me disse que você tem um aerossol de pimenta. Tem andado muito ocupada, não é, Dana? — Pegou a lata de aerossol, ergueu-a e borrifou o conteúdo no rosto de Dana. Ela gritou com a dor ardente. — Oh, ainda não sabe o que é a dor, minha cara, mas lhe garanto que vai descobrir.

Lágrimas escorriam pelo rosto de Dana. Ela tentava retirar o líquido com as mãos. Educadamente, Roger esperou que terminasse e depois borrifou-lhe mais uma vez o rosto.

Dana soluçava.

— Quero ver Kemal.

— Claro que quer. E Kemal quer ver você. O garoto está aterrorizado, Dana. Nunca vi ninguém tão aterrorizado. Sabe que vai morrer, e eu lhe disse que você também ia morrer. Acha que foi inteligente, não, Dana? A verdade é que você foi uma ingênua. Nós a estávamos usando. Sabíamos que alguém no governo russo tinha conhecimento do que fazíamos e ia nos denunciar. Mas não conseguimos descobrir quem era. Mas você fez esse favor para nós, não foi?

A lembrança dos corpos ensanguentados de Sasha Shdanoff e sua amiga passou como um clarão na mente de Dana.

— Sasha Shdanoff e o irmão dele, Boris, foram muito inteligentes. Ainda não encontramos Boris, mas logo o encontraremos.

— Roger, Kemal não tem nada a ver com isso. Deixe-o...

— Acho que não, Dana. Comecei a me preocupar quando você conheceu a pobre malfadada Joan Sinisi. Ela ouviu por acaso Taylor falando do plano russo. Ele temia mandar matá-la porque ela estava ligada a ele. Então a despediu. Quando ela entrou com um processo por demissão injusta, ele fez um acordo, com a condição de que ela jamais discutisse o assunto. — Roger Hudson exalou um suspiro. — Portanto, receio que seja você a verdadeira responsável pelo acidente de Joan Sinisi.

— Roger, Jack Stone sabe...

Roger Hudson balançou a cabeça.

— Jack Stone e seus homens têm vigiado cada passo seu. Podíamos ter nos livrado de você a qualquer momento, mas esperamos até conseguir a informação de que precisávamos. Realmente, não temos mais necessidade de você.

— Quero ver Kemal.

— Tarde demais. Receio que o pobre Kemal tenha sofrido um acidente.

Dana lançou-lhe um olhar horrorizado.

— Que foi que vocês...?

— Pamela e eu decidimos que um pequeno incêndio era a melhor maneira de pôr fim à lamentável vidinha de Kemal. Por isso, o mandamos de volta para a escola. Travessura dele, forçar a entrada na escola num sábado. Era simplesmente pequeno o bastante para passar pela janela do porão.

Ela foi tomada de cima a baixo por um ódio cegante.

— Seu monstro insensível. Jamais vai sair impune disso.

— Você me decepciona, Dana. Recorrendo a clichês? O que não entende é que *já* saímos impunes disso. — Ele voltou para a escrivaninha e apertou um botão. Um momento depois, surgiu Cesar.

— Sim, Sr. Hudson.

— Quero que cuide da Sra. Evans. E cuide para que ela ainda esteja viva quando acontecer o acidente.

— Sim, Sr. Hudson.

Cesar era um deles. Dana não podia acreditar.

— Roger, me escute...

Cesar pegou-a pelo braço e pôs-se a retirá-la do escritório.

— Roger...

— Adeus, Dana.

Cesar apertou o punho no braço de Dana, levou-a depressa pelo corredor da cozinha, e saíram para a lateral da casa, onde havia uma limusine estacionada.

O HELICÓPTERO DA WTN aproximava-se da propriedade dos Hudson.

Jeff disse ao piloto, Norman Bronson:

— Pode descer no gramado e... — interrompeu-se ao olhar para baixo e ver Cesar pondo Dana numa limusine. — Não! Espere um minuto — disse.

A limusine começou a sair pela estrada da garagem, dirigindo-se para a rua.

— Que quer que eu faça?

— Siga-os.

NA LIMUSINE, Dana disse:

— Você não quer fazer isso, Cesar. Eu...

— Cale a boca, Srta. Evans.

— Cesar, me escute. Você não precisa dessas pessoas. São assassinos. Você é um homem decente. Não deixe o Sr. Hudson obrigá-lo a fazer coisas que...

— O Sr. Hudson não está me forçando a fazer nada. Faço isso pela *Sra.* Hudson. — Olhou para Dana pelo espelho retrovisor e abriu um largo sorriso. — A Sra. Hudson cuida muito bem de mim.

Dana examinou-o estupefata. *Não posso deixar que isso aconteça.*

— Para onde está me levando?

— Ao Parque Rock Creek. — Não precisou acrescentar: *Onde vou matá-la.*

NUMA CAMINHONETE ESPAÇOSA, Roger Hudson, Pamela, Jack Stone e a Sra. Daley dirigiam-se para o Aeroporto Nacional de Washington.

— O avião já está pronto. O piloto tem o plano de voo para Moscou — disse Jack Stone.

Pamela Hudson comentou:

— Deus, detesto clima glacial. Espero que aquela cadela queime no inferno por me fazer passar por isso.

— E Kemal? — perguntou Roger Hudson.

— O incêndio na escola vai ser ateado em vinte minutos. O garoto está no porão. Profundamente sedado.

DANA IA FICANDO cada vez mais desesperada. Aproximavam-se do Parque Rock Creek e o tráfego começava a reduzir.

Kemal está aterrorizado, Dana. Nunca vi ninguém tão aterrorizado. Sabe que vai morrer, e eu lhe disse que você também ia morrer.

NO HELICÓPTERO que seguia de cima a limusine, Norman Bronson disse:

— Ele vai fazer a curva, Jeff. Parece que está indo para o Parque Rock Creek.

— Não o perca de vista.

NA AFP, O GENERAL BOOSTER entrou enfurecido em seu escritório.

— Que diabos está acontecendo aqui? — perguntou a um dos ajudantes.

— Eu lhe disse, general. Enquanto esteve fora, Jack Stone recrutou alguns dos nossos melhores homens, e eles entraram numa grande empreitada com Roger Hudson, o alvo é Dana Evans. Olhe isso. — O ajudante abriu uma tela em seu computador e, um minuto depois, apareceu uma foto de Dana nua, entrando no chuveiro no Hotel Breidenbacher Hof.

A expressão no rosto do general Booster endureceu-se.

— Meu Deus! — Voltou-se para o ajudante. — Onde está Jack Stone?

— Partiu. Vai deixar o país com os Hudson.

O general Booster retrucou asperamente:

— Ligue-me com o Aeroporto Nacional.

NO HELICÓPTERO, Norman Bronson olhou para baixo e disse:

— Estão indo mesmo para o parque, Jeff. Assim que entrarem debaixo daquelas árvores, vamos perdê-los de vista.

Jeff exortou-o:

— Temos de detê-los. Pode pousar defronte deles na estrada?

— Claro.

— Faça isso.

Norman Bronson empurrou os controles à frente e o helicóptero começou a descer. Sobrevoou a limusine e pôs-se a baixar delicadamente. Pousou 20 metros à frente da limusine. Eles ouviram os pneus chiando até o carro parar.

— Desligue os motores — disse Jeff.

— Não podemos fazer isso. Vamos ficar à mercê do cara se...

— Desligue.

Norman Bronson olhou para Jeff.

— Tem certeza que sabe o que está fazendo?

— Não.

O piloto suspirou e desligou a ignição. As imensas pás do helicóptero começaram a diminuir de rotação até pararem.

Cesar abrira a porta de trás da limusine.

— Seu amigo está tentando nos causar problema — disse a Dana. — Curvou-se e, com o punho fechado, desferiu o primeiro golpe, acertando-lhe o queixo. Ela caiu de costas no assento, inconsciente. Cesar levantou-se e partiu para cima do helicóptero.

— Aí vem ele — disse Norman Bronson, nervoso. — Meu Deus, esse cara é um gigante!

Cesar aproximava-se do helicóptero, o rosto cheio de expectativa.

— Jeff, ele deve ter um revólver. Vai nos matar.

Jeff berrou pela janela:

— Você e seus chefes vão para a prisão, idiota...

Cesar começou a apertar mais o passo.

— Acabou tudo pra vocês. Faria melhor desistindo.

Cesar estava a 10 metros do helicóptero.

— Vai virar boi de piranha na cadeia.

Cinco metros.

— Vai adorar isso, não, Cesar?

Cesar agora corria. Dois metros.

Jeff apertou com força o polegar no botão do arranque e as imensas pás do helicóptero puseram-se a girar devagar. Cesar não prestou atenção, pois tinha os olhos fixo em Jeff, o rosto cheio de ódio. As lâminas começaram a girar cada vez mais rápido. Quando Cesar lançou-se para a porta do helicóptero, compreendeu de repente o que acontecia, embora fosse tarde demais. Ouviu-se um alto *chape*, e Jeff fechou os olhos. As partes externa e interna do helicóptero ficaram no mesmo instante cobertas de sangue.

— Vou vomitar — disse Norman Bronson. Desligou a ignição.

Jeff deu uma olhada no corpo decapitado no chão, saltou do helicóptero e saiu disparado para a limusine. Abriu a porta. Dana estava inconsciente.

— Dana... Querida...

Ela abriu lentamente os olhos. Viu Jeff e murmurou:

— Kemal...

A LIMUSINE AINDA estava a mais de três quilômetros da Escola Preparatória Lincoln quando Jeff berrou:

— Olhem. — Diante dele, a distância, viram a fumaça começando a escurecer o céu.

— Eles estão pondo fogo na escola — disse Dana, com um grito agudo. — Kemal está lá. No porão. Oh, meu Deus.

Momentos depois, a limusine alcançou a escola. Do prédio erguia-se uma densa nuvem de fumaça. Vários bombeiros trabalhavam para debelar o fogo.

Jeff saltou do carro e dirigiu-se para a escola. Um bombeiro deteve-o.

— Não pode se aproximar mais, senhor.

— Tem alguém dentro? — perguntou Jeff.

— Não. Acabamos de arrombar a porta da frente.

— Tem um garoto no porão.

Antes que alguém pudesse impedi-lo, Jeff correu em direção à porta da frente arrombada e entrou a toda. No corredor cheio de fumaça, tentou berrar o nome de Kemal, mas só saiu uma tosse. Pôs um lenço no nariz e atravessou às pressas o corredor até a escada que levava ao porão. A fumaça era acre e densa. Jeff desceu tateando pela escada e apoiando-se no corrimão.

— Kemal! — gritou. Nenhuma resposta. — Kemal! — Silêncio. Jeff vislumbrou uma forma vaga no outro lado do porão. Seguiu para lá, tentando não respirar, os pulmões ardendo. Quase tropeçou e caiu sobre Kemal. Sacudiu-o. — Kemal!

O garoto estava inconsciente. Com um enorme esforço, Jeff pegou-o no colo e pôs-se a carregá-lo para a escada. Cambaleava, como se embriagado, pela rodopiante nuvem negra, levando Kemal nos braços. Quando chegou à escada, meio o carregava e meio o arrastava. Sufocado e cego pela fumaça, ouviu vozes distantes e perdeu os sentidos.

O GENERAL BOOSTER falava ao telefone com Nathan Novero, o administrador do Aeroporto Nacional de Washington.

— Roger Hudson guarda seu avião aí?

— Sim, general. Na verdade, a aeronave se encontra aqui agora. Acho que acabaram de liberar a pista para eles decolarem.

— Aborte.

— *Como?*

— Chame a torre e aborte.

— Sim, senhor. — Nathan Novero chamou a torre. — Torre, aborte a decolagem do Gulfstream R3487.

O controlador do tráfego aéreo disse:

— Eles já estão taxiando na pista.

— Cancele a desobstrução para decolagem.

— Sim, senhor. — O controlador do tráfego aéreo pegou o microfone. — Torre para Gulfstream R3487. Sua decolagem foi abortada. Retorne ao terminal.

Roger Hudson entrou na cabine.

— Que diabo é isso?

— Deve ser algum tipo de adiamento — disse o piloto. — Teremos de retornar ao...

— Não! — interrompeu Pamela Hudson — Prossiga.

— Com todo o devido respeito, Sra. Hudson, eu perderia meu brevê de piloto se...

Jack Stone aproximou-se do piloto com uma arma apontada para sua cabeça.

— Decole. Vamos para a Rússia.

O piloto sorveu um longo hausto de ar.

— Sim, senhor.

O avião acelerou e deslizou a grande velocidade pela pista; vinte segundos depois, estava no ar. O administrador do aeroporto viu, consternado, o Gulfstream elevar-se cada vez mais céu afora.

— Meu Deus! Ele violou as...

Ao telefone, o general Booster perguntava, insistente.

— Que está acontecendo? Você os deteve?

— Não, senhor. Eles... eles simplesmente acabaram de levantar voo. Não temos como fazê-los...

E, naquele momento, o céu explodiu. Sob os olhos da equipe de terra horrorizada, partes do Gulfstream começaram a despencar pelas nuvens em pedaços incandescentes. Parecia continuar explodindo por toda a eternidade.

Na ponta extrema do campo, Boris Shdanoff olhou atento por um longo tempo. Por fim, voltou-se e afastou-se.

Capítulo 26

A MÃE DE DANA DEU UMA mordida numa fatia do bolo de casamento.

— Doce demais. Excessivamente doce. Quando eu era mais jovem e cozinhava, meus bolos derretiam na boca. Não é verdade, querida?

"Se derretiam na boca" talvez fosse a última frase que passaria pela mente de Dana, mas era importante.

— Com certeza, mãe — disse ela, com um sorriso afetuoso.

A cerimônia de casamento foi realizada por um juiz na Prefeitura. Dana convidou a mãe na última hora, após um telefonema.

— Querida, acabei não me casando com aquele homem medonho. Você e Kemal tinham razão sobre ele, por isso voltei para Las Vegas.

— Que aconteceu, mãe?

— Descobri que ele já era casado. A esposa também não gostava dele.

— Sinto muito, mãe.

— Pois é, aqui estou eu mais uma vez sozinha.

Solidão era a insinuação. Por isso Dana a convidou para o casamento. Vendo a mãe conversar com Kemal e até se lembrar de seu nome, ela sorriu. *Ainda vamos transformá-la numa avó.* Sua felicidade parecia imensa demais para absorver. Só estar casada com Jeff era um abençoado milagre, mas havia mais.

Após o incêndio, Jeff e Kemal haviam ficado um breve período no hospital para tratamento de inalação de fumaça. Enquanto estiveram lá, uma enfermeira contou a uma repórter as aventuras de Kemal e a matéria foi captada pela mídia. O retrato dele apareceu em todos os jornais e sua história foi contada na televisão. Escreviam um livro sobre suas experiências e falava-se até em uma série de televisão.

— Mas só se for estrelada por mim — insistiu Kemal, que se tornou o herói da escola.

Quando se realizou a cerimônia de adoção, metade dos colegas de escola de Kemal esteve presente para aplaudi-lo.

— Agora sou mesmo adotado, hein?

— Você é adotado mesmo — disseram Dana e Jeff. — Pertencemos um ao outro.

— Joia. Espere até Ricky Underwood saber disso. Ah-ah!

O terrível pesadelo do mês anterior foi aos poucos se dissipando. Os três agora eram uma família, e o lar, um porto seguro. *Não preciso mais de aventuras,* pensou Dana. *Já tive o suficiente para durar o resto da vida.*

Certa manhã, anunciou:

— Acabei de achar um apartamento esplêndido para nós quatro.

— Quer dizer nós três — corrigiu-a Jeff.

— Não — disse Dana, tranquila. — Nós quatro.

Jeff fitava-a.

— Ela quer dizer que vai ter um bebê — explicou Kemal. — Espero que seja um menino. Podemos lançar bolas na cesta.

MAIS BOAS NOTÍCIAS chegariam. O programa de estreia *Linha do Crime*, "História de Roger Hudson, uma conspiração assassina", recebeu aclamação da crítica e índices de audiência fenomenais. Matt Baker e Elliot Cromwell não se continham de felicidade.

— É melhor arranjar um lugar para pôr o seu Emmy — disse Elliot Cromwell a Dana.

HOUVE APENAS UMA nota consternadora. Rachel Stevens sucumbira ao câncer. A notícia saiu publicada nos jornais e Dana e Jeff ficaram sabendo do que tinha acontecido. Mas, quando a matéria apareceu no teleprompter, Dana olhou-a e engasgou-se.

— Não posso ler isso — sussurrou a Richard Meltron. E ele a leu.

Descanse em paz.

TRANSMITIAM O noticiário das 23 horas.

— ... e em Spokane, estado de Washington, um guarda foi acusado pelo assassinato de uma prostituta de 16 anos, e é suspeito da morte de outras 16... Na Sicília, o corpo de Malcolm Beaumont, 70 anos, herdeiro de uma fortuna em aço, foi encontrado afogado numa piscina. Beaumont estava em lua de mel com a esposa de 25 anos, e acompanhado por dois irmãos da noiva. Agora, a meteorologia com Matt Greer.

Quando terminou a transmissão, Dana foi até a sala de Matt Baker.

— Tem uma coisa me incomodando, Matt.

— Que é? Me diga que eu a elimino.

— Sabe a matéria daquele milionário de 70 anos que foi encontrado afogado numa piscina durante a lua de mel com a noiva de 25 anos? Não acha que foi terrivelmente conveniente?

Este livro foi composto na tipografia
Minion Pro, em corpo 11/15, e impresso em papel off-white no Sistema Digital Instant Duplex
da Divisão Gráfica da Distribuidora Record.